人民日报 海外版
PEOPLE'S DAILY OVERSEAS EDITION

北京 奥运特刊
Beijing 2008
第29届奥林匹克运动会组织委员会奥运标志形象广告宣传媒体
OFFICIAL IMAGE PUBLICATION FOR BOCOG
THE PRESS FOR THE GAMES OF THE XXIX OLYMPIAD

U0102144

奥运中国

——中外名人解读北京奥运

OLYMPICS&CHINA

张永恒 ◎ 著

人民出版社

目录

"奥运风"吹醒"中国复兴梦"（代自序）

一、高端声音

7

刘翔：不一样的2008

刘翔，2004年110米栏奥运冠军，为中国赢得了男子田径第一块奥运金牌。

8

杨扬：让奥运精神深入民间

杨扬，在2002年盐湖城冬奥会上，先后在女子500米与1000米短道速滑中两度封后，实现了中国人在冬奥会上金牌"零的突破"。

9

黄金宝：寻常巷陌 英雄曾住

黄金宝，1996年以来奥运会上唯一的华人男性自行车运动员，多哈亚运会冠军，被誉为"亚洲车神"。

10

林丹：羽坛"一哥"的快意恩仇

林丹，2006年世锦赛上首次夺得男单世界冠军，目前世界排名第一。

11

叶乔波：冰上女皇的奥运创伤

叶乔波，中国著名女子速滑运动员，共参加了124次国内外大赛，获得奖牌133枚，其中金牌50多枚。

三、传播力量

12

张艺谋：给13亿人看，还是给50亿人看？

张艺谋，中国当代最负盛名的导演，曾导演过《红高粱》、《大红灯笼高高挂》、《英雄》、《十面埋伏》等。

13

曾子墨：墨迹？心迹？

曾子墨，香港凤凰卫视《财经点对点》、《财经今日谈》和《凤凰正点播报》等栏目的著名主持人。

"奥运风"
吹醒
"中国复兴梦"
（代自序）

2007年年初，美国《时代》杂志的一期封面故事，用了一幅血红色的图片来展示中国：一个巨大的五星升起在万里长城之上，金光闪闪，在风起云涌的大千世界投下万道霞光。光芒中跳出一行字来："中国：一个新王朝的出现"。（China:Dawn of a New Dynasty）。这期封面故事长达11页，按照他们的描述，在这个刚刚开始的世纪里，美国的力量会走下坡路，而中国的力量将上扬。中国正将它的经济影响转变为强大的政治威力。因此，"说21世纪是中国人的世纪，一点也不夸张。"

从1993年中国第一次申办奥运会，到2001年7月13日第二次申奥终于成功，其实正是中国综合国力发展带来国际影响力不断增强的最好证明。

从2001年下半年开始，中国进入了筹办奥运会阶段。奥运会带来的最直接的效应是：中国正越来越吸引着全世界关注的目光。因为，只有奥运会这个全球第一盛会的魅力，才可以超越政治和文明的冲突，成为普世接受的"PARTY"。

让我们把目光拉回到20世纪初叶，时任南开大学校长的张伯苓曾经提出三个问题：

1.中国何时才能派一个选手参加奥运会？

2.中国何时才能派一支队伍参加奥运会？

3.中国何时才能举办奥运会？

也许，在积贫积弱的年代，这样的三个问题对于中国而言太奢侈了。但当中国一旦国力强盛，一旦有能力举办奥运会，可以理解，这个魂牵梦绕在心头的盛会对于全球华人而言有多么重要。

举办奥运会，一向是西方经济强国的专利，在亚洲，只有两个国家举办过奥运会，一个是日本，另一个是韩国。无一例外的是，在这两个国家举办奥运会的时候，都是经济迅速发展转型的关键时刻，而反过来，奥运会的举办更进一步提升了他们在国际上的形象，促进了经济实力的进一步增强。

1960年年底，池田内阁将东京举办奥运会纳入国民收入倍增计划：为举办奥运会扩建了城市，改进了交通网点，兴建了体育场馆和其他服务设施。这些大规模的基础设施建设带动了制造业、建筑业、服务业、运输、通讯等行业的强劲发展，使日本出现了经济的持续繁荣，形成了1962—1964年的"奥林匹克景气"。

1988年汉城奥运会，使韩国完成了从发展中国家向新兴工业国家的转变，一些经济学家在分析该国经济起飞的原因时，高度评价1988年汉城奥运会对国民经济的拉动作用以及由此带来的经济景气，并称之为"奥林匹克生产效应"。

"你也要告诉我一个中国崛起的故事吗？"在华丽的北京饭店大堂，《朝日新闻》驻北京专职报道2008年奥运会记者阿久津这样问我。因为奥运，他来到了中国，学习汉语，试着更多地了解中国。也因为都是"奥运记者"的缘故，我们有了多次见面的机会，这个东京大学法律系毕业的高才生，喜欢观察奥运会给中国带来的变化，喜欢拿1964年东京奥运会与北京奥运会做比较。

"我们正在努力，这是我们中国梦的一部分。"我回答，"但我们有自己的方式。"我们的奥运期待，是将中华五千年文明，展现给世界。

2005年11月，朴世直，1988年汉城奥运组织委员会委员长，来到北京宣传他的新书《我策划了汉城奥运会》；在王府饭店与我面对面交谈。当时正值北京奥运会吉祥物"福娃"发布，全北京甚至全中国都沉浸在奥运的热潮中，朴世直先生无法理解，距2008奥运会还有两年半多的时间，中国人为何这么兴奋？

不能理解的还有温仁德，新加坡体育理事会总裁，新加坡体育界最高机构的领导人，2006年年底邀请我飞赴狮城与他们交流。温仁德很想知道，即将举办的奥运会给这个古老的国度带来了哪些变化，以及探讨新加坡申办奥运会的可能性。因为都说汉语，我们的交流没有任何障碍，当我告诉他中国人为举办奥运会真诚地骄傲和自豪的时候，他的眼睛里有了晶莹的泪光。他被感动了，一个国家，就像一个人，多么希望不被人欺负，多么希望被别人看得起，多么希望跟所有的人一样堂堂正正地站立！这是自1840年鸦片战争以来，我们屡遭践踏的民族一个最简单、最朴素的梦啊！

现在，我们不但站立起来了，而且发展强大了，更让人高兴的是，我们打扫好房屋，置办了佳肴，向全世界发出了邀请函，2008年8月，到北京做客！

这就是中国的奥运梦，自尊、自信、自强的中国复兴梦。如果你没有灿烂辉煌的五千年历史文明，如果你没一百多年遭受任人宰割的历史，你就无法理解。我们进入了一个需要全面"总结"的时代，总结成败得失，总结经验教训，寻求中国崛起的历史方位和中华文明复兴的新机遇。奥运会的适时举办，无疑给了我们这样一个千载难逢的契机。

现在，距离北京2008年奥运会还有不到一年的时间，故事的主角队伍在不断扩大，他们是全体中国人，全球华人儿女。因为，奥运跟每一个中国人息息相关。

这些故事和梦想的关键词是——中国复兴。

一 高端声音

中国与奥运，一个东方文明古国和一个世界盛会的握手。从1908年南开大学校长提出中国何时举办一次奥运会，到1993年第一次申奥，2001年第二次申奥成功，2008年中国梦圆奥运。中国人期盼了百年，也求索了百年……

1. 何振梁：
一生只做一件事情

何振梁，两次申奥功臣，原国际奥委会副主席、中国奥委会名誉主席，著名体育外交家。

两次申办，历经磨难，全球华人多年的梦想变成了现实。这中间经历了哪些波折？2008年奥运会能给中国带来什么？

他是国际奥委会中我最亲近的朋友之一。他对奥林匹克运动的投入是出于他对《奥林匹克宪章》的忠诚,对他国家的忠诚。他深厚的文化底蕴、他对好几种语言的完美掌握、他的经历以及他的政治经验,是他完成国际奥委会的各项使命的宝贵手段。

——萨马兰奇(国际奥委会终身名誉主席)

2007年6月20日,国际奥林匹克学院在雅典普尼克斯山顶向何振梁颁发了特尔斐奖。这是国际奥林匹克学院的传统。在它每年举办的国际青年学习班开学典礼时都要颁发三个荣誉奖,用奥林匹亚、雅典、特尔斐这三个与古希腊的竞技运动会有深厚历史渊源的希腊城市分别命名的荣誉奖,得主都是国际上为文学、教育、奥林匹克运动作出贡献的杰出人物。

2007年6月27日,北京奥组委主席刘淇宴请正在北京进行国事访问的西班牙国王胡安·卡洛斯一世,接受邀请后,关心北京奥运会筹备工作的西班牙国王和王后建议这个小范围宴请也请何振梁出席。

没有想到的是,在午宴结束时,西班牙国王说:"我要给何先生一个惊喜"。国王从大圆桌自己的位置上走到何振梁面前,颁授给何振梁一个西班牙功勋章。这个装饰有蓝白色的功勋章是国王特意从国内带来的,授勋状上事先签署了国王和西班牙外交部长的名字。这真是个极大的意外惊喜。1992年在巴塞罗那奥运会时,西班牙国王曾经颁授过西班牙大十字功勋章给何振梁,以表彰他对奥林匹克运动的贡献。没想到事隔15年后,他又再次从西班牙国王手中接受了功勋章。连与西班牙国王一起活动了几天的萨马兰奇也是在宴会之前才知道这件事的。

一周内,何振梁两获殊荣。

这是一位值得尊敬的老人。

他经历了很多沧桑，也做了很多辉煌的大事，但所有的大事，最后都浓缩成一件事，为中国的体育强国梦，为中国的奥运梦，正是由于何振梁的努力，很多梦想都一步步变成了现实。

这是中华文明复兴的伟大进程中，"中国梦"的一部分。

一、道路与梦想

在 20 世纪初叶，南开大学校长张伯苓曾经提出三个问题：

1.中国何时才能派一个选手参加奥运会？

2.中国何时才能派一支队伍参加奥运会？

3.中国何时才能举办奥运会？

张伯苓提出问题的背景，正是中国处于被列强殖民瓜分的年代。积贫积弱，"东亚病夫"是那个时代缠绕在中国人心头的魔咒。

就在张伯苓提出这个问题二十多年后，1929年，何振梁出生于浙江上虞。当然，何振梁并不是天生就是为奥运会的，但时代的风云际会与人生的机缘巧合使他走上奥运之路。

他的父亲十几岁便离家去上海当学徒，多年后含辛茹苦地开起了一家小作坊。可是不久日本人入侵了，战火毁了何父多年苦心经营的小作坊，他忧愤成疾，饮恨早逝。靠着典当、借债，何振梁才勉强保住学籍。逆境催人成长，何振梁在上海中法学校上小学和中学时非常刻苦勤奋，一再跳级。1946年，年仅16岁的他便以优异成绩考入上海震旦大学机电系，并因成绩优秀常常受到减免学费的奖励。何振梁还积极参加进步学生运动，加入上海人民保安队开展护厂护校运动，迎接上海的解放……

1950年，团中央来沪物色人选，离毕业还有两个月的何振梁奉命去北京，在团中央国际联络部当法文翻译。由于新中国刚刚成立，许多部门开展外事工作都缺少翻译，操一口纯正法语的何振梁常被借到外交部、全国总工会、全国妇联帮忙。

1955年，国家体委成立，何振梁又服从组织安排，来到国家体委，参

与我国与国际奥委会的交往工作，当时他才 24 岁。风华正茂的他，从此与体育、与奥运结下了不解之缘。

何振梁思维敏捷，口齿伶俐，讲起话来逻辑性很强，在外交圈内有"金口"之称。"八大"前后，他曾为毛泽东主席当法语翻译。当毛主席问他叫什么名字时，他回答说："我叫何振梁，振作精神的振，栋梁的梁。"毛主席笑着说："很好，是要振作精神，成为栋梁之才。"

何振梁的确不负厚望。1979 年，时任中国奥委会副秘书长的他，在国际奥委会大会中作了长达 40 分钟的发言，改变了不少外国人对中国的看法。最后，国际奥委会以压倒多数票通过了名古屋执委会决议，恢复了中国在国际奥委会的席位。

1981 年，何振梁当选为国际奥委会委员。

在国际奥委会，何振梁有"圣人振梁"的雅号。因为他举止高雅，风度翩翩，为人正派，处事公正，而且在发言时，常常引用中国富有哲理的典故或诗句，为许多同行所喜欢。

按照国际奥委会的章程规定：当执委有空缺时，任职几年的委员才有资格竞选执委，当副主席一职空缺时，一般是从担任几年的执委中选出，新当选的副主席只能担任第四副主席，直到三年后才升至第一副主席。

可是何振梁从 1981 年当选委员起至 1989 年当选为副主席，8 年内顺利地通过"三级跳"，并每次都以全票当选，这在国际奥委会的历史上是独一无二的。"何氏三级跳"的传奇故事至今还为人们津津乐道。

何振梁极富个人魅力。当年我国举办第 11 届亚运会，不但请来了国际奥委会主席萨马兰奇，还请来六十多位国际奥委会委员，这在一个洲的运动会历史上是前所未有的。

虽然他在国际奥委会的工作是义务的，但他却非常认真努力，因而获得了国际奥林匹克奖章，西班牙国王也授予他"大十字功勋章"。他被誉为世界上最有影响的十大体育领导人之一。

二、两次申奥 何振梁掌舵

2001年7月13日晚，莫斯科世界贸易中心，当国际奥委会主席萨马兰奇宣布北京获得2008年奥运会举办权后，一楼新闻中心大屏幕上久久定格在一个动人的场面上：何振梁眼含热泪，与排着队上前祝贺的国际奥委会委员逐个握手、拥抱，当中国台北委员吴经国含着泪水走过来与何振梁拥抱，并说"中国人最高兴的事情终于发生了"时，何振梁的泪水再也止不住了。72岁的何振梁想的便是："北京拿到了奥运会举办权，我这辈子就没有遗憾了。"

何振梁在中国两次参加申办奥运会中，两次担任陈述人。他在莫斯科的陈述中，以自己毕生对奥林匹克理想的追求和中国人民对奥运会的期盼而深深地打动了委员。美国女委员、国际奥委会副主席德弗朗茨在投票结束后说："很多委员都被何先生的真诚所感动。"

1993年那次申办时，何振梁也流过泪；但遭受心灵创伤的何振梁没有在公众场合流泪，没有在外国人面前流泪。所有人都记得当年那个令人酸楚的场面：当萨马兰奇宣布2000年奥运会举办城市是悉尼而不是北京时，何振梁抑制住内心的沉痛，微笑着转过身子，第一个走上前与澳大利亚委员高斯帕握手祝贺。

何振梁的心里在流血，但他没有流泪。当晚，何振梁和夫人梁丽娟从会场返回饭店后，许多朋友打来电话向他们表示慰问。何振梁总是压抑着伤感镇静地交谈。夜深了，又一次响起电话铃声，是他在北京的女儿打来的："爸爸，我看了电视，您别太难过了，要保重身体，我爱你们。"这时，何振梁的泪水夺眶而出……

北京第二次申办奥运会，何振梁是无可替代的人物。他在国际奥委会的地位、威望和影响，他的经验和语言能力对北京申奥极其关键。时任北京市领导的贾庆林、刘淇非常尊敬他，聘请他担任北京奥申委顾问，并多次对他说："要帮我们出主意啊。"何振梁说："申办奥运是我能为国家做的最后一件事了，我一定会尽全力的。"他称自己是"北京奥申委最年长的志愿者"。

往事如烟。1997年，萨马兰奇应邀前来观摩在上海举行的第八届全运会。席间他与何振梁"咬"起了耳朵。萨翁说，在他任国际奥委会主席的近二十年间，有两件憾事使他一直耿耿于怀：第一件是奥委会没有将现代奥运会诞生100周年之际的1996年奥运会交给奥运发源地希腊雅典举办，第二件便是没有将世纪之交的2000年奥运会交给北京举办。萨翁还表示，他希望能在自己2001年任满退休之前，亲口宣布北京为2008年奥运会举办城市。

萨翁的表态为中国再次申办奥运增强了信心。1998年11月，中国政府正式宣布，北京将再次申办奥运会。

说起北京申奥初期阶段的情况，何振梁似乎还有些后怕，他形容那时的情况是"如履薄冰"。2008年奥运会最初有10个城市申办，为了从中选出5个候选城市，国际奥委会要求10个城市分别在22个问题上作出回答。这22个问题都是有关申办城市的基础设施和体育硬件建设的，结果北京在"关于奥运村的设想"这一项上获得最高分，在"旅馆的条件"这一项中与巴黎并列第一。而巴黎在5个项目上获得了最高分，多伦多则在4个项目上名列第一，大阪虽然没有一项获得最高分，但几乎所有的项目都在第二、三位上。结果北京的分数排在这三个城市之后，仅名列第四。

随后，5个候选城市市长进行陈述，北京市市长刘淇用英语作了精彩的陈述；但让人不可思议的是，同时播放的介绍北京情况的多媒体图像却异常模糊。这一情况再次影响了北京的排名，北京依然排列第四。回到北京以后，刘淇立即调查图像模糊的原因，结果才知道是我们的技术人员好心办坏事：国际奥委会本来已将他们使用的显示器型号通知了中国方面，但我们的技术人员却认为，我们在这方面的设备比人家好，用好一些的器材总不会错吧，结果造成双方器材接口不符。

三、2008年奥运会能给中国带来什么

2001年7月13日，"莫斯科大捷"之后，中国进入了一个紧张的筹办奥运阶段。何振梁更忙了，这位年近七旬的老人，为奥运没有停下来休息。

"体育有体育的梦，中国有中国的梦。中国的梦是中华的腾飞，体育的梦是中国成为世界体育强国。只有在中国梦的圆梦过程中才能够实现体育的梦想，而体育反过来又会为实现我们的中国梦起到积极的作用。"在

7

不同场合，他经常重复这段话。

他常常想起100年前张伯苓提出的那三个问题，"当时中国国弱民贫，有人希望体育救国，这三个问题实际上就是当时中国的体育梦。"何振梁说，"今天这三个梦想都已实现或即将实现。"他说，现在，我们正在努力实现的体育梦是中国成为世界体育强国。

多年担任国际奥委会副主席和执委的何振梁认为，奥林匹克所提倡的体育思想和价值观具有积极意义。他说，奥林匹克的宗旨是通过体育和教育的结合，培养全面发展的人，并以此为基础构建维护人的尊严的社会，进而建立和平美好的世界。奥林匹克的格言是"更快、更高、更强"。奥林匹克所提倡的公平竞争、互相尊重、遵守规则和道德、发扬团队精神的主张，对我们塑造公民社会有很大意义。

在何振梁看来，体育是全球化最早的一个领域，不论价值观有何分歧，大家都遵守共同的规则，人民群众也喜爱。体育应该并且可以成为各国人民增进相互理解和友好交流的一个重要渠道。比如姚明，何振梁笑着说："美国人可能不知道中国驻美国大使是谁，但是大部分人都知道姚明，姚明在美国的出现，大大改变了美国普通老百姓对中国的看法。"

何振梁算过一笔账：北京奥运会举办16天的时间里，将有200多个国家和地区的两万多名官员和运动员参加，还有近万名的国际组织官员和数十万名旅游者及赞助商来参观或者是参赛。可以想象，这样最直接、最集中的人民跟人民之间的交流，对于让世界了解中国能产生多么大的积极影响！

何振梁说，北京奥运会将留下重要的物质遗产和精神遗产，但他更看重的是精神和文化方面的遗产，特别是精神遗产，因为这将长期产生积极影响。如果北京奥运会对内留下的遗产是大大提高中华民族的自信心；对外留下的遗产是让世界都理解中华的发展将是和平的发展，中国的发展将与世界分享，那么北京奥运会确实将是一届影响深远的奥运会。

在2006年12月的多哈亚运会比赛期间，我曾经多次近距离接触何振梁先生，他很注意观察、学习、研究多哈经验。

对多哈亚运会的组织工作，何老表达了自己的看法："卡塔尔国家不大，人口不多，然而整个亚运会组织得秩序井然，主办方聘请了世界各国有经验的专家作为智囊，并结合了本国的特点，有很多值得我们借鉴的地方。"

多哈亚运会的开幕式,何振梁觉得很好地体现了阿拉伯传统文化与现代高科技的完美结合,"对他们的努力和所取得的成果表示敬意"。作为一个洲内运动会,多哈亚运会的开幕式取得的成功无疑会对北京奥运开幕式主创人员形成压力,但何老认为"这是件好事情,因为这迫使我们追求创新,以更加积极的姿态去探索符合中华文明特色的最佳的表现形式"。

2. 霍震霆：
一个家族的奥运情结

　　霍震霆，香港奥委会主席，著名实业家霍英东先生的长子。

　　从霍英东到霍震霆，再到少年霍启刚，这个华人巨富家族和奥运会有着怎样的千丝万缕的关系？

1974年，中国提出要重返国际奥委会，请霍英东帮忙。这次霍英东不仅自己出面，同时也把擅长英文的长子霍震霆带上，凭借其国际足联执委的身份和在国际商界的名望，多次往返于国际奥委会总部以及相关国家之间，在国际奥委会委员中间斡旋。

前国际奥委会副主席、国际奥委会文化和教育委员会主席何振梁在《重返五环》的一书中提到，从1951年准备参加1952年赫尔辛基奥运会开始，这场在国际体育界争取维护中国合法权利的28年斗争中，中国终于恢复了在国际奥委会的合法席位。"在亚洲，出力最多的是香港朋友霍英东。"

然而，历史总是给人留下遗憾，霍英东也没能等到2008年8月8日，中国举办奥运会的时刻。2006年10月28日，一代香江大佬、著名华人实业家霍英东在北京去世，享年84岁。

作为继承者，霍震霆与父亲一样，终日为中国的奥运奔忙。他身兼香港奥委会主席，同时是一个不折不扣的体育迷。

2005年"两会"期间，我在北京第一次采访霍震霆；2006年年底，在多哈亚运会比赛现场，又与霍先生不期而遇：他全家出动，妻子朱玲，儿子霍启刚。

一、讲述父亲霍英东

"父亲虽然不是中国申奥委员会的成员，但却是北京申办奥运会最得力的幕后活动家。那段时间，他向不少国际奥委会执委游说，鼓励他们支持北京申办奥运会。事实上，他还参与了申办奥运的策划工作和推广工作。

"父亲与国际奥委会主席萨马兰奇是多年的老朋友，我们曾经在香港私邸宴请过萨马兰奇。北京首次申办奥运会，父亲充分发挥他的影响力，多次向萨马兰奇进行游说。那时，萨马兰奇正好在瑞典洛桑筹办奥林匹克博物馆，父亲决定出资100万美元，以中国奥委会的名义捐给国际奥委会。"

除了国际游说和财力支持外，霍英东父子还积极为北京造势。1993年9月16日，霍英东以中国代表团顾问的身份前往摩洛哥蒙地卡罗，为北京申奥作最后的努力。本来霍英东对北京申奥很乐观，但结果却令他大失所望。这次失败对霍英东的打击非常大："有人甚至担心他会因此自杀"。

"到了2001年中国第二次申奥，父亲当时虽然年岁已高，无法亲赴莫斯科见证这一伟大时刻，但他依然让担任香港奥委会会长的我代为出力。"当萨马兰奇宣布北京获胜时，霍英东在香港家中马上与身在莫斯科的霍震霆通电话，父子俩人十分兴奋，在电话里反复地说："我们赢了！我们赢了！"巨大的喜悦让他兴奋无比。

在霍英东看来，北京申奥成功并不仅仅是中国体育的胜利，更重要的是意味着世界对中国进步的认可。霍英东在北京申奥成功后指出，中国自改革开放以来，短短20年间发生了天翻地覆的变化，民族团结、城市建设、环境保护，以至民主和法制都在向前发展，北京申奥成功反映出世界对中国成就的肯定，至于北京举办奥运会把中华民族团结起来的作用更是难以想象的。

1990年北京亚运会，是中国重返奥运舞台之后举办的规模最大的体育盛会，霍英东当即宣布拿出1亿元港币在亚运村兴建英东游泳馆，当时的英东游泳馆号称亚洲最大的游泳馆，如今它还将在2008年奥运会中使用。此外，为配合亚运会在北京举行，霍英东还在北京兴建一家高级酒店——贵宾楼，以接待亚洲各地前来参观北京亚运会的嘉宾。

2004年1月24日，一笔高达2亿元港币的捐资，带着霍英东对北京奥运会的热望，通过霍震霆交给北京市市长王岐山。

二、细说北京2008

对北京2008年奥运会，霍震霆先生充满了太多的希望。比如，他觉得奥运更重要的是提升中国的"软实力"；比如，他觉得弘扬奥运精神远比拿金牌更重要；比如，他每次到北京来，对一些胡同的拆掉"很痛心"。

"现在，国家实力强大，政治、经济、文化等各方面的发展，令世界瞩目。我每一次来北京，都能感受到这个城市的巨大变化，因此，我有信心，北京奥运会将会是一届出色的奥林匹克盛会。"但霍震霆也有担忧，"在筹办奥运会过程中，奥运场馆以及配套设施的建设不是一个短期计划，它需要长期和整体规划。而且，在加快北京建设的同时，应该注重保持古都风貌。"说到这里，霍先生回头望望窗外："像最能体现'老北京'文化的胡同，拆掉就永远没有了。"

"把北京奥运作为一个契机，展示和弘扬中华民族传统文化，是中国体育的一部分，也与奥运精神系于一脉，从此意义上说，文化价值远远大于体育竞技本身。"霍震霆说，"正如雅典奥运会留给世人印象最深的是这个古老城市的独特文化，是承载这种文化的开幕式，而不是它在这届奥运会上所获得的奖牌数量。"

多哈亚运会期间，我在卡塔尔外交俱乐部见到霍震霆的时候，正是香港自行车运动员黄金宝获得冠军的当晚，霍震霆格外兴奋，话也格外多。

霍震霆先生深刻感受到大陆同胞把阿宝的金牌看做是自己的胜利。"阿宝夺冠领奖仪式上演奏的是中华人民共和国国歌，这是我们共同的胜利。"霍震霆表示说，"多哈亚运会上，中国的奖牌毫无疑问一定是最多的，所以，现在强调奖牌已经没有多么大意义了，要更多地谈体育精神、运动员对社会的承担，这些来得更重要。"霍震霆希望人们能够超越奖牌体育的局限，以更宽广的胸怀看待体育："北京奥运也是一样，体育硬件设施一定是一流的，中国的金牌也不会少，这样，社会的参与，北京乃至中国留给各国客人的印象就变得更为关键了。最难的是奥运期间世界媒体将全方位聚焦北京，中国人呈现出来的精神面貌。"

跟何振梁先生一样，霍震霆先生对多哈亚运会也称赞有加，认为"它艺术地表现了伊斯兰文明在世界文明进程中起到的独特作用，并且通过银幕，把这一理念传播到亿万个家庭"。他认为开幕式和奖牌一样，已经成为一届大型体育赛事最重要的元素，但他强调，开幕式表现的主题非常重要，"不能单纯追求美轮美奂的视觉效果，要体现深刻的文化内涵，正如一场电影，让人们在离开影院的时候，要让观众能够回味无穷，而不是相反。中国无比丰富的文明、文化资源，给中国艺术家留下了丰富的表现空间。"

三、2008 年 香港"马照跑"

回归十年，香港与内地的距离越来越近。2008 年奥运会，香港作为其中一个比赛城市，"马照跑"，承担了马术比赛。

香港本身有一百多年的赛马历史，这对香港承办奥运会马术赛事起到很大的帮助作用。霍震霆说："香港独立办奥运会是不可能的，但是北京办奥运会，香港分办一个项目是比较合适的，同时也是很难得的。奥运 16 天对于香港来说，有很重要的历史意义，以后可以说我们也是奥运城市了。"

霍震霆认为，香港举办马术比赛在很多领域对香港影响很大："一方面我们回归 10 年了，通过马术在香港举办，加强香港人对祖国的认同感。大家都知道希腊，通过举办一届成功的奥运，加强了它的体育水平和整体国力，最重要的是提供了一个机会，特别能激发年轻人对于国家的热爱。香港也是一样的，如果成功协办了这次马术比赛，一定对体育有很大的帮助，但是最重要的是对年轻人的积极作用，与祖国的首都一同举办奥运会，对香港人对国家的认同很重要。"

香港协办 2008 年北京奥运会马术赛，将在同一奥运的天空下，香港与北京跨过距离的限制，走得更近。霍震霆说："一个是最北的城市，一个是最南的城市，两个社会制度不同的城市共同举办奥运会，大家的距离将会拉得更近。同时，奥运会将会吸引来自世界各地的传媒及游客光临，届时他们可以亲眼看一看香港回归十年后的新面貌。"

霍震霆回忆说，香港在 2005 年确定可以协办 2008 年奥运会，并接过了香港最适合同时也是最擅长的马术赛。霍震霆依然无法忘记当时的情景，香港能在 150 年的历史上，第一次承办体育领域最高级别的比赛。

对于马术赛事最终花落香港，霍震霆认为除了香港本身具备的很多独特优势外，更多还是要归功于中国奥委会的大力支持，"让香港成为奥运城市，是对'一国两制'的最好体现，其实北京也有条件可以办很好的马术比赛，但最终还是把这个机会给了香港。"

香港回归踏入第 10 年，体坛吹来了一股强风，多哈亚运会一举夺得"六金、十二银、十铜"的历史佳绩，奖牌由"贫穷"开始富起来；黄金宝勇夺华人从没赢过的世界场地自行车锦标赛男子追逐赛冠军，也印证了香港"风之后"李丽珊十年前在亚特兰大奥运滑浪风帆赛夺下"第一金"时喊出的"香港运动员不是垃圾"的预言。

霍震霆1997年当上中国香港奥委会会长，并首次涉足政坛成为立法会议员。他说，记得当年大家都担心香港回归后体育的独立性问题，不过，在前国际奥委会主席萨马兰奇及前国际足联主席阿维兰热来港出席回归杯足球赛后，一切都尘埃落定。香港可以"中国香港"的名义继续留在国际奥委会和国际足联的大家庭中，所以他每次经过湾仔海旁金紫荆广场时，都会勾起丝丝回忆，这里标志着香港回归的历史时刻，也代表了他个人事业的里程碑。

3. 刘鹏：

既要搭好台又要唱好戏

刘鹏，国家体育总局局长、党组书记，中国奥委会主席。

作为中国体育界的最高官员，中国奥运军团在2008年胜算几何，他是否已经胸有成竹？

"必须清醒认识到，中国一些优势项目夺金点已经接近饱和，规则的变化又使优势项目继续保持优势增加了很大的难度。作为2008年奥运会的东道主，我们既要看到在天时、地利、人和等方面的优势，也要看到在一些运动项目上，特别是射击、体操、跳水等对稳定性要求很高的项目，主场作战可能会遇到更多干扰等不利条件。"

——刘鹏

作为一个崛起中大国的体育界最高官员，他承担了太多的压力。尤其是当这个国家的人民把夺取金牌看做至高的国家荣誉，尤其是这个国家近百年的渴望和梦想变成迫在眉睫的现实——主办一届奥运会。

但他始终是微笑的。这个有点秃顶的中国国家体育总局局长、中国奥委会主席、北京奥组委执行主席的微笑给了我们莫大的信心。

在跟奥运有关的盛大场合见过他多次，一直想找个机会和他坐下聊聊，谈谈中国的体育，谈谈北京2008年，他的梦想和期待。但每次都是匆匆忙忙的寥寥数语，没办法，他实在太忙了。但当我把这些片言只语串起来的时候，还是能勾勒出一幅中国2008奥运路线图。

一、穿梭多哈为备战

如果你是一个采访多哈亚运会的记者，如果你天天穿梭于各个赛场，你一定会经常碰到一个忠实的"观众"，他西装革履，正襟危坐，时而微笑，时而严肃，对中国队员的表现十分关切。他不是"明星"，却是众多记者簇拥包围的对象，因为他是刘鹏。

2006年12月4日晚，多哈外交俱乐部，北京奥组委举办了盛大招待会，亚洲体育界领袖人物悉数在场。在向与会者致欢迎词后，刘鹏接受了我的采访。

刘鹏说自己这几天忙得不可开交，从早到晚一直扑在赛场上。作为北京奥组委执行主席，他处处留心多哈亚运会的各项组织工作，以便作为北京2008年的借鉴。他说这次亚运会确实像宣传口号中所说是一次"终生难忘的盛会"，"开幕式精彩深刻，竞赛管理高水准，体育场馆世界一流，展现了亚洲特色的文明和文化"，同时刘鹏叮嘱我："要多写写运动员，尤其是一些年轻的运动员，他们取得的每一点成绩都不容易，你看到我们练兵的效果了，这是我们2008年北京奥运的有生力量。"

在采访当晚，中国选手已经在足球、排球、乒乓球、羽毛球、棒球等项目上登场亮相，并且有不错的表现。刘鹏说，中国亚运会代表团团部对此感到"比较满意"。距离北京奥运会还有不到两年的时间，因此，中国亚运会代表团在运动员的选派上给年轻选手更多机会，年轻选手占全体运动员总数的63．8％。刘鹏表示，年轻选手的实力不容忽视，"我们的队伍中有些年轻的队员，这些队员都是经过层层选拔和大赛的考验挑出来的，我们期待着他们在亚运赛场上能有良好的表现，因为这是北京奥运会最好的练兵机会"。

刘鹏认为，中国代表团在亚运会上面临的竞争非常激烈。他说："亚洲在一些项目上具备世界领先水平，我们的运动员在国际比赛中具备相当的竞争力，在亚洲一样面临强敌，比如羽毛球、乒乓球、柔道、跆拳道等。此外，要看到39个大项中还有若干项目我们的整体实力是很差的，我们在这些项目上还需要提高，多哈亚运会是一次难得的向亚洲高水平国家学习的机会。"

刘鹏也为多哈亚运会上中国代表团的"金牌热"泼水降温。他说，不能用现在的成绩简单地去预测奥运会，亚运会上取得好成绩不一定就会在奥运会上取得同样的名次。

刘鹏说，亚运会与奥运会是不一样的，规则不一样，对手不一样，而且氛围和运动员的心理压力都不一样，所以我们的运动员要继续努力，要适应奥运会这种大赛的要求。

刘鹏对中国代表团到目前为止的成绩和表现出来的精神文明、道德风范感到满意。不过，刘鹏拒绝预测中国代表团在这次多哈亚运会上究竟会夺得多少枚金牌。他说："体育比赛的魅力就在于比赛结果的不确定，如果预测准确的话，比赛就失去意义了。"

"在多哈亚运会后程的比赛以及2008年北京奥运会上，中国运动员将会有越来越多的出色表现。"刘鹏对此充满期待，"作为东道主，奥运会

成功与否，一靠一流的组织工作，二靠本国运动员优异的比赛成绩。因此，我们面临着双重任务，既要加紧培养运动员，力争好成绩，又要培养优秀的竞赛管理人员，同时，还要做好各方面的服务工作。"

二、从雅典眺望北京

雅典奥运会上，尽管中国队的金牌总数名列第二，但获得的奖牌只有63枚，远远落后于美国的103枚和俄罗斯的92枚。刘鹏认为，奖牌总数更能体现一个国家（或地区）的实力，"总体上，我们与美国和俄罗斯还有很大的差距"。备战2008年奥运会，我们有很好的基础，但困难也不小。

中国竞技体育的整体实力与美国、俄罗斯等强国相比，还有很大的差距，中国军团要出色完成2008年奥运会的任务，在优势项目趋于饱和的情况下，唯有在潜在优势项目上寻求突破。"针对2008年的竞技备战既要有必胜的决心和信心，又要有强烈的忧患意识和紧迫感，切不可盲目乐观。"特别是在雅典奥运会取得历史性的辉煌之后，中国体育成为世界各国的众矢之的，可谓前有"强敌"后有"追兵"。

"作为东道主，办赛和参赛是必须完成的两大任务，既要搭好台，又要唱好戏。在确保做好北京奥组委的有关工作，积极支持和协助中国残疾人奥运会代表团参加好残奥会的同时，全面参赛并取得优异的运动成绩更是我国体育系统不可替代的历史责任，也是北京奥运会能否取得成功的关键因素之一。"

中国获得冠军的运动项目仍主要集中在射击、举重、跳水、乒乓球、羽毛球、体操、女子柔道等传统优势项目上，潜在优势项目和集体球类项目尚无大的起色，田径、游泳、水上等基础大项与世界先进水平差距仍很大。现代五项和拳击等落后项目虽然取得了历史性突破，但只是一个点，偶然性很大。

刘鹏的压力在于，中国的一些优势项目夺金点已经接近饱和，规则的变化又使优势项目继续保持优势增加了很大的难度。作为2008年奥运会的东道主，我们既要看到在天时、地利、人和等方面的优势，也要看到在一些运动项目上，特别是射击、体操、跳水等对稳定性要求很高的项目，主场作战可能会遇到更多干扰等不利条件。

　　刘鹏说，源于古希腊的奥林匹克运动，历经千百年的发展、演变、融合，成为全人类的宝贵遗产和共同财富，其旺盛的生命力，不仅仅来自强健体魄的现实需要，更源自人类对其精神文化价值的深刻认同和不懈追求。

　　他还认为，2008年北京奥运会正向我们走来，奥运会不仅仅是一项体育赛事，更是一次盛大的文化活动，蕴含着丰富的教育资源。"人文奥运"是北京奥运会的核心理念，抓住奥运机遇，提升公民道德素质和社会文明程度是人文奥运的重要内涵。

4. 许嘉璐：

长城文化是人文奥运的底蕴

许嘉璐，全国人大常委会副委员长，中国民主促进会中央主席，著名学者。

他为何强调从来没有另一个建筑像长城这样牵动全球华人的神经？长城为何不能缺席北京奥运会？

法国文学家雨果在他的《致巴特勒上尉》中写道：艺术有两种起源，一是理想，理想产生欧洲艺术，二是幻想，幻想产生东方艺术。按照这个说法，长城是"幻想"产生的了，从来没有另一个建筑，像长城这样牵动全球华人的神经。北京2008年奥运会，作为极具特色的中国元素之一，长城不会缺席。说不定，总导演张艺谋一激动，就把奥运会开幕式放到长城脚下了。

北京2008年奥运会，使中国的形象在世界面前进一步生动、鲜明起来。以前，西方人眼中的中国也许是模糊的，但在奥运这个舞台上，他们一定会发现另一个华丽的中国。所谓"人文奥运"，就是将中国灿烂悠久的文明展现给世界。

根据有关方面统计，奥运会将给北京和中国带来几百万人的旅游热潮。除了看奥运会之外，他们还会去哪里？

"不到长城非好汉"，作为世界"七大奇迹"的长城，具有得天独厚的优势。在追寻人文奥运的过程中，我采访了许嘉璐先生。政治上，许先生"官"至全国人大副委员长；文化上，许先生更是卓然大家，在中华文化向世界的传播方面，作出了自己的贡献。

一、向海外传播中华文化

"你这个问题很好，人文奥运的底蕴是什么？中国的历史文化太丰富了，需要大家挖掘，但长城文化无疑是人文奥运的底蕴之一。"当我以"人文奥运"为主题采访全国人大常委会副委员长、民进中央主席、中国长城学会会长许嘉璐时，他一再表示这个题目很好，值得深入研究。

据说，许嘉璐是一个"工作狂"，68岁的他平均每天的工作时间不会低于十二三个小时。他每天早晨7点准时起床，8点出门，通常要到晚上9点半才能回家，有时还要更晚，许嘉璐说，即使再晚他每天也要看书到

凌晨一两点才睡觉,这从他一头银发就能看得出来。

谈到自己的工作,许嘉璐说:"我目前在做向国际推广汉语的工作,我办的一个杂志《汉语世界》,7月份试刊,希望海外朋友关注。"许先生现在还担任着汉语文化学院院长、"863项目"(中文信息处理)负责人、北京师范大学中文信息研究所所长等职务。

即使人大和民进的工作再忙,许嘉璐依然保留着他"教师"的本色。目前他还带着20多个博士生,他说好在他有4个助理,只有定题、看论文、组织答辩由他亲自负责,平常学生的管理、论文的指导以及更多的具体事务都由他的助理们来完成。许嘉璐每月都要给学生们上一堂课,而上课的地点就在他民进的办公室。同时,许嘉璐每个学期还要给北京师范大学汉语文化学院做一次学术报告。2004年他给学生们讲课19次。除了中国学生,他还有来自俄罗斯、越南、韩国、伊朗等国家的学生。

作为政治家和文化学者,许先生目前担任着两个社会职务:"中国长城学会会长"和"中国炎黄文化研究会会长",在这两个学会,虽然不需要做具体工作,但他还是投入了大量心血。最让他牵肠挂肚的是长城,他希望长城文化能与北京奥运会"衔接"起来:长城为"人文奥运"添彩,同时也借助奥运东风向世界展示自己。

不出所料的是,很多奥运会的活动都将与长城有关:在八达岭长城举办的"第四届2008北京奥林匹克文化节"开幕式上,北京奥运会会徽和北京奥运会主题口号大型景观建筑落户。许嘉璐认为,海外朋友来北京看奥运会不能不看长城,在2008年奥运会前后,会有更多的外国朋友登上长城,因为长城是中国古老文化的缩影,是中国人文精神的象征。

二、长城保护促进中华文明

"长城是中国古代防御工事而不是进攻、侵略工具,体现了中华民族热爱和平的传统。"许嘉璐认为,长城保护促进了中华文明的形成与发展。中国文化中有一种"和合"精神,是一种开放的、兼收并蓄的文化,这在长城上都有体现。

从战争的产物到历史文化遗产,长城承载的文化内涵太丰富了,西方人登上长城也许会感慨:人力怎么能修出如此雄伟壮观的建筑呢?这也是我们可以拿来与埃及金字塔、巴特农神庙相媲美的建筑。许嘉璐说，从修长城到守长城，体现了中华民族坚韧、勇敢、吃苦耐劳的精神，而且不像世界上的其他文明，我们这种中华文明不管历史如何沧桑巨变，从来没有中断过。

没有一个建筑像长城一样包容中华民族的智慧，绵延不绝的长城在缺水、缺土的崇山峻岭之间穿梭，而且又设计得那样壮美，实在令人难以想象。许先生认为，中国古代的丝绸之路，就得益于长城的保护，丝绸之路的路线从东到西恰恰是长城沿线，可见长城保护了丝绸之路的存在，保护了对外开放，促进了多民族的融合。

三、长城文化与奥运精神相通

刚才谈到长城虽然是战争的产物，但同时也增进了友谊、促进了和平，这正是现代奥林匹克运动的精髓。许嘉璐说，长城上新添北京奥运口号，对于很多人来说应该都不是一个意外。几年前的雅典奥运会的火炬传递让奥运圣火在长城上燃起中国的奥运热情；当2004年11月，国际奥委会主席雅克·罗格在长城之巅第一次扬起奥运会会旗时，长城古老的心脏也在随着奥运节拍跳动着。

现在，我们听到了奥运的脚步在这座古老城墙上踏出的强劲音符。两个古老文明的伟大遗产在世界的呼声中心手相连，悠久的历史与充满活力的体育文化活动的联姻让世界轻轻拉开了2008年北京奥运的面纱——"同一个世界，同一个梦想（One World，One Dream）"大型景观落户长城可谓众望所归。

回顾现代奥林匹克运动的历史，在历届奥运会举办地，都有奥运标志性景观建筑。长城有着深远的历史意义和现实意义，基于长城与奥运会有着深厚的渊源，特别是听取了广大中外游人的意见后，决定要在长城附近向世人展示北京奥运会"绿色奥运、科技奥运、人文奥运"的举办理念，这才有了北京奥运会会徽和北京奥运会主题口号大型景观建筑在长城的落户。

许嘉璐说，长城是中华民族的象征，是勤劳、勇敢和智慧等中华民族精神的象征。长城的每块砖石、每方泥土里，在长城沿线的道路、遗址、文物中，都有中华民族"和合圆融，天人一致，德行俱重"等准则。如果我们从政治、经济、军事、文化等方面系统、深入地研究，就可以挖掘到长城所代表的博大精深的中华民族精神。这正是我们所倡导的"人文奥运"的内涵。

四、采访手记

采访许嘉璐是在一个夏天的黄昏，民进中央办公室。在他忙完了一天的工作之后，但即使是此时，也一点看不出他有丝毫的疲倦之处，似乎与传说中的"工作狂"相印证。许嘉璐多年保持的一个习惯就是随时在自己随身带的小本子上记下自己的灵感或新的发现，即使在外出考察的时候，他也不忘记下自己在当地语言方面的新发现。他还会把这些新发现收在一个夹子里，作为自己今后进行学术研究的例证。在采访的时候，可以感觉这个年近"古稀"的老人蓬勃的热情，"不逾矩"的豪情，旁征博引指点江山的才华。

"工作之外我最大的爱好就是读书。"据说，在许嘉璐的"日读一卷书屋"里摆放着两枚闲章，一曰"乐乎斯道，安于清贫"，一曰"不知老之将至"，其为学不辍、只争朝夕的精神由此可见一斑。

5. 吴经国：
北京奥运的"关键一票"

吴经国，国际奥林匹克学院委员会、文化委员会和奥运会协调委员会委员，台北奥委会主席。

他为何能顶住外界的重重压力，在关键时刻坚定地投了北京的票？

"他最伟大的成就之一是成功促进了海峡两岸的体育交流，这是他在奥林匹克运动史上所贡献的一个里程碑。"这是国际奥委会主席罗格对一位自1988年以来一直担任国际奥委会委员的台湾人这样高度评价。

他叫"吴经国"，一个很传统、很中国的名字。作为国际奥组委的"老委员"，中国台北奥委会主席、国际奥委会第29届奥运会协调委员会委员的他亲历过北京第一次申奥失败的失落，也见证了北京第二次申奥成功。两次申奥过程中，吴经国给北京投了宝贵的"两票"。2001年7月13日，他与国际奥组委委员何振梁激动相拥早已成为中国奥运史上经典镜头。众所周知，吴经国把赞成票投给北京是顶住了很多"压力"的。这一点，所有的中国人都不会忘记。

一、北京的变化

"你们看到我那本书了吗？我的《奥林匹克中华情》记录了我18年的国际奥委会任职生涯。"在金台艺术馆参加"2008年奥运景观雕塑方案征集大赛"评选发布现场，朝阳公园的一处会所，我见到了吴经国先生。一直想采访他，没想到在这里"狭路相逢"。我们之间的谈话，就从他的这本著作开始。正如他的书名一样，吴先生有深厚的"中国"情结。

那时都灵冬奥会硝烟刚散，吴经国先生就从都灵直飞北京，与前来交流的台北奥委会访问团会合。虽然连日奔波，吴先生依然神采奕奕。多年的国际性工作造就了他风度翩翩的举止，谈吐文雅而不失幽默，温和的目光中透着机智。这就是年近花甲的吴经国先生给人留下的第一印象。作为国际奥委会唯一的一名建筑专家，他一来到北京就扑到建设中的奥运场馆参观。"我看到鸟巢钢架起来了，还参观了其他场馆的建设，看到建设进展速度这么快，我非常高兴。"吴经国兴奋地说。他认为北京奥运的场馆建设模式将为未来的申奥城市树立一个典范。

"配套硬件设施就不用说了，我感触最大的就是北京的学习能力。奥运会最神妙的功能就是带动城市的发展，不管谁来做，势必要有国际性的标准和价值观念。每次协调委员会召开后，都觉得北京的进步很快，执行能力很强，尤其是培养了一批年轻的国际型人才，这是很难得的机遇。"现在，北京几乎成了吴经国的另一个家，几乎每月，他都会往返北京。

吴经国说，国际奥委会希望申奥城市除了办好一届比赛外，也能借此使得城市面貌全面翻新，北京也一样，例如交通建设，地铁、新的机场以及外环道路，种种配套基础设施建设都在飞速发展。每次到北京，他都感受到了这种变化。

吴经国认为，北京奥运会的行销方式也值得国际奥组委学习。比如，奥运会最重要的一部分财政投入就是场馆建设，最关键的并非场馆的建设而是在那16天之后的使用问题。而北京奥运会对于奥运场馆的行销方式很不错，设立了项目法人体系，包括场馆设计权、建造权，包括管理30年的权利，这是以往奥运会行销方式所没有的，也是值得在以后的奥运会行销中学习和推广的。

二、圣火传递与"政治"无关

2008年北京奥运圣火传递路线公布以后，中国台北被列入传递城市，接在越南胡志明市之后、再传往香港；对此，中国台湾籍国际奥会委员吴经国表示，圣火传递是很单纯的体育活动，希望大家不要过度联想，如果连奥运序幕都不参加，实在难以令人信服。

对于中国台湾某些政治人物称，奥运圣火离开朝鲜平壤"跳过"中国台湾地区，先前往越南胡志明市，再返回中国台北，目的是要"矮化台湾"，吴经国则解释说，这是因为朝鲜和越南都有和中国大陆土地相连，才作此规划。

吴经国表示，圣火传递是每次奥运活动的序幕，如果中国台湾连序幕活动都不想参加，那是不是要认真考虑，到底还要不要参加奥运。吴经国说，中国台湾一直想要申办国际综合运动赛事，且一直积极参与国际运动，没有理由也没有道理拒绝圣火来台，希望让体育活动越单纯越好。

三、手中的那一票

1993 年，北京第一次申办奥运会，虽然失败了，吴经国说，但他是投给北京的。当年在投票结束后，为了给历史留下见证，他特别将选票上所写的"BEIJING"字样记录下来，留待日后有一天关心这张选票流向的历史学者能有机会检视这张选票，届时即可依据这张手写的字样"得到证明"。

吴经国还记得在出发前，父母亲即语重心长地告诉他："这次投票，你一定要记得你是中国人。"他们并未明说要他支持北京，但他们眼中的期待，吴经国了然于胸。另外，选后一个月，收到何振梁主席的谢函，除对于他的支持表示谢意外，更谢谢他为北京拉了不少票。

2001 年 7 月 13 日，决定 2008 年奥运会主办城市的时刻终于到来。第一轮投票后，第二轮投票开始，两分钟后结果出炉。吴经国对坐在两边的委员轻声道："选举已经结束，北京获胜了。"在他左边的新西兰籍委员威尔逊高度近视，惊讶地问："你怎么知道？"他答："相信我，主席很快就要宣布结果。"他屏息以待历史性的一刻到来——北京在第二轮中以56票过半数夺下奥运会主办权。

只见萨马兰奇接到信封，撕开封口，拿出纸条念："2008 年奥运会主办城市为北京。"全场顿时欢声雷动，北京代表团成员从座位上跳起来，高兴地拥抱在一起。吴经国也从座位上跳起冲向何振梁，他们情不自禁地相互拥抱，喜极而泣。何拍着吴的背说："经国，你做了件大好事。"吴答道："何先生，我们俩共同为中国人做了件大好事。"他俩真情的流露感动了在场许多委员。许多中外媒体冲到他们面前，镁光灯闪个不停。

四、平生只有"两个梦想"

"我担任国际奥委会委员，来协助国际奥委会推动所有的有关奥林匹克事务，我人在台湾，祖籍是苏州，是中国人，我必须非常明确地表达我对北京的支持，协助北京来申办 2008 年奥运会，而且我还会一如既往地投入到北京奥运会的筹办工作中去。"

如今，吴经国先生先后考察了100多个国家，在奥运场馆设计、建设与评审方面做了大量工作。吴经国先生还兼任北京奥运会协调委员会委员，受国际奥委会之托担任工程建设组的召集人。

吴经国先生一直致力于两岸的交流，他告诉我，北京承办2008年奥运会是全球华人共同关心的一件大事，在北京奥运的筹备过程中，两岸各界有许多方面可以合作，如奥运主赛场的设计招标活动中就有台湾同胞递交的方案，尽管没能中标，但至少有了一次参与的机会，是两岸同胞为奥运携手的一个表现，肯定会对两岸交流有所帮助。他还积极呼吁台湾同胞参与捐建北京奥运游泳馆。

作为国际奥委会文化委员会委员，吴经国先生一直关注北京奥运会歌曲的征集情况。他认为，在奥运体育比赛越来越走向国际化的今天，奥运文化上还是应该突出主办国的地方特色。"北京奥运会的主题歌还是要展现民族特点和地方色彩，这也是将中华文明向全球推广的舞台。"吴经国觉得中国有那么多优秀的文化艺术人才，没有理由创作不出优秀的奥运歌曲，更不可能让哪位国外的歌手演唱北京奥运会歌曲。吴经国希望2008年北京奥运会应该在开幕式、点火仪式、主题曲等各个环节充分展示中华文化的魅力，通过奥运会向全世界推广中华文化。

吴经国还告诉我，北京举办奥运会是他一生的梦想。此外，他还有第二个梦想，那就是希望在2008年北京举办奥运会的开幕式上，在中国同一块牌子下，台湾运动员和大陆运动员能够手挽手地一起步入会场。他说："我和何振梁先生相约，我们两个人一起走在这支队伍的最前面。"他说，这将是他和何振梁先生一起为历史做的一件事情。吴经国先生祖籍苏州，1946年出生于重庆，曾获得台湾十大杰出青年称号。他袒露心迹："虽然在奥委会的工作常常要面对很大的压力与不解，但丰富了自己的人生。"

二 体坛星空

1984年，中国射击运动员许海峰在奥运会上为中国摘取第一枚金牌，2004年"亚洲飞人"刘翔一鸣惊人，中国运动员在奥运赛场上的拼搏早已将"东亚病夫"的帽子甩入了太平洋！奥运会是体育明星的最大舞台，承载了他们太多的欢笑与泪水……

6. 姚明：

王者归来

姚明，中国著名篮球运动员，美国NBA最耀眼的明星之一。

作为中国的"名片"，姚明成为世人瞩目的篮球明星。他现在最大的心愿为何是"2008年再做一次旗手"？

　　从一出生就备受关注的巨大婴儿到中国第一个NBA明星，美国《时代》周刊记者笔下的姚明成长之路。未出生已被体委预定，姚明的传奇经历，被西方人广泛关注。

　　这种非常西方化的纪实性的笔调，对习惯了中国媒体传统报道方式的国内球迷来说，是很不熟悉的，但正是这种陌生感，才最大限度地体现出了这本书的价值。一切的一切：成长中的痛，训练中的苦，生活中的酸，胜利后的甜，你都能在这本书里找到答案

　　　　　——[美]布鲁克·拉尔默:《姚明行动》(中国广播电视出版社)

　　2008年奥运会，因为刘翔，很多人想看110米跨栏；因为姚明，很多人想看篮球。

　　随着2008年奥运会来临，中国体育各个项目都在磨刀霍霍。姚明已经明确表示:"我非常想再做一次（中国代表团）旗手。从1984年中国参加奥运会开始，旗手一直出自我们中国男篮。"

　　也许在休斯敦参加NBA常规赛时，繁忙的、紧张的赛事令姚明还没有真正投身到为北京奥运会做准备的过程中。但是回到祖国之后，在积极养伤以及到日本征战世锦赛的同时，姚明已经义无反顾地加入到备战2008的行列里。2006年7月21日，作为2007年上海特奥会形象大使，他还出席了特奥会公益宣传片发布活动。面对3名特奥会选手，姚明拿出了自己精心准备的三份礼物。他把一双运动鞋递给一名选手，微笑着说:"希望你穿上它能跑得更快。"

一、中国"名片"

　　还是2006年在上海采访特奥会时，上海市体育局副局长邱伟昌对我说:"作为上海人的骄傲，姚明和刘翔在体育上取得辉煌的同时，还有着

我们中国人特有的儒雅、宽厚。

不少美国人曾认为中国人是古板的、落后的，可是2.26米的姚明和他的打球方式给美国人带来了完全不同的感受。他谦逊而彬彬有礼的举止，让美国人耳目一新。前中国驻美大使杨洁篪曾给姚明取了个别号——中美外交的民间大使。

毫无疑问，姚明在NBA的几年间，在美国人心目中树立了中国人的新形象，姚明也因此成了美国人眼里的"中国名片"。这张"名片"有时相当管用。在姚明加盟之前，休斯敦火箭队主场里没有任何与中文有关的内容。姚明来了以后，门卫只要看到亚裔人，立即会用中文问候"你好"。而每逢中国重要的节日，如春节、元宵节，原本只在华人社区活跃的一些歌舞团也会被请到丰田中心去献艺。可以说，姚明身上所折射出来的中华文化的底蕴，改变了许多美国人对中国的看法，同时也让美国人最喜爱的篮球运动打上了中国印记。

每逢休斯敦火箭队主场比赛，全场上万人的呐喊声会让人热血沸腾。当地观众只要看到中国人，都会伸出大拇指，用不太熟练的中文说"姚明"、"谢谢"等来表达他们对姚明的热爱。

而姚明前往NBA，也让美国的篮球赛有了更多的观众。

据说现在，姚明已被美国人视为最可亲的运动员之一，他的良好形象也影响了很多华人。他们教育孩子要"努力成为像姚明那样的人"。因为姚明，很多华裔孩子学中文有动力、有激情了，甚至一些美国人也因此开始学习中文。有姚明打球的赛季，姚明球迷俱乐部能帮火箭队多卖两万多张票，仅是休斯敦的华人贡献给火箭队的财富就高达100多万美元。

二、高度决定影响力

什么是姚明的高度？其2米26的身高，是人们首先想到的。可身高再高，终有其极。姚明的高度，更体现在"姚品牌"的高度上。

出色、谦虚、幽默、真诚、健康，这些词汇人们并不陌生。但当这些词汇统一到一个人身上时，这个人也就获得了品牌效应。姚明正是以这样的姿态游走于中西文化之间，在个人与团队、公益与商业、有形与无形间，游刃有余地完成一次又一次精彩的亮相。而出色、谦虚、幽默、真诚、健

康的个人品格，也逐渐成为"姚品牌"的核心。

假如没有加盟 NBA，姚明不会成为今日之姚明；假如不是来自世界上人口最多、市场潜力最大的中国，姚明不会拥有今日在 NBA 之地位；假如姚明仅仅会打篮球,赛场之外的姚明也不会有今日影响深远的巨大号召力。

时势造英雄。机遇选择了姚明，NBA 选择了姚明，姚明全方位展示了自己的才华，中美文化间又多了一个直接交流的平台。这是中国篮球的贡献，这是中国体育的贡献，这又何尝不是姚明带给中美两国、带给世界的贡献。

从 CBA 来到 NBA，积极适应、出色发挥，姚明成功融入；从 NBA 偶尔回到国内，没有盛气凌人、没有疏离隔阂，姚明依旧是中国篮球队普通一分子。这是姚明善于交流的艺术，也是其本色做人的艺术。伟大，有时就这样寓于平凡之中。

其实，无论姚明，还是"姚之队"，都非常清楚一个事实：没有中华文化这个深厚的根基，没有中西文化的交流，姚明的高度，"姚品牌"的高度，便无从谈起。所以，在雅典奥运会上成为中国代表团的旗手，会被姚明视做莫大的光荣；所以，尽一切可能为国家效力，始终是姚明心头最重的一块砝码。这是姚明的赤诚，更是姚明的智慧。所以才有了他真诚的一句话："2008 年，我想再做一次旗手。"

球场之外,姚明开始频频出现在各种杂志封面上,他在电视上为 VISA 信用卡、苹果电脑及运动饮料代言。SARS 期间他曾联手家乡电视台开办跨国间电视筹款节目,并为艾滋病防治及其他善事出力。他还在休斯敦开了一家中餐厅。

美联社记者特里曾就"姚明现象及其影响"这个话题做过特别报道："姚明使更多的美国人关注中国。就像日本的游戏和漫画在美国有很大市场，很多年轻人会觉得说点日语很酷一样，现在，姚明也让大家觉得说汉语很酷。"他说，有很多美国体育记者，包括那些 TNT、ESPN 的大牌，为了能够更好地采访姚明，也都在学汉语，"他们希望在采访姚明时第一句是用汉语说的，'你好，姚！'"

三、未来

火箭老板亚历山大甚至说姚明的影响力会超过乔丹和老虎伍兹，"姚明将成为体育史上最伟大的明星。从世界的角度来说，姚明的影响会超过迈克尔。因为他的背后有那么多的中国人，有那么多的亚洲人。"或许这个说法有着美国式的幽默与夸张，但毫无疑问，姚明会成为体育史上"最伟大的人物"之一。

姚明在上海简易楼的房间中长大，如今成了NBA明星，仍保持着许多当年的品质。美国《外交政策》杂志的文章说：这位身高7英尺6英寸的中国人，天赋过人且性格随和，有集体利益第一的态度和蓝领工人的斗争精神，还能身处众多目中无人、行为不端的超级明星中出污泥而不染。

对于2008年奥运会，姚明认为中国男篮要进入前八难度非常大，他说雅典奥运会杀入八强是全队努力的结果，不过也有一些偶然因素，"如果想走得更远，就需要付出更多的努力。赛场上会发生什么谁也不知道。比如，我哪儿知道我一年里动了四次手术？"姚明已经参加过两次奥运会，在他的记忆中，"雅典奥运会打赢塞黑那一场，恐怕是这一辈子到现在为止最激动人心的一场"。那场比赛使中国男篮击败塞黑挺进八强，赛后，姚明紧紧地抱住主帅哈里斯放声大笑。

姚明评价现在的国家队时说过，他和队友打球的技术、风格不一样，队友们节奏也比较慢一些，而且在一些小球的处理上与世界强队有很大差距。尽管如此，姚明仍表示："我希望能在2008年代表中国男篮在奥运会上有所突破。"姚明说："运动员参加一次奥运会不容易，能在家乡参加一次奥运会，那更不容易。我们在奥运会上的最好名次是第八名，希望在这个基础上能够有所突破。"

不过与雅典奥运不同的是，2008年的姚明将会更成熟，他的身边还站着打过两届奥运会的王治郅。

7. 刘翔：

不一样的 2008

刘翔，2004年110米栏奥运冠军，为中国赢得了
男子田径第一块奥运金牌。

2004年雅典，他一飞冲天；2008年，在自家门
口，这个"亚洲飞人"能否飞得更远？

在谈到刘翔时，一位资深媒体人表达了这样的观点：第一，刘翔所从事的项目是中国人最早达到世界先进水平的田径项目，早在20世纪60年代，中国在男子和女子跨栏上就都达到了世界最先进水平，换言之，刘翔的成绩不是"无本之木"；第二，孙海平教练创造性的执教思路是如何使刘翔达到了高水平？第三，刘翔在北京奥运会上获得金牌的机会有多大？

一、明星冠军

中国田径历来缺少明星，更缺少世界级明星。刘翔的出现，填补了这一空白。刘翔的鹤立鸡群、声誉日隆，反衬的恰恰是中国田径积贫积弱的苍白和中国体育整体发展的不均衡。中国体育界已经意识到，一个刘翔是远远不够的，长远的发展方向是通过刘翔带动更多的田径选手乃至其他项目的选手进步。2004年雅典奥运会，刘翔一飞冲天，在110米跨栏获得世界冠军。从此，他成了中国体育界最耀眼的新星。

2006年12月12日晚，多哈亚运会田径比赛最后一天的争夺在哈里发国际体育场继续进行。我在这场运动会的现场再次见到刘翔。而第一次见到刘翔则是在2005年春天，人民大会堂，一次世界著名运动员的颁奖晚会上。

因为有刘翔，亚洲人民显示出了极大的热情，比赛现场被记者们的"长枪短炮"围得水泄不通。今晚第一项跑道上的比赛就是最为引人瞩目的男子110米栏决赛。最终，刘翔不负众望，以13秒15打破了4年前在釜山创造的亚运会纪录并获得冠军，队友史冬鹏以13秒28紧随其后，这个成绩也创造了他个人的最好成绩，第三名被日本选手获得。

哈里发体育场唯一的世界纪录保持者、世界冠军中国飞人刘翔无疑是多哈亚运会田径赛场最为耀眼的一颗明星，为亚洲人在相对落后的田径项目上争得无限荣誉的刘翔也无愧于这样的关注。

预赛中，以13秒74的成绩轻松进入决赛的刘翔今晚最大的对手便是他的战友史冬鹏，史冬鹏的预赛成绩13秒71甚至比刘翔还要出色，而且他赛前还放话说不会让刘翔赢得太轻松。但毕竟实力还是硬道理,显然刘翔今晚的最大对手只有自己,人们所关心的是他将以怎样的成绩获得这枚意料之中的金牌。

决赛中,刘翔排在第三道,史冬鹏在第六道,韩国选手朴泰荣和日本选手内藤真一则分在第四、五道。一声枪响,刘翔和史冬鹏就冲在了最前面。前三个栏,刘翔就已经完全确立了领先地位。后程一向是刘翔的优势,他三步的栏间节奏保持得非常好,逐渐与其他6位选手拉开距离,只有史冬鹏紧追不舍。最终,刘翔以13秒15第一个撞线,史冬鹏排在第二位。

绕场庆祝结束后,刘翔被现场的记者团团围住。他始终拉着史冬鹏,两人在国旗下接受了记者的采访。但是记者显然对刘翔更感兴趣,史冬鹏很配合地提前离开了,而刘翔一直身披国旗。一个人的表演,又开始了。

其实,所有人都明白,刘翔既要保持在成绩稳定的基础上继续攀登,更要从容应对蜂拥而来的追捧当好明星。这是今日刘翔无法选择的生存现实。但美好的愿望代替不了事物的客观发展规律,任何一名优秀运动员,包括刘翔在内,肯定会有竞技生涯的波峰波谷,冀望永远停留在竞技高峰,不仅不现实,没准迟早还会摔跟头。刘翔最想要的,还是2008年北京奥运会的金牌。

二、期待北京

无论参加什么级别的赛事,无论对手实力如何,刘翔总能以轻松的心态面对,"一场一场去拼"是他经常说的一句话,而不给自己定目标也成了刘翔与众不同的风格。"我出去比赛从来没有目标,因为没有意义。对手要一个一个往下拼,你的实力和状态到那个地步了,冠军自然是你的。"刘翔如是说。不过不定目标并不意味着没有信心,用刘翔自己的话说:参加比赛嘛,肯定有信心,没信心我就不去了!

现在的刘翔,已经不太愿意提起雅典奥运会那个经典时刻了,"人不能总想着过去嘛,要好好准备以后的比赛。不过有时候在电视上看到当时的场景,还是会很激动的。"

当今国际田坛,能在男子110米栏项目上呼风唤雨的人物屈指可数,美国名将阿兰·约翰逊和曾世界排名第一的阿诺德都是廉颇老矣,虽然经验丰富，不过两年后能否保持良好的身体状况和状态还是个未知数。所以，2008年北京奥运会上对刘翔构成最大威胁的当数和他同样年轻气盛的杜库里。而刘翔也很期待与这位法国名将的交锋。

"杜库里很强，而且他的状态保持得很好。不过奥运会谁拿冠军还得看训练情况，我不怕他。"刘翔肯定地说。

在国内，刘翔就鲜有对手了，除了河北选手史冬鹏，很少有人能望其项背。对于这个多次和自己并肩战斗过的队友兼对手，刘翔是这样评价的："他是个很有实力的选手，应该算是亚洲的二号吧，不过和我还有一定差距，希望他2008年能进入八强吧！"

谈到对2008年的展望，刘翔满怀憧憬地说："希望自己能有好的表现，毕竟是在家门口参加奥运会，压力还是有的。不过其实也没什么，在哪都是比赛，还是那句话———场一场地拼吧！"刘翔说出了一个2008年的心愿："希望到时候大家都来看我的比赛吧！"其实即使刘翔不说，奥运会110米栏比赛当天也不会有空闲座位的。

三、刘翔"星路"历程

一、2002年7月2日，在瑞士洛桑举行的国际田联大奖赛上，初出茅庐的刘翔在比赛中跑出了13秒12的佳绩，虽然他最终仅仅获得了本次比赛的第二名，但这一成绩已经打破了沉睡24年的世界青年田径纪录，同时也打破了亚洲纪录，从此以后，洛桑成为了刘翔的福地，在今后的比赛中数次见证了中国飞人所创造的辉煌。

二、在2002年举行的釜山亚运会中，刘翔在男子110米栏的比赛中跑出了13秒27的成绩，一举夺得冠军，并打破了亚运会纪录。

三、2003年3月16日，在英国伯明翰举行的第9届国际室内田径锦标赛中，刘翔在男子60米栏比赛中获得第三名，不过7秒52的成绩打破了亚洲室内纪录，刘翔也成为了参加本次比赛唯一获得奖牌的亚洲选手，实现了中国男选手在该项赛事18年来奖牌"零"的突破。

四、2004年3月6日，在布达佩斯举行的2004年世界室内田径锦标赛上，刘翔分别以7秒46和7秒43两次打破男子60米栏的亚洲室内纪录并夺得亚军，再次书写了中国田径历史。

五、2004年5月8日，在大兰举行的田径大奖赛上。刘翔面对2003年巴黎世锦赛冠军——美国名将阿兰-约翰逊，结果他在比赛中跑出了13秒06的个人最好成绩，打破了由自己保持的亚洲纪录并顺利取得冠军。

六、一次未破纪录的纪录——2004年8月27日，雅典奥运会决赛。第四道的起跑非常有力，从第一栏就一直领先，最后全力冲刺，第一个冲过终点，12秒91！这个成绩追平了1993年科林-杰克逊创造的世界纪录！也刷新了阿兰-约翰逊在1996年亚特兰大奥运会上创造110米栏的纪录！刘翔创造了中国乃至亚洲的历史，成为第一个获得奥运田径短跑项目世界冠军的黄种人。

七、2006年9月9日，在德国斯图加特举行的2006年国际田联世界田径总决赛110米栏决赛中，刘翔以12秒93的成绩夺得冠军，并打破赛会纪录。

八、2006年7月11日，洛桑超级大奖赛。刘翔被分在第二道，发令枪响后，刘翔起步顺利，在途中跑和冲刺更是发挥出色，最终以12秒88的成绩率先冲过终点，一举打破了沉睡13年之久的该项目世界纪录，当之无愧地成为了男子110米栏的第一人！

九、2006年12月多哈亚运会上，刘翔在没有对手制造动力的情况下依然跑出了13秒15的佳绩，轻松摘下冠军的同时也打破了由自己保持的亚运会纪录，中国飞人的极限到底能到何种地步，让我们在以后的比赛中尽情地期待。

十、北京2008年奥运会，田径赛场？

8. 杨扬：
让奥运精神深入民间

杨扬，在 2002 年盐湖城冬奥会上，先后在女子 500 米与 1000 米短道速滑中两度封后，实现了中国人在冬奥会上金牌"零的突破"。

美女冠军，退役后是如何继续追逐梦想的脚步，装扮多姿多彩的人生？

"从1984年开始滑冰到现在退役,23年的体育生涯,经历了很多难忘的时刻,有激动人心的胜利,更有能让人很快成长的失利。而很多的朋友就在这些不同的时刻、不同的阶段出现,影响着我。有些朋友是一直保持联系的,经常聚一聚。也有些朋友是不多联系的,但逢年过节的时候都是要相互问候一下,相互心里一直都牵挂着,惦记着。人和人相识,相知,到最后相恋(不光是情侣的这么形容,朋友也是可以这样形容的,反正我是这么认为的)不容易,无论走到哪个阶段我们都应该珍惜"。

——摘自杨扬的新浪博客

采访杨扬是在2006年盛夏的北京,一个叫张茜的朋友引见的。因为几场大雨而消散了不少暑气,而忙碌的大杨扬,这位冰雪世界的"女神",她说自己属于冬天,但也热爱夏天。"因为夏天孕育着蓬勃的激情。"

看惯了在冰雪场上穿着简洁的运动装飞舞、拼搏的杨扬,当一袭粉紫色及膝连衣裙的她出现在朝阳区一家咖啡厅时,不禁让人眼前一亮,其周身顿时散发出一股浓浓的温柔女人味,别有一番居家小女子的风姿,真是一位名副其实的"美女冠军"。

一、美女冠军的日常生活

眼前的杨扬,明亮、自信、随和却又不失豪爽。我们坐在一起的时候,一杯冰咖啡,她将自己的经历娓娓道来。她说,自己经历了退役、复出,正是她简单的性格帮助她重新回到了痴爱的冰场,但2006年的都灵冬奥会,她决定真的要退下来了。在压力大时,大杨扬最好的缓解压力的方式就是沉浸到音乐世界。"我喜欢音乐就像喜欢滑冰一样,速度滑冰的压力我全都在音乐中释放。"

拿了冬奥会冠军之后,很多人都说杨扬的社会活动多了,大家通过电视和照片来看，觉得她越来越年轻，越来越漂亮。当运动员的时候，大家看到她穿着比赛服，头包着，显现不出女性的魅力。我好奇地说："杨扬很会装扮自己啊！"

杨扬说："要说漂亮，我可能没有那些娱乐明星会打扮，我也没有觉得自己有什么特别的。从女孩子的角度来讲，女性都是爱美的，所以我也经常会翻一些杂志或者追一些流行的趋势，也根据自己的特点、自己对装扮的一些心得来打扮。但是总体来说，我凭自己感觉。我觉得中国女孩子不太注重气质的培养，在国外，其实很多女孩子是很丑的，但是因为有了很好的气质，所以很吸引人。所以我虽然没有太多的丽质，但是有意地培养这方面的气质，还是很好的。我自己倒也没有有意培养自己怎么样，可能经历的事情比较多，看上去比较沧桑吧。"

刚刚过去的都灵冬奥会，大杨扬成为了中国代表团的旗手，这也是中国代表团在冬奥会和夏奥会历史上第一次起用女旗手。这位中国首位冬奥会金牌得主不但参加了都灵冬奥会比赛，还作为 15 名候选人之一，参加了国际奥委会运动员委员会委员的竞选。

然而，她没能再次在都灵冬奥会上拿到金牌，竞选也失败了，这些跟辉煌的金牌一样都属于过去。她说自己退下来也有半年了，想给自己一年的时间考虑以后的人生。

她现在是两个协会的委员：国际滑联和世界反兴奋剂委员会，这些社会工作让她感到快乐和充实。现在，她把大部分时间都用在了学业上。"希望明年可以拿到学位。"跟很多功成名就的运动员一样，杨扬也进入清华大学学习。她英语基础不错，本来想选择外语专业，但老师认为外语只是一种工具，如果退役后不从事翻译工作，不必专学外语。在老师的建议下，杨扬选择了经济管理专业。随着体育市场化步伐加快，体育和经济的关系会越来越密切，杨扬走南闯北，对外国体育与经济的关系有直观印象，经济管理让她产生浓厚的兴趣。毕竟她专业基础较差，虽然听课听得津津有味，就是抓不住重点。但她十分用功，经过半年艰苦的努力，现在已经完全适应大学生活了。

谈到短道速滑，她认为南方姑娘更适合，因为这项运动需要瞬间正确分析判断场上情况，采取适当战术。她认为现在只有少数北方寒冷省份从事这一项目，对后备人才的选拔和培养很不利，希望有更多的南方省份也开展这一运动。她用了"北兵南展"四个字来希望滑冰这个项目能被推广到全国去，有更多的人参与。

在2002年盐湖城冬奥会上，杨扬先后在女子500米与1000米短道速滑中两度封后，实现了中国人在冬奥会上金牌"零"的突破。2003年1月，杨扬在十冬会短道速滑比赛中席卷6枚金牌，在随后的亚冬会短道速滑比赛中，她又为中国代表团独揽三金。鲜花和掌声扑面而来，但她并没有沉醉，也没有停下追逐梦想的脚步。

对于即将来临的2008年北京奥运会，杨扬寄托了自己太多的希望与梦想，虽然不能上阵拼搏，虽然竞选国际奥委会委员失利，但她觉得作为一名老运动员，她会为中国健儿鼓劲呐喊。作为世界反兴奋剂委员，她希望北京奥运会是一场干净的纯洁的运动会。"我更希望，我们能够借助北京奥运会巨大的影响力，让奥运精神深入到中国民间，比如拼搏精神，公平竞争理念，尊重对手、遵守规则的竞赛方式，在老百姓的生活中发挥这种体育热潮带来的社会功能。"杨扬憧憬地说。

二、过去的那些年

1975年，杨扬出生在汤源县的一个普通家庭，父亲是一名警察，母亲经营着一家小照相馆。刚出生时的杨扬显得异常的安静，不哭不闹，父亲给她起了个小名"冰心"，意思是冰冷的心。不成想，当日后的杨扬屹立在冰雪赛场之上的时候，真的成为了冰场上吸引全场目光的中心。

汤源县是一个典型的东北县城，冬天这里气温达到零下三十多摄氏度，滑冰、雪爬犁、打雪仗是孩子们最喜爱的体育运动，冰冻的河道是孩子们的天然游乐场。顽皮倔强的杨扬对滑冰似乎是与生俱来的天赋和喜爱，年仅8岁的杨扬就被家乡的业余体校教练王春尧看上，从此开始了她一生的冰雪之途。

2002年，当大杨扬风驰电掣般地冲过盐湖城冬奥会女子500米决赛的终点线之后，她将全身的力量和激情凝聚于自己的双拳，仿佛帮助自己摘得首枚冬奥会金牌的并非是她的双脚，而是双拳；紧随大杨扬冲过终点线的王春露，尽管只得到了一枚铜牌，但脸上开心的笑容却要比冠军还要灿烂；而看台上一直高悬着心观看比赛的小杨阳和孙丹丹则已经泪流满面。

实现中国冬奥会"零的突破"的人是大杨扬，但这枚金牌却同属于四位7年来朝夕相处的无间好友。这枚冬奥会金牌见证着中国冰雪界几代人的艰苦努力。

杨扬说，其实在盐湖城冬奥会之前，她曾经有两次面临着要不要"退役"。

一次是在长野冬奥会结束后，由于年龄较大，大杨扬一直对自己是不是能够坚持到下届冬奥会心存疑问。她清楚地记得，当时有人问队领导，是不是四个人当中有人会离开国家队。队领导回答说："要是有，可能就是大杨扬。"

但最终大杨扬还是在抚平长野冬奥会的创伤之后，选择了留下来。她说："上届冬奥会，自己发挥得那么差，自己心里实在不服气。明明自己的实力要比对手强，可是却不能拿金牌，实在是心有不甘。我不想让自己的运动生涯在遗憾中结束。"

好不容易决定留下来，可是大杨扬又在盐湖城冬奥会开始前的一年遇到了新的困难："我突然在训练和比赛中莫名其妙地摔跟头，开始我以为是自己的冰刀出了问题，就找人为我调冰刀。可是冰刀没问题，我还是老摔跤。于是我跑到了医院检查，结果出来吓了自己一大跳。医生告诉我，可能是腰椎间盘突出，如果继续发展下去，我就不能再比赛训练了。"

"这个结果如同晴空霹雳，我打电话告诉母亲，我的腰坏了，不能再滑了。我妈也被吓了一大跳，但她还是一边安慰我，一边鼓励我再去查查。后来，一位有经验的按摩师经过检查，发现一切只是一场虚惊，其实那是我大腿外侧的一块肌肉过度疲劳导致的。"

"如果要是查不出来，我可能就退役了，那将是一个多大的遗憾啊。现在我一想起这件事，就有点后怕。"她心有余悸地说。

三、后记

采访杨扬结束后2个月，就传来了她正式退役的消息。目前在清华上学的杨扬表示退役后，她将全身心投入到学习上，至于毕业后的安排，她还没有考虑太多。"我本来应该今年毕业的，但因为之前忙着冬奥会耽误了一年，所以至少在之后的一年里我希望可以尽量享受学习的乐趣。"

　　除了学习之外，杨扬的课余生活也非常丰富，很多社会活动让她并不能够真正拥有更多的个人时间。"我总是觉得自己很充实，现在离奥运会这么近了，我也在参与奥组委和志愿者的工作。这些工作可以给我增加很多阅历。"

9. 黄金宝：

寻常巷陌 英雄曾住

黄金宝，1996年以来奥运会上唯一的华人男性自行车运动员，多哈亚运会冠军，被誉为"亚洲车神"。

国家主席胡锦涛在香港参加回归十周年庆典期间，参观运动员训练场馆时，为何一眼就认出了他？他的名气到底有多大？

这位亚运会金牌得主、唯一获得2004年雅典奥运会自行车比赛资格的男性华人，33岁却仍然单身，现在还住在香港体育学院的单身宿舍里。他的教练沈金康说："阿宝在体育学院的月薪很低，加上七七八八的比赛奖金等，一年总收入只有大约20万港币。这么点钱，在香港是买不起房子的。这次亚运会夺冠，阿宝可以拿到约25万港币，这点钱在香港只能买5个平方米。"

一、风中之王

黄金宝，男，1973年生于中国香港，自行车运动员。

"阿宝"的名气很大，大到什么程度？国家主席胡锦涛参加香港回归十周年庆典期间，参观运动员训练场馆时，一眼就认出了他。

认识黄金宝是在多哈亚运会公路自行车赛场上。2006年12月3日，在多哈亚运会自行车比赛中，阿宝夺得了男子公路个人赛冠军，从而达到他运动生涯的巅峰。

当日上午，多哈港海滨大道，自行车赛场，刮起了大风，黄金宝出发前，向我们这些老记们丢下一句："如果风不误事，成功问题不大。"然后，便淹没在亚洲自行车选手的滚滚车流中。

3小时45分2秒，黄金宝以第一名归来，为中国香港体育代表团捧回多哈亚运会第一枚金牌。

比赛结束，就在海边的一处帐篷里，我们聊了很久。黄金宝告诉我："其实挺危险的，在11公里处发生碰撞意外，这样形成了3个梯队，我在长时间内位于第二梯队，赛前，根据风大这一实际情况，教练给我制定的战术是一定要保持在第一梯队。教练看到这个情况很着急，就通过无线联络系统告诉我追上进入第一梯队，这就有一个风险，如果顶风消耗体力追上第一梯队，耐力不好的话，就无法保持下去，更不能加速冲刺，很容易被其他对手反超。这样，今天我将一无所获。"

在比赛结束时刻，他的教练评价说："还好，黄金宝坚持住了，他的耐力经受住了考验，他是准备了200公里的体能，因为风大临时改为150多公里，这也是他能够冲上去，坚持下来取得胜利的原因。"

事实证明黄金宝战术的正确。中国体育代表团的李富玉，赛前也是被看好的金牌候选人，在这场比赛仅获得第13名，他向记者总结说就是因为被隔在了第二梯队，在大风中无法冲刺，导致惨败。在2005年十运会上，正是李富玉击败了黄金宝。

尽管刚刚获得金牌，尽管始终面带微笑，但面对问题，黄金宝的回答总是不超过两句话。不过，谈到自己的训练生活，黄金宝却打开了话匣子："我每年在云南进行高原训练提高成绩，从事自行车运动十多年来，我的训练没有任何变化，始终如一吧。"黄金宝18岁时在香港开始了自行车运动生涯，黄金宝不仅是唯一获得2004年雅典奥运会自行车比赛资格的男性华人，也是1996年以来，奥运会上唯一的华人男性自行车运动员，他在1998年曼谷亚运会赛事上获得公路自行车赛的金牌，当年因对香港自行车运动作出的卓越贡献被授予香港荣誉奖。教练评价他说："平时很低调，不张扬，虽然是名老将，但绝不比任何人有一点特殊。"

"人都有犯懒的毛病，所以我一直激励自己忙起来，努力不止，我很喜爱自行车运动。更喜爱有起伏的而不是平坦的骑行路段，因为在爬坡中才能体现力量。"黄金宝自己这样评价自己。

二、廉颇未老

到2008年北京奥运会时，黄金宝已经35岁，在运动员中，这已经是比较老的了。喜爱他的人们担心："阿宝还能蹬得动吗？"

由于父母离异，黄金宝的少年时代过得并不顺利。学习骑自行车以后，他的整个人生轨迹转了个大弯，成为香港青年人的榜样。前香港特区行政长官董建华竞选连任的时候，黄金宝站出来支持他，影响了不少人。

有亚洲车神美誉的黄金宝，能够拥有今天辉煌的成就，背后所流的血汗不是普通人可以明白的。性格憨厚诚实的阿宝，自小已热爱骑着单车四处走，只爱单车不爱读书的他于中三辍学，年纪轻轻便已工作，赚钱贴补家用。

阿宝自1991年起为港队征战，赢得无数大小赛事锦标，然而阿宝最值得人敬佩的，并不仅仅是他屡获殊荣、为港争光，而是他对单车运动的付出。阿宝最令人津津乐道的，是多次发挥牺牲小我的精神，宁愿放弃个人夺奖机会，也要协助后辈在比赛中夺标，这并非每个顶级运动员可以做到。

1994年，黄金宝迎来了自己的恩师——率领中国自行车队在1990年亚运会上大出风头的总教练沈金康。十几年来，沈金康将当时只有3名选手的香港自行车队，发展到30多人的集体。以黄金宝为代表的选手也在亚洲比赛中，不断展示出领先一步的实力。

提起自己的恩师，黄金宝赞不绝口："他对我帮助非常大，这么多年一直是他陪着我参加比赛，今天的战术也是他制定的。"

33岁，对于一名职业运动员来说已经是"高龄"了，但黄金宝觉得自己还很年轻。"我想如果按照现在的状态，我骑到2008年没问题。我当然希望能出现在北京的赛场上啦，但我想可能我还是会去参加场地赛。"

现在，无论是他还是主教练沈金康都把接下来的目标瞄准了2008年的奥运会。"尽管每个公路赛的运动员都梦想着有朝一日能够去环法比赛，但要知道参加一次环法比赛意味着必须准备两到三年。所以对于阿宝来说，还是参加北京奥运会比较实际。"

黄金宝的话依旧比较含蓄："2008年奥运会，我也想试试。"

10. 林丹：
羽坛"一哥"的快意恩仇

林丹，2006年世锦赛上首次夺得男单世界冠军，目前世界排名第一。

这位曾在雅典奥运会折戟的羽坛"一哥"，能否在2008年实现夺金梦想？"丹芳恋"是否让他分心？

"我希望通过自己的努力能够创造一个羽坛的林丹时代，也就是当很多人提起我的时候，都公认我是男单里面最优秀的选手，承认我是最不好打的，见到我就害怕，那时我觉得自己才算成功了，那也是我的终极目标……"

当今羽毛球坛，能够称得上"天下第一"的，也只有林丹了。虽然他还时常让人担心，虽然他有时候在关键比赛时老犯急躁冒进的失误。

林丹5岁开始练习羽毛球，9岁进福建体校，12岁入八一队，18岁入选国家队。

林丹左手握拍，以拉吊突击为主打法，进攻意识强，场上速度快，进攻落点好，攻击犀利，步伐灵活，扣杀较具威胁。2006年世锦赛上击败鲍春来，首次夺得男单世界冠军。

2000年亚洲青年锦标赛男团、男单冠军，世青赛男团冠军，男单第三名；

2001年荷兰、德国青年公开赛男单冠军，九运会男单亚军，亚洲锦标赛男团冠军、男单亚军，丹麦公开赛男单亚军；

2002年全英公开赛男单第三名，韩国公开赛男单冠军；

2003年日本公开赛男单亚军，新加坡公开赛四强，丹麦、德国、中国香港、中国公开赛冠军；

2004年瑞士、全英、中国公开赛冠军、日本公开赛四强、汤姆斯杯冠军；

2005年世锦赛男单亚军，苏迪曼杯团体赛冠军成员，德国、日本、中国香港公开赛冠军，全英、马来西亚公开赛亚军；

2006年汤姆斯杯男团冠军成员，全英、中国台北、中国香港、中国澳门公开赛冠军，马来西亚公开赛亚军，世锦赛男单冠军，中国公开赛、益阳世界杯冠军，多哈亚运会男团冠军、男单亚军。

2007年韩国羽毛球超级赛男单冠军。

一、折戟雅典奥运

2004年雅典奥运会上，林丹的夺冠呼声特别高，可是由于压力过大，他在第一轮就被苏西洛淘汰，结果"超级丹"也被人戏称为"林一轮"(第一轮就出局)。

"或许他以前只是为与陶菲克、李宗伟这样的亚洲选手的一两场比赛进行准备，从此他必须从第一场比赛开始准备，每一场比赛都是硬仗，每一个对手都需要林丹付出100%的努力。"李永波说："这样的历练对于林丹这样的选手，尤其是现在他正在经历的心理变化，是非常及时和重要的。"不过批评归批评，责骂归责骂，李永波对林丹的喜爱和呵护也是毋庸置疑的。"我还是十分看好林丹，我相信他一直都是最棒的。"李永波说："我会在比赛中一直坐在他的身后，给他进行指导，鼓励他，我也相信他不会让我失望的。"

左手握拍的林丹步法灵活，扣杀犀利，落点刁钻，特别是打球时霸气十足又不失清醒头脑，控制比赛的能力尤为突出。看林丹比赛是一种享受，因为他在场上总是激情迸发，或挥拳或跪地，获胜了还不忘向全场行军礼。有人说，林丹的球艺像当年的赵剑华，拼劲像夏煊泽，智慧像孙俊。不过，个性突出的林丹却称，"我谁也不像，我就是我。"

林丹开场通常给人不太积极的印象，其实他是在摸底和试探对手，小试身手后，他很快抓住对方的习惯球路，结合自己的技术风格，后发制人。可如果比赛一开始他就比分领先，那么说明他赛前已对对手心中有数，大家也就不必为他担心了。

运动场上常有"球如其人"的说法。林丹小小年纪能有如此老练的球风，与他在比赛场上和生活当中的成熟不无关系，他的自我控制和约束能力，相对同龄人来说明显高出一筹。

但走出奥运失利阴影的林丹终于"复活"了，他用中国羽毛球公开赛男单冠军的成绩再次证明了自己不凡的实力。

虽然林丹现在已经是世界冠军了，但是他还希望能够在单项世界锦标赛上表现得更优秀一些，当然也包括让他心痛的奥运会冠军，这些都是林丹下一步的目标，而创造羽坛上一个属于林丹的时代，则是他的终极目标。

至于多长时间可以达到这样一个目标，林丹说这个他自己也无法预计，因为这要根据他的运动年限来计算，而林丹表明自己不会在达成目标之后就急流勇退，要一直等到自己打不动了才会选择离开羽毛球，他特别强调"只要自己还有这个能力，队里也还需要我的时候，我就会一直打下去"。

对于羽毛球，林丹可以说是又恨又爱，每当感觉训练枯燥的时候，或当比赛失败的时候，都会特别讨厌、憎恨这小小的羽毛球，但是，说句实话，林丹说："我还是热爱羽毛球，喜欢这项运动的，所以我不会达到目标之后就马上退役。"

二、当"超级丹"遇上"天才陶"

林丹在国内被称为"超级丹"，其俊逸硬朗的外型深受广大球迷的喜爱；无独有偶，印度尼西亚羽毛球国手陶菲克因非凡的球技、加上其高官女婿的身份为球迷所青睐。

林丹与陶菲克堪称目前男子羽坛的一对老"冤家"，作为当今技术能力最出众的选手，双方的碰撞被认为是代表最高水平的巅峰对决。这对宿敌除了场上的激烈争斗外，场外也是大打"口水战"。自2001年亚锦赛首度碰面至今，正式比赛中两人已交手九次，林丹取得了六胜三负的战绩。2005年世锦赛决赛后林丹对陶菲克保持不败，2006年多哈亚运会上，两人再度上演恩怨情仇。

男团比赛，林丹与陶菲克狭路相逢，这两位偶像级国手都不缺少本国的球迷，于是台上棋逢对手，厮杀正酣，台下两国的助威团也是"势均力敌"：不仅人数差不多，就连喊声高低也惊人地相似，一位印尼男孩因为过于激动几乎要冲到台上，被工作人员制止，因为他影响了电视直播。第一次比赛，陶菲克输了，看台上那个文静腼腆的印尼女孩哭了，她告诉记者羽毛球是印尼的"国球"，陶菲克是国内年轻人喜爱的偶像；半决赛，林丹又胜了陶菲克。看台上，我身边的那个印尼女孩低着头默默离开了赛场。

最后一场男单决赛，现场气氛最为热烈。我提前1小时乘班车来到羽毛球赛场，发现媒体席上已经没有了空位，对面的观众席上，连过道都挤得水泄不通。等我好不容易挤到一个空位，发现身边竟然是被淘汰的名将鲍春来和谢杏芳(林丹的女友)，他们也到观众席上，为林丹加油。

此前女单决赛中的两名中国香港选手王晨和叶佩延分别在之前的比赛中淘汰了谢杏芳和张宁，使得女单冠亚军已与中国队无缘。

最大的看点在男单，中国队头号男单林丹大战印尼选手陶菲克。这是他们在本届亚运会上第三次交手了，在男子团体赛中，林丹两胜陶菲克，使得这场单打决赛更具火药味。这是一场世界顶级高手的对决。很多印尼观众是全家一起来的，大人抱着孩子，呐喊声响彻体育馆的夜空，以在卡塔尔的建筑工人为主体的中国观众也毫不示弱，他们把鲜艳的五星红旗展示在看台前，加油声一浪高过一浪。

最终，林丹被陶菲克以2：0击败。中国观众惊呆了，印尼球迷沸腾了！

按说，中国女单获金牌如探囊取物，男单拿金牌也不是问题。至少，羽毛球主教练李永波是这样认为的。

男女团体赛取得冠军后，李永波就告诉记者："我们的实力是最强的，这次来亚运会的目标是包揽所有金牌。"

他的底气来自于：林丹两胜陶菲克，鲍春来轻松击败韩国选手孙升模；女子方面，张宁、谢杏芳也是干净利落地赢了对手。

很多人关心，"超级丹"失利在哪里？

首先在技术上，陶菲克的网前小球技术确实是一个"绝招"。多哈亚运会，他用网前小球技术挽救3个局点，连追5分逆转，他极其灵活的身手与超群的细腻技术，林丹很难超越。

其次在心态上，"林丹太想赢这场比赛了。"在总结林丹败因时，李永波说了这样一句话。在经验上，"陶菲克善于玩心理战"，林丹赛后这样评价他的对手。与其说陶菲克善于"玩心理"，还不如说他的临场经验更为丰富。

正如李永波所言："林丹迟早会输一场，早输比晚输好。"言外之意谁都能听得出来，他的目标不在亚运会，而是不远的2008年北京奥运会。

但是，这次输了，2008年北京奥运会就一定能赢么？恐怕对于林丹来说，还是要在大赛中争取多碰像陶菲克这样的强手，丰富自己的大赛、特别是决赛经验，从对手那里学习技术长处，苦练提高，才是根本。

对于中国羽毛球男单而言，尽管2008年夺金占据地利，但竞争对手

并非只有一个陶菲克、李炫一、李崇伟，还有可能出现的众多"黑马"，对手在变，自己同样也需要变化，"生于忧患"才能赢得胜利。

三、"丹芳恋"

"有时候我也想，大家到底要把我和谢杏芳想得有多复杂呢？我们就是运动员呀，在一起的很多时候纯粹就是练球……"

随着名气的增加，林丹的"个人问题"渐渐进入公众视野。

女友不是别人，而是羽坛大腕谢杏芳，比林丹大两岁。在林丹和谢杏芳分获中国羽毛球公开赛的男女冠军之后，公众对于林丹和谢杏芳感情的关注也再度升温。林丹对于众多媒体的报道有时候也会觉得很生气，他对记者说："我不希望他们把我们运动员当做演艺圈的明星那样去炒作，因为我们运动员本身很不容易，每拿一次冠军都会承受很多压力，很多伤痛才会换来一个冠军。"

在国内很多体育队里，是不允许队员谈恋爱的，主要是害怕运动员因为谈恋爱而分心，但是林丹说："如果两个人目标一致，心汇在一起，就不会分心，大家所说的分心那是指那些在处理感情方面不成熟的人，他们没有把最主要的东西摆在首位。"林丹说自己和谢杏芳都是大孩子了，可以分得清主次，分得清什么最重要，"我不会把太多精力放在感情方面，感情只是我生活中的一部分，一小部分，再怎么说打球对我都是最重要的事情，拿起拍子，上了球场，我连生病的奶奶都可以暂时不去想。"

在 2007 年世界羽联的一次排名中，林丹和谢杏芳分别以 80393.0 和 69490.4 的高分，稳居第一的位置。这对恋人双双成为世界第一单打，不能不说是一对完美的金童玉女。

对于自己在北京 2008 年奥运会上的目标，林丹坦言，"压力不仅来自国外，在中国羽毛球队内，竞争的氛围也很浓厚，压力也会来自于自己的队友。不过我认为这一切很正常，陶菲克、盖德这些是主要的对手，而鲍春来、陈金等队友也具备着相当好的实力。"面对队内、队外的压力，林丹始终保持着平和的心态，他甚至表示，"谢杏芳会鼓励我，我们是互相鼓励对方。"

11. 叶乔波：
冰上女皇的奥运创伤

　　叶乔波，中国著名女子速滑运动员，共参加了124次国内外大赛，获得奖牌133枚，其中金牌50多枚。

　　这位拿了23项世界冠军的冰上女皇，为何奥运金牌成了她永远的伤痛？她现在的第四个人生梦想是什么？

"我完成了三个梦想：第一个是世界冠军；第二个是在著名高等学府读书；第三个是积极倡导推广实现了冰雪的梦想，打造了一个室内滑雪馆，365天都能运转；第四个梦想，就是能够参与奥组委的有关工作，工作的性质是源于我做过两次火炬手，一次是冬奥会，还有过一次是1月17日在威尼斯，我想是不是用这份荣誉和跟体育有着不解之缘的关系继续发挥一些作用，我也很为奥组委的工作人员感动。他们经常加班加点，我想对他们做一份工作，尽一份绵薄之力，我所有的梦想都源于体育，没有办法放弃这个梦想。"

——叶乔波

2005年年底，典型的北方的冬天，干冷的北风呼啸着，高高的树将萧瑟的枯枝刺向天空，地上的草枯黄着等待着来年春天的复苏。由于是郊区，相对稀落的车辆和人口给这片土地增添了不少野外的情趣。驱车从首都机场高速路出来，拐几个弯，就可以看到叶乔波极力倡导而成的滑雪馆。

"你看那些孩子，他们都把滑雪当做一种童年的乐趣，多好玩啊。"顺着叶乔波手指的方向，穿过咖啡厅透明的玻璃，看到室内宽大的滑雪场内，才上午9点多，已经有不少孩子在玩滑雪了，他们脚蹬滑雪板，身穿防寒服，追逐着，嬉戏着，不时有欢声笑语传来。这家滑雪馆是集运动、餐饮、娱乐休闲为一体的。紧挨着滑雪场的，是一座休闲咖啡厅，就在这里，叶乔波接受了我的专访。

这就是当年那个冰雪运动场上叱咤风云的女中豪杰吗？一件宽大的棕色毛衣，黑色休闲裤，高跟皮鞋，长期运动保持的高挑身材，灿烂的笑容，像邻家出嫁后回娘家探亲的大姐，普通的大女孩。只有齐耳短发才略显当年的飒爽英姿。她娓娓叙述着，语气不经意的平淡。谈到她的那些梦想，眼神蓦地亮了起来。

"成功之花，人们只会惊慕她现时的明艳，而最初的芽儿却浸渗了奋斗的泪泉，洒满了牺牲的血雨"，文学家冰心说过的这些话，成为大多数成功者最好的诠释，然而在叶乔波身上，我们可以看到另外一番人生境界。她是中国第一个突破女子500米速滑40秒大关的选手。在她的运动生涯中，获得奖牌133枚，其中金牌50多枚，尤为珍贵的是1994年冬奥会她带伤摘取的铜牌，带着这块奖牌她坐上轮椅离开了赛场。

一、从冬运赛场到经济学博士

"可能我天生就适合运动吧，上小学时从一年级到四年级，我的100米、1500米、400米接力跑步就没有输过，但报名校田径队却没有要我；鼓起勇气问老师原因，老师说："叶乔波啊，跑步的姿势没法整了，跟滑雪一个样，呵呵。"

"1973年冬天，我放了学去长春市体校锻炼，无意中得到了一份珍贵礼物———副破旧的冰刀，从那以后，我在银色的世界里驰骋了22个年头，在零下三四十摄氏度的气温下练滑冰，甚至掉进冰窟窿，被教练用一根竹竿捞上来。训练不到两个月，我就以一分七秒六的成绩破了长春纪录，第二年囊括了吉林省这个项目全部冠军，第三年，我入伍，进了八一队，真高兴啊，我有了自己的工资，可以给爸爸、妈妈、妹妹买礼物了。"

"现在想起来，我的童年和青春基本都在三点一线中度过：吃饭是为了训练，睡觉是为了训练，甚至受伤了都不敢住院怕赶不上被淘汰。"叶乔波27岁那年终于实现了自己的世界冠军梦。但她付出的代价是沉重的——后来她是坐着轮椅告别了她挚爱的冰面。

采访不断被打断，由于是周末，来玩的人特别多。因此，经常有熟悉的朋友过来跟"叶总"打招呼，不管是谁，她总是很热情地寒暄，并迎来送往。只有她站起来走路的时候，记者才注意到，多年严酷的训练，确实留给她一身伤病。

在叶乔波20多年的运动生涯中，荣耀和伤痛，一直与她紧紧相随。1992年法国阿尔贝维尔冬奥会，叶乔波为中国代表团实现了奖牌零的突破，她接连夺得速滑500米和1000米两枚银牌。银牌所蕴涵的故事，令人动容，叶乔波膝盖里面的碎骨，使她每滑一步都必须承受钻心之痛。她坐着轮椅归来的画面，凝结成了精神符号，令人久久无法忘怀。

由于残存体内的一些碎骨和游离体未能及时清除，使她的膝盖自 20 岁始，就饱受伤痛的摧残。无论是 1992 年冬奥会，还是 1994 年冬奥会，叶乔波都是带伤上阵。那个不要命的"中国叶"，用意志感动了世界。退役已经 10 多年了，叶乔波早已远离了冰场，但滑冰生涯所带给她的苦楚，并未终结。

"现在我的半月板已经摘除了，日常生活不存在大的问题，但无法像正常人那样进行剧烈运动，"对于伤痛，叶乔波并未过多提及，只是轻描淡写地一句话带过。

1994 年 6 月 5 日，宣布退役之后，叶乔波进行了膝盖手术。身体基本康复后，她走进了校园，先是用 6 年时间攻读完清华大学 EMBA 课程。随后，又进入中央党校攻读经济学博士，现在她已经拿到博士学位。"我只有小学四年级的文化程度，刚开始读大学课程非常吃力，我其实是一个挺笨的学生，但最终咬牙坚持，还是把学位都读下来了。"在叶乔波看来，读书之苦，与运动员所要承受的痛苦，有天壤之别，但两者之间也有共同之处，就是有付出就有收获。

二、滑雪馆与奥组委工作

叶乔波因伤退役 12 年来，一直割舍不断冰雪情缘。她在清华大学攻读 EMBA 经济工商管理学位的时候，学位论文报告就是乔波室内滑雪馆的可行性研究报告。带着这份创意，她走了很多国家，包括亚洲、欧洲甚至是美洲，做了一份调研报告，在当期三百多个研究生论文答辩中排第三名。没有想到的是，这几十页的纸居然成为现实，经过 8 年的构想和执著追寻，清华大学科技园等机构在 2005 年 8 月份打造了这家以乔波名字命名的室内滑雪馆。

她强调说，成就了她未来冰雪事业的，主要还是清华科技园进行投资建设，基本是用她的名字品牌，具有品牌的效应，同时具有专业的效应。因为那里面的教练员完全是一流的，不仅给广大的京城百姓多提供一个返季特色的健身内容，同时也做了大量的公益活动，让很多专业队到这里免费训练。有些七八岁的孩子训练十多天就可以做 360 度的旋转，还有空中翻滚动作。她觉得很骄傲："我明显感到他们就是未来的世界冠军。"

早在奥运刚刚申办成功不久，作为全国政协委员，她曾提出北京奥运会需要注意交通、人力资源、成本控制和奥运场馆赛后利用的问题。针对田亮、王治郅等优秀运动员出现的一些问题，她又呼吁出台《体育经纪人法》。看得出来，曾经是一名运动员的叶乔波，在体育产业方面的思考已经越来越成熟深刻了。她还提出了"承办奥运要精打细算"的观点，她认为要冷静客观地看待奥运会的筹备和举办。

她现在以专家的身份进入北京奥组委工作。"不管今后是否作出业绩，关键在追寻目标的同时可以学到很多本领，这是一个不断学习和提高的过程，对我后半生有着积极的意义。"尤其是看到邓亚萍、李玲蔚等体育名将先后到奥组委工作，叶乔波触动不小。"在奥组委工作更有利于发挥体育人的作用，如果默默无闻、无所事事，反倒浪费资源，埋没了自身的潜在价值。"她希望通过为奥运会的服务实现自己的价值。她还认为在奥组委工作的人都具有较高的专业技能和综合素质，对她本人来说，更重要的是参与其中，并能够体味到这份工作的快乐。

到奥组委工作后，她坚持过来上班，尽量多做些事情。她发现，在奥组委工作的同事们都很辛苦，几百人干几千人的活，很辛苦。"几乎没有人整点下班，但大家工作热情都很高，因为老百姓对我们家门口的奥运会期望值很高啊，准备工作来不得半点马虎。"

2005 年 11 月，北京 2008 年奥运会倒计时 1000 天活动，来了一群参加活动的西部孩子，作为奥组委工作人员，叶乔波经常和那些孩子在一起，组织各种活动。"只想告诉他们，无论处于什么样的人生环境，都不要放弃梦想，不要放弃追求……"

"从现在开始，就要对 2008 年奥运会可能遇到的难题加以论证和考虑解决办法。"叶乔波说："起码有 3 个方面的问题应引起人们的足够重视。第一是交通问题。第二是奥运人力资源问题，奥运人才不但需要精通体育，而且还要精通外语，精通管理和市场，这种综合性人才我们非常匮乏。第三是奥运场馆赛后的使用问题。"叶乔波接着说："北京要新建奥运场馆19 个。有些冷门项目，比如棒球、垒球、马术、射击、自行车等奥运会设施，需要考虑赛后的使用问题。不能十几天的奥运会一结束，这些场馆就空置下来。在这些设施的设计阶段，就要考虑它们的赛后综合利用问题。"

采访结束后，我的心情始终不能平静，以至于这篇文章很久没能写出来。

乔波说，自己的运气不是特别好，拿了23项世界冠军，却没有一枚奥运金牌。

当年第16届冬奥会上，叶乔波的膝盖还没有伤得很重，状态也很好，500米，她落下对手12米，按照规则进入换道区，外道选手与对手拉平时一定要让道，结果对方没有让路，致使两人撞在一起。让高速行驶的车辆停下来再启动还需要一定时间呢，更何况是滑冰，重新启动至少要丢掉半秒到一秒的时间，而她最终比冠军仅差了0.18秒，这只有半脚的差距，实在可惜。1000米并不是乔波的强项，而她与冠军也只相差0.02秒，一个指甲的距离……又与冠军失之交臂。

她的伤痛，她的奋斗，她的梦想，对我们这一代中国人来说，是我们集体精神向上提升的支柱。这是多么鲜明的"中国梦"！虽然如今提起体坛的"中国叶"，年轻一代可能有点陌生，但这个梦想，一定会被传递下去。

三 传播力量

　　萨马兰奇说过，没有新闻传播，就没有奥运会。一部奥林匹克运动史，同时就是一部新闻界的争奇斗艳史。从纸质媒介到电视的现场直播，从广播到互联网……现在，除了身临其境之外，我们有了更多的选择和期待：盛装出席的美女啦啦队，美轮美奂的开幕式……

12. 张艺谋：

给13亿人看，还是给50亿人看？

张艺谋，中国当代最负盛名的导演，曾导演过《红高粱》，《大红灯笼高高挂》，《英雄》，《十面埋伏》等。

2008年北京奥运会开、闭幕式总导演，不是他，还能是谁？他烹制的饕餮盛宴，能否吸引50亿人的眼球？

电影被张艺谋视为生命，但为了奥运会，张艺谋甚至愿意放弃他钟爱的电影。面对记者他曾公开表示，希望自己能够成为奥运会开、闭幕式导演的首选，如果自己有幸获得这份殊荣的话，那他肯定要拿出"3年到4年的时间"来认真筹备，争取打造出富有浓郁民族特色和现代气息的这样一个精品。为此，他可能会"放弃几部电影甚至放弃一切"，但他在所不惜，因为在他看来，奥运会开、闭幕式是一个国家的"脸面"，为了民族利益和国家利益，即便个人作出一定牺牲，也是值得的。

最终，张艺谋成为北京2008年奥运会开、闭幕式的总导演。

"不是他，还能是谁？"对于总导演人选，奥运会开、闭幕式的组成人员几乎众口一词。在他们看来，张艺谋是"给50亿人上中国菜"的最合适人选，而且上的是"外国人概念里的中国菜"。

2006年4月16日，北京奥组委宣布了由导演组、技术组、顾问组构成的奥运会开、闭幕式主创人员名单，排在第一位的名字最引人注目，总导演——张艺谋。

这是一个没有多少悬念的结果。事实上，自从他1999年受当时的奥申委之邀拍摄申奥宣传片开始，张艺谋执导了每一次奥运会相关的大型活动，可以构成一套"奥运系列片"了。雅典奥运会闭幕式上，一盏大红宫灯在台上慢慢升起，在富有中国民族传统韵味的《茉莉花》乐曲中，一个小姑娘用稚嫩的声音向全世界发出邀请："Welcome to Beijing！"张艺谋执导的"中国8分钟"获得众多好评。那么他将如何在这北京奥运开幕式盛典上演绎一个人文传统深厚的中国、演绎一个活力四射的北京？这个问题，没法不令世人关注。

张艺谋说，执导奥运会开、闭幕式压力很大。因为奥运会开、闭幕式是一个国家和民族向全世界展示自己独特历史文化风貌的盛大文化庆典，同时也是奥林匹克文化遗产的重要组成部分，意义非常重大。

事实上，集体智慧和合作精神对办好奥运会开、闭幕式显得格外重要。张艺谋说："奥运会开、闭幕式是一项规模庞大的工程，绝非依靠一两个人的力量能独立完成的，必须发挥集体智慧。"因此，他将集中全体创作团队人员的智慧和力量，共同做好这项工作。有意思的是，虽然张艺谋的职务叫总导演，但是，这个"总"并不是"最后说了算"的意思，用他自己的话说就是"统筹"，"我这次不考虑自己的个人风格、特点，以大局为重"。

为了确保奥运会开、闭幕式成为展示中华民族灿烂历史文化的精品，并能够为全世界人民所接受，北京奥组委确定了一个中西结合的强大创作团队。除邀请张艺谋出任奥运会开、闭幕式总导演外，中国人民解放军总政歌舞团团长张继刚和国家歌舞团副团长、艺术总监陈维亚将担任副总导演。好莱坞著名导演斯皮尔伯格以及曾经执导过悉尼奥运会开幕式的澳大利亚著名大型活动制作人里克·伯奇等将作为艺术顾问为北京奥运会开、闭幕式工作出谋划策。2007年8月，北京奥运会开幕式刚刚结束了创意阶段，就要入场排练，我跟好几个创作人员联系，但每个人都小心翼翼避开一切关于2008年开幕式的话题——在2008年8月8日之前，要绝对保密。

开、闭幕式创意方案于2005年7月开始面向全球招标，收到了409件作品，奥组委从中选出13个方案，再选出5个方案，将其中主力重组为奥运会开、闭幕式的主创人员。北京北奥大型文化体育活动有限公司总经理路健康所在的团队进入了5强，路健康也成为开、闭幕式的制作总监。尽管北奥公司参与了国内近十几年很多重要的大型庆典的策划，但与奥运会是无法比拟的，因此，路健康也全力投入了创作中。

因为朋友介绍，我在2006年4月20日——开、闭幕式主创人员宣布还不到一周的时间专访了路健康，在近两个小时的谈话中，我试图解读张艺谋的2008年奥运会开幕式创作思想。

二 挖空心思就是要创新

记者："国内的观众早已熟悉团体操式的大型活动的开幕式，利用人海优势制造气势，但是可以发现，目前国际上对这种形式采用的并不多，

许多人甚至认为,这样的形式已经不符合目前的时尚潮流了,这一点在北京奥运会的开幕式上是否会考虑创新?"

路健康:"你的问题应该是总导演回答的问题,但我也可以从制作的角度谈谈我的见解。我参与过北京亚运会和去年南京的十运会以及东亚运动会,还有世界大学生运动会的策划工作。拿世界大学生运动会的开幕式来说吧,开幕式的经典之作——"黄河水"从"天"而落时,场地中间由黄色气球组成的黄河水也汹涌澎湃,一会儿又似巨龙摆尾,最后,几十条巨龙缓缓升天而去。古乐声中,雄壮的兵马俑、轻盈的飞天、四大发明等勾勒出秦汉古韵、唐宋遗风,让人恍若置身几千年前。悉尼奥运会的导演彼特和瑞克对这个开幕式给予了很高的评价,认为如果奥运会开幕式采用这个方案,应该是"开幕式的金牌"。这种整齐、一致带来的震撼力是西方人所喜爱的。而我们国内的观众可能习以为常,已经产生了审美疲劳。在北京奥运会的开幕式上,创新是我们这个团队挖空心思要做的事情。我们也会考虑通过公众调查等方式让更多的人参与意见。"

二、给 13 亿人看,也给 50 亿人看

记者:"由于文化的差异,中外观众在审美上存在着极大的不同,那么在北京奥运会开幕式的设计上,会更多地考虑中国观众的感受还是外国观众的喜好,也就是说,北京奥运会的开幕式究竟是给 13 亿人看,还是给 50 亿人看?"

路健康:"我觉得不应该偏废任何一个方面,我们应该努力在 13 亿人和 50 亿人的审美取向之间寻找一个平衡点。比如目前国内的观众可能比较喜欢观看更多高科技元素的东西,大家可能觉得比较新奇。但是西方观众可能更欣赏我们传统文化中那种团体力量带来的气势磅礴的东西,他们追求那种脸孔发烧、血压升高的感觉,期待能更多地参与到开幕式的活动中去。在雅典奥运会的开幕式,导演就特意增加了一些高科技的元素,比如用镭射在夜空中表现出人类'DNA'的认识阶段,通过 21 世纪的技术将古希腊的优美神话故事生动地展现到观众面前,中国观众对此大加赞美,但美国的观众对此却反映平平,因为他们早就熟悉了这些手段的运用。在北京奥运会的开幕式上,我们不能让 13 亿中国观众失望,更不能

给50亿世界观众留下遗憾。"

三、每届开幕式都有亮点

记者:"您能给我们谈谈自1992年巴塞罗那奥运会到现在,历届奥运会开幕式中,哪一届给您留下的印象最为深刻?"

路健康:"应该说,每一届奥运会的开幕式都有它的亮点。没有3到5个亮点,就不足以支撑起一台成功的开幕式。我亲历过巴塞罗那奥运会、悉尼奥运会、雅典奥运会和都灵冬奥会的开幕式,它们都因不同的特点给世人留下了印象。巴塞罗那奥运会的开幕式上,残奥会银牌得主雷波洛从轮椅上站起来,用火种点燃箭头,并准确地射中70米远、21米高的圣火台,给全世界观众留下了难以磨灭的印象。我个人印象最深的是雅典奥运会的开幕式。当时的场地上出现了一片蓝色的水,观众坐在场中,仿佛置身于爱琴海边,不知道是导演特意安排还是巧合,当时海天一色的景象,带给我极大的心灵震撼。"

四、导演团队已进入状态

记者:"目前选出来的创作团队可以说是大牌云集,都是有国际影响的重量级人物,但每个人都有自己的风格,相互之间差异相当大,你们之间是如何走到一起的?如何合作?"

路健康:"在北京奥组委开始对开幕式的设计进行全球竞标之后,共有13个团队参与了竞争。最后有5个团队脱颖而出,我和陈维亚、瑞克是其中的一个团队。现在的组合就是从这5个团队中抽调人员组成的。虽然张艺谋、陈维亚、张继刚这些导演之间创作风格不同,但他们以前大都有过合作,对彼此的创作风格比较熟悉,为了北京奥运会开幕式的成功,任何个人的风格都可以放弃,这一点张艺谋已经明确作了表态。"

"2006年4月19日上午,奥组委召集我们开会,介绍奥运场馆建设进度,要求我们的速度和体育场的建设速度齐头并进。我们这个团队其实早在一个月前就进入了工作状态,每天晚上,大家几乎都要碰面,把创意拿出来讨论，一般是晚上八点半集合，有时干到凌晨两三点钟。大家都很努力，最累的是张艺谋导演，天天两头跑，从《满城尽带黄金甲》的摄制现场出来主持讨论。目前，距离北京奥运会开幕式的时间只有八百多天了，我们都感到压力很大。"

五、四大活动的全面挑战

记者："北京奥运开幕式对你们来说，难度和挑战在哪里？"

路健康："难度和挑战主要有以下几个方面吧。首先就是中国人对这次奥运会的期望值很高，这是中国首次承办奥运会，因而全国人民对此都投入了极大的热情和关注，我们这个团队也是以竞标的方式选出来的，要对得起全国观众的信任，这在无形之中给我们增添了不小的压力；其次是奥运会开幕式的标准和水准很高。以前我们也策划过大型的活动，但大部分都是国家级或者地区级的活动，奥运会作为一个全球性的体育盛会，它的策划涉及的方面以及标准要大大高于以往的活动，北京奥运会开、闭幕式，残奥会的开、闭幕式，光演员就有三四万人，服装道具上百万件，在很短的时间里四场大活动要组织。再次是灯光、音响、舞美、烟花等各个方面的设计、调度，涉及的范围非常广，而且不能出任何差错，这对我们来讲都是极大的挑战。最后就是观众评估标准的多元化，所谓众口难调，要让世界上各个民族、各个国家、各个文化背景的观众都满意是一件难度很大的事，如何尽量让更多的观众满意，是我们策划中所关注的重点。"

六、期待张艺谋

一个有着五千年文明的古国，一个正在腾飞的巨龙，一个历经忧患的民族，一个把奥运梦变成现实的发展中国家，它在2008年8月8日夜晚将要展示给全世界的是什么呢？从1992年巴塞罗那奥运会开始，历届冬奥会、夏奥会的举办城市无不挖空心思在开幕式上做足了文章，因为"开幕式吸引了眼球，就等于奥运会成功了一半"。特别是随着科技的进步，开幕式上高科技的运用也越来越多，天上、地下、水中，只要你能想到的，包括你想不到却让你瞠目结舌的，开幕式的导演们都会为你展现出来。

这顿饕餮大餐从一开始就表现出神秘感，保密程度类似于国家机密，不到最后一刻，是见不到庐山真面目的。正因如此，等摆到餐桌上时，早已按捺不住渴望的数十亿观众才会倍加关注。

中国人不乏想象力，也有着众多的大艺术家，此次2008年奥运会开、闭幕式的创作团队是个大腕云集的国际团队。国际奥委会的有关权威人士早就预言，2008年奥运会的开幕式一定是历史上最好的开幕式。这既是压力也是动力，在以后的时间里，张艺谋和他的同事们必须与时间赛跑，发挥出最大智慧，才能博得喝彩。

13. 曾子墨：

墨迹？心迹？

曾子墨，香港凤凰卫视《财经点对点》、《财经今日谈》和《凤凰正点播报》等栏目的著名主持人。

前摩根投资银行的高级职员,是怎样踏上凤凰卫视美女主持之路的？这个北京女孩,到底有什么样的魅力,让人如此着迷？

2007年3月3日，黑龙江亚布力，那天晚上的中国企业家论坛，第一次见到凤凰卫视大名鼎鼎的美女主持曾子墨。

像每一次企业家聚会论坛一样，讨论会结束后是自由交流时间，这时候大家像猎人一样搜寻自己的有用目标，过去交换名片，攀谈，或者合影。

我只是一个记者，不想做生意，也不想认识那么多的老板。于是我走向主持人曾子墨，递给了她一张名片。她说："抱歉，张先生，我的名片用完了。""我给你写个手机号吧"，名片上有没有手机号，我没见到。也许她看我是同行，才留手机号码吧！

前一段时间逛书店，见到了她的书《墨迹》，就买了本留作纪念，我有个习惯，在书店如果看到认识的人写的书，我一定会买的。

正好《人民日报海外版》的《北京奥运会特刊》有个栏目"知名华人寄语北京奥运"，就想到采访她。我觉得她上这个栏目很合适。首先，凤凰卫视的影响力加上她自己的魅力使她成为名人；其次，她出生在北京算个北京人，对北京的变化应该比较了解；再次，她留学美国名牌大学，曾在摩根投资银行工作，也是可以摆出来说的资本；最后，我觉得她不像一般的美女主持，是比较有内涵有味道的那种。

东方广场。星巴克咖啡。

身着蓝色上衣黑色休闲裤的曾子墨安静地坐在一个靠窗的角落，一边随手翻看《三联生活周刊》，一边轻轻啜饮卡布其诺咖啡。这是北京2007年5月一个周末的下午，明亮的阳光透过玻璃斜照进这家咖啡馆，十来张桌子上点缀着三两个客人，一切都看起来懒洋洋的。对她来说，这可能是个奢侈的下午——她们这些做电视的太忙了。

"奥运会将更多地展示中国的软实力，比如，多年经济高速发展带来

的人们精神意识的提升。"出生在北京、游学于海外的曾子墨对北京2008年奥运会更有一番感触。与此相对应的是，她在接受我采访的这天上午，刚刚主持了2007年全国首届生态环境保护神州万里行活动，并成为其形象大使。

一、北京与世界

怎么看，曾子墨的人生履历表都像一个圆，从北京开始，幼儿园，小学，中学，保送上人民大学国际金融专业，一年后去美国名校之一的达特茅斯大学学经济，然后任职于世界著名投资银行摩根斯坦利，却出人意料地放弃这个让人羡慕的工作，加盟香港凤凰卫视并回到北京工作。用她自己的话说是："转了一圈，又回到了最初的起点。"1971年出生的曾子墨，有一种成熟的美。

近来她书写自身传奇的《墨迹》一书持续热销，成为各大图书排行榜追捧的对象，使公众对她的经历和生活有了更多的了解。出版人金丽红去看北京作家王朔，拿了出版社的许多样书去，王朔就要了一本《墨迹》，他说："我喜欢曾子墨。"

这个北京女孩有什么魅力，让人如此"着迷"？

在摩根斯坦利做分析师后，她惊人的工作效率和成绩几乎让公司主要负责人开始考虑重点招收中国职员，"他们也一定会像子墨这样棒！"这让子墨觉得骄傲和自豪："在我之前，摩根斯坦利也雇用过中国女孩。但我是从大陆过去的唯一一个。我走的时候，同事说：如果能够多克隆几个子墨该多好啊。我一直不能忘记这句话。"

2000年休假期间的某一天，子墨与凤凰的一位高层通电话时聊及自己的人生经历，"突然想起"自己是否可以加盟凤凰做她一直心仪的媒体工作。三个月后，子墨已经作为凤凰资讯台的财经主播幸运地把自己的专业和兴趣完美地结合在一起。而且这样一个面向全球华人的传播平台，让子墨深深地感受到一股活力和巨大潜能。

7年时间，曾子墨成为华语世界知名财经节目主持人。先后主持过《股市直播室》、《财经点对点》、《财经今日谈》和《凤凰正点播报》，目前做的是《社会能见度》和《世纪大讲堂》主持人。

二、爱情与生活

子墨有一个幸福的家庭。父母是北大同学，后来父亲在北京广播学院任教授，母亲在中国人民大学任中文系教师。念小学时，她喜欢这样介绍自己："我是曾子墨，曾子的曾，孔子的子，墨子的墨。"

在这本新的作品中，曾子墨也展现了作为一个女孩子的天性和细腻："我的书中有一章名为《点点滴滴》，其中涉及了很多有关时尚的话题：比如鞋、包、衣服等。这些都是出版方给我的命题作文。"

谈到个人爱好，曾子墨则表示非常喜欢看超女张靓颖，当记者对此表示疑问时她则略带俏皮地说："为什么我不能看呢？我们白发苍苍的政治评论员曹景行先生还看超女呢，我们去湖南看超女，是他要了票，拉着我去看的。不过在现场，我觉得有点老了，我已经30多岁了，那种疯狂的举动已经做不出来了。"而谈到大家都很关注的感情话题，曾子墨也大方表示：自己这一代人都是读着琼瑶小说长大的，一生一世只爱一个人，但是大了不是这样的，两个人天天在一起，所有的激情会烟消云散的，但是两人要心心相印。

三、奥运会与"软实力"

"奥运会带给中国的机遇是显而易见的，在北京，每天都能感觉到变化。企业也得到了借助奥运品牌扩张的机会。"在北京迎奥运会加速建设这几年，子墨正好把工作地点从香港搬到了北京："但是最根本的变化是市民文明素质的提升，随便倒垃圾的几乎没有了，公交、地铁排队的多了。"

子墨还从媒体里感受到了奥运激情："几乎所有的主流媒体都有固定的奥运内容。"她还透露，作为面向全球华人的媒体，凤凰卫视一定会有自己的奥运报道阵地。

闲暇时候，她也会和朋友聊一聊"奥运"话题："主要是奥运门票啊，在家门口举办的奥运会，能不能买到开幕式门票呢，大家都很关心。"一个关于她健身的"秘密"是："疯狂"地热爱网球。爱打网球，也爱看网球，每年上海举办的世界大师杯网球赛，她都会飞过去看。"奥运会开幕式的门票可能买不到吧，要是买到网球比赛的项目最好。"她期盼北京奥运会上，能看到自己心仪的网球比赛。

"我在世界上很多大都市住过，有比北京更繁华的，有比北京干净整洁的，但从心底，我最喜欢的还是北京。"也许，对于漂泊的子墨来说，只有北京能够给她家的感觉，"小时候经常玩的地方是颐和园和圆明园，也偶尔去紫竹院公园溜冰。"

这篇关于子墨的文章发表后，出乎我意料的是，在网上引起了强烈的反响。看来她的"粉丝"为数不少。

14. 袁和平：
让全世界看中国武术

袁和平，香港著名导演武术指导与演员，曾指导或导演《醉拳》、《功夫》、《霍元甲》等。1999年应好莱坞之邀，为《黑客帝国》系列设计动作，引起全球轰动。

圈内人士为何戏言，好莱坞现在简直把他当成了灵丹妙药，多烂的片子经他随便设计些动作便能大卖？他是怎样成为世界上目前最抢手的动作导演的？

袁和平先生生于广州，父亲袁小田是京剧世家传人、香港艺坛著名演员兼武术教练，袁小田在20世纪50年代曾主演近百部描写中国历史上武林高手黄飞鸿的功夫电影。袁和平也参加演出。1970年任《疯狂杀手》武术指导而进入导演领域。先后担任《荡寇滩》(1972)、《壁虎》(1972)、《小杂种》(1973)等片的武术指导。1978年独立执导《蛇拳》(又名《蛇形刁手》,Snake in the Eagle's Shadow)、《醉拳》(Drunken Master in the Tigers Eye，1978)，获得巨大成功，成为闻名香港、东南亚地区和日本的著名功夫片导演，1992年参与制作《黄飞鸿Ⅱ男儿当自强》获第十二届香港金像奖最佳动作指导奖。1993年参与制作《少年黄飞鸿之铁马骝》，获第十三届香港金像奖最佳动作指导提名。

年轻时绰号"大眼"的袁和平，如今已被尊称为"八爷"。

当年袁和平曾在模仿美国电影《金刚》的港片《猩猩王》中穿着厚热的戏装扮"猩猩王"，现在他则以美国影片"黑客"三部曲成为全球最炙手可热的动作指导。今昔对比，恍如隔梦，似乎难以置信，实际上却是"大眼八爷"凭借多年的努力和超强的实力修成的正果。我采访他之后，很多人问我："袁八爷之后，后继者有谁能担当起中华武术向世界传播的重任？"

我无语。下次如果再遇到和平先生，我一定问他这个问题。

曾经在《黑客帝国》、《杀死比尔》、《卧虎藏龙》、《功夫》等风靡世界的动作巨片中担任武术指导的袁和平，被影坛称为"中华第一武指"。然而2006年9月出现在我面前的袁和平却是一顶棒球帽、休闲T恤、中等个、年过花甲，似乎很难与传说中的"大侠"联系起来，只能从他气定神闲的风度与炯炯如炬的目光中窥探出一丝"武林高手"的影子。

一、纵横武林三十年

　　袁和平出身武术世家，父亲袁小田是京剧武丑，精擅北派武术。袁和平自幼随父习武，从20世纪70年代初开始当武师到做武术指导，再到独立导演电影，30年来他一步步地踏实走过，竟成了世界上目前最抢手的动作导演。圈内人士戏言，好莱坞现在简直把他当成了灵丹妙药，多烂的片子经他随便设计些动作便能大卖。

　　性格平淡的袁和平对这些传说一笑置之，但谈到中国武术时神态却严肃起来："如果我还有一点成绩的话，那都是中国武术厉害。中国武术源远流长，影响到世界很多地方。"沉迷于武术世界的袁和平有一个最大的梦想：中国武术成为奥运会正式比赛项目。他说自己拍电影走了世界好多国家，发现人们对中国武术非常喜爱，因此希望武术借奥运东风更好地走向世界。

　　20世纪70年代正值香港功夫片大行其道，每年都有占港片产量半数以上的功夫片制作上映，堪称功夫片的黄金时代！由于曾经引领潮流的"黄飞鸿"老派功夫片（关德兴主演）的打斗套路已然落伍，当时功夫片的动作设计大多跟风李小龙的现代截拳飞脚，张彻、刘家良的清末少林功夫，以及楚原、唐佳的古装武侠打斗这三种模式。而模仿跟风的结果自然是粗制滥造、千篇一律，观众看得愈发无趣。加之许冠文兄弟的生活喜剧大受欢迎，对功夫片形成冲击，到70年代末期，香港的功夫片创作不免陷入困境——也就在此时，袁和平开始声名鹊起，他对功夫片进行的创新改良，取得了影响深远的突破性成就。

　　20世纪90年代，袁和平就因《醉拳》、《黄飞鸿》、《少年张三丰》、《精武英雄》等电影以及电视剧《水浒传》武术指导而功成名就，仅在西方就拥有大量的动作影迷，比如拍过《惊世狂花》的沃卓斯基兄弟就是袁和平电影的铁杆Fans。也正因如此，1998年沃卓斯基兄弟拍摄《黑客帝国》时，自然会想到聘请袁和平担任该片的动作设计。袁和平对他们提出的"东方功夫＋西方特技"动作理念非常感兴趣，而且正好借此机会打入好莱坞，当即应允加盟。

《醉拳》之后，袁和平与成龙分道扬镳，这两位香港谐趣功夫片的开创者沿着各自的喜好方向继续将此类片种发扬光大。如果说成龙的《笑拳怪招》和《师弟出马》已经是突破常规的自由发挥，那么袁和平的《林世荣》与《勇者无惧》则是传统与创新的融合，也可以说是《醉拳》的延续。《醉拳》本是传统的"黄飞鸿"题材，只不过编导聪明地将原来严肃正统的中年"黄师傅"传奇改为调皮诙谐的青年"黄飞鸿"故事。待到《林世荣》和《勇者无惧》这两部同样属于"黄飞鸿"题材的电影中，虽然换回关德兴这个正宗"黄师傅"，但严肃之中已带有些喜剧色彩。况且黄师傅不再以主要角色出现，反倒以黄飞鸿的青年弟子经历作为情节主线，依旧是《醉拳》带有闯祸青年的诙谐故事配以最后搏命对打的激烈场面的套路。具体到动作方面，两部影片都做到了刚柔相济，不过《林世荣》是袁和平与洪金宝共同设计；《勇者无惧》却是袁家班的集体创作，但男主角仍是洪金宝、成龙的师弟元彪。

1999年《黑客帝国》上映后，在全球引起轰动，票房口碑俱佳。不过，袁和平还来不及享受成功的喜悦，便一头扎进李安执导的武侠片《卧虎藏龙》剧组中。本来拍武侠片，对袁和平来说是小儿科，但面对素来以文艺片闻名的李安，"大眼八爷"（袁和平绰号）却不敢将他当做门外汉。事实上，李安对武打场面的构思极具想象力，比如夜间杨紫琼与章子怡的飞檐走壁，竹林周润发与章子怡的摇曳追逐等，都让袁和平绞尽脑汁。相比之下，倒是杨紫琼用数种冷兵器轮番大战章子怡的动作戏更容易些。2000年年底《卧虎藏龙》在美国上映，取得了巨大的商业成功，全球票房累计达数亿美元，更获四项奥斯卡奖。如今众多好莱坞片商争相找袁和平做动作指导甚至导演，足以证明他的炙手可热程度。

袁和平这次来北京，是应北大星光集团之邀担任其投资的古装大片《长城》的导演，商谈拍摄事宜。他说这将是他亲自执导的一部武侠片，而且其中的关键不是打斗，而是表现中国传统文化："长城虽然是军事的产物，但是同时也是和平的象征，因为修建长城的最初用意也是在于阻止或者减少战争。影片的主题也想表现在长城大背景下的碰撞与融合。"

对于北京2008年奥运会，袁导更是充满期待，他说："我一是希望中国武术在奥运会上打出风采，二是希望我的电影《长城》在 2008 奥运档期卖得好。奥运会在咱们自己家门口举办，总要为奥运会做点事才行。"

15. 唐季礼：

北上"捞世界"

　　唐季礼，香港著名导演，曾与成龙合作的影片有
《超级警察》、《超级计划》、《红番区》、《简单任务》等。
　　曾执导过《神话》的著名导演，能否再创造出一
个个票房神话？他为何对中国传统文化如此痴迷？

对于"80后"出生的青少年来说，香港和内地已经没什么区别了，可以很容易到香港去玩，也可以考香港的大学。对香港青少年来说，内地也有着更大的吸引力。

然而，对于今天30岁到50岁的两代中国人来说，香港，曾是一个不可逾越的存在。

国门打开前，作为英国在东方的最后一块殖民地，这个弹丸之地是华人世界的一个奇迹：数十年间，它就由一个曾远逊于远东第一都市——上海的边陲渔港，一跃而成为世界级航运中心、自由贸易港、亚洲金融中心、东南亚交通枢纽、东方好莱坞、南中国最璀璨的"东方明珠"。

大陆改革开放，尤其是1997年香港回归之后，中国内地巨大的市场吸引了港人北上赚钱，广东话叫"捞世界"。2000年以后，更多香港艺人意识到，北上进入内地市场，将是不可避免的大势所趋。著名导演唐季礼就是其中之一。这几年，他在内地拍电影，办影视学校，考察文化之城，忙得不亦乐乎，如果不开口说话，和一个内地人没有任何区别。他说：香港单独举办奥运会是不可能的，我就是看好奥运带给我们的机遇，现在，我在内地很多地方有住所。就在内地发展好了。

从北京到中原一个普通的城市——河南商丘，我和大导演唐季礼在火车的餐车里面对面坐了8个小时。北大星光集团要拍一个中国传说中的女英雄——花木兰的电影，爱好中国传统文化的香港导演唐季礼欣然愿意执导筒。于是同投资方一行20余人浩浩荡荡乘火车前往花木兰故里河南商丘考察，希望能从当地民间传说中寻找素材和灵感。

这是2006年8月。火车在中原大地的郁郁葱葱中穿行。唐季礼是一个作风务实、表情狡黠、动作敏捷、性格直率而又似乎有点花花肠子的男人。

他拍的电影《神话》很好看,但他的故事可能比他的电影还有趣,但他"不会告诉你的",比如,和电影演员林心如的绯闻,比如那些风流往事。

在迅速移动的列车上,他提起当年事业无成、穷困潦倒的日子,母亲鼓励他好好读书,他发奋到加拿大留学并为华人争气。回到香港后他走上电影之路,开始拍片并不顺利,有时候太累又不能按时发出工钱,最后身边的工作人员都走光了,他一人做监制、导演、制片、编剧和演员,最后还是把电影拍出来了。为了谋生,他当过别人电影里的武打替身,一直到遇到成龙,有人说唐季礼就靠成龙,他是拍成龙的那些片子成名的,与他谈话中,他一口一个"成龙大哥",使你能深切地感受到他对成龙的尊敬。他的普通话说得既流利又诚恳,但这样的叙说,好像一瞬间——火车太快,时间太紧张,不适合追忆。

他甚至提起,他和内地一家小报对簿公堂——那家报纸刊登说,一个痴心追随他十多年的女子被他抛弃,那女子愤而跳楼自杀——结局是什么不知道。唐季礼说这纯属捏造,这给他带来了巨大痛苦,他有半年什么都没做,跟那家报纸打官司,不敢告诉母亲他快崩溃了。

我们的谈话是在火车的餐车里,饭后厨师们出来休息,他们竟然认出了唐季礼,他们很高兴有个明星导演在他们的火车上,于是他们在车厢里反复播放唐季礼的电影《神话》主题曲。

一、在商丘的日子

在河南商丘,国际大导演唐季礼穿着长袖的白色中式衬衣,在盛夏的炎热中,脸上始终微笑着,用普通话跟每一个人交谈——他说感受到了一种强烈的民族文化力量的震撼。

在我国的民间传说中,"花木兰"已经成为一个文化符号,她身上有太多的动人元素:女性、替父从军、能文能武、淡泊名利……可谓忠、孝、烈、义齐全,因此把"花木兰"搬上银幕,是中国电影人的梦想。而且唐季礼希望,拍好《花木兰》,放在2008年奥运会期间上映。

2006年8月初,"花木兰"的故里——河南商丘,唐季礼走到哪里都是明星,幽幽古都,几千年的灿烂文明,留下了无数英雄故事与美丽传说,作为电影导演的唐季礼一边在这里感受着中华文化的博大深沉,一边补充着电影素材，同时也忙着给当地的影迷做报告、合影、签名。

也许是对职业艺术家的人所应有的母语文化自豪感，唐导告诉记者，他的作品是让中国文化光大于世，也让中国本土影视走向国际，让华人英雄形象进入美国人家庭，让中国文化在世界上发出强音。这是一个有着文化自信的艺术家应取的态度，也只有在中国文化土壤中才有这样鲜明的文化烙印。

作为国际著名导演，有没有自己崇拜的偶像？"岳飞"。唐季礼告诉记者："我从小就崇拜岳飞，他文武双全，既能征战沙场，又留下了《满江红》这样的好词。我们这些从小在海外长大的孩子，都有很强的爱国情怀，岳飞这个人的忠孝节义精神，孝顺父母，爱护自己的国家，爱护自己的民族，这种精神对我们吸引力很大，我觉得岳飞跟花木兰一样，是一个非常好的题材，也是我崇拜的英雄。"

岳飞的故乡也在河南，但由于这次河南之行的主要目标是为北大星光集团的《花木兰》寻访外景，时间匆匆，没顾得上到岳飞故里考察，唐季礼觉得意犹未尽，他说还要来，还要到祖国大地更多的地方走走看看，从中华传统文化中汲取艺术的养分。

有着强烈的中国英雄情结的唐季礼对2008年北京奥运会充满期待，他认为奥运会是和平时期英雄的"战场"，而中国第一次举办的奥运会能大大激发海外华侨华人的民族自豪感，也是经济发展的一次难得历史机遇。

二、北上，北上

作为著名导演，唐季礼执导的影片《过江龙》、《警察故事》、《红番区》、《雷霆战警》、《神话》创造了一个个票房"神话"，也成功地打入欧美及东南亚市场，1999年，唐季礼把主要精力投入到内地，加入北大星光国际传媒后，推出的电视剧《男才女貌》成为中国第一部出口韩国的电视剧产品，在中国电视剧进入国际市场竞争方面作了重要尝试。

唐季礼生在广东，长在香港，读书在加拿大，1979年回到香港开始其电影生涯，这次在河南考察，热爱中国传统文化的他发现自己来到了一个"宝库"：燧人氏钻木取火、仓颉造字、古观星台、庄子故里、《桃花扇》里的侯方域和李香君故居、黄河故道以及木兰祠，都在当地留下了岁月沧桑的痕迹，而这一切，都对长期生活在海外和香港的唐季礼有着巨大吸引力。

从少年时代，唐季礼就深深地迷上了中国文化，传说中的民族英雄人物经常出现在他梦里。20世纪70年代初期，李小龙的电影风靡世界，唐季礼也深深迷上了这位独具魅力的功夫片巨星，几乎每有影院上演李小龙的电影他必追着去看。同其他孩子不同的是，他不光喜欢李小龙的精深功夫，更为他在电影中传达出来的民族自尊和爱国情怀激动不已。

但现在他发现，几乎这些传统的英雄故事，都活在内地——某个普通的乡野人家、寻常巷陌，可能有无限丰富的传说。

"内地市场开放的时候，每个香港导演都在想，哇，发了，只要每个人出一毛钱，我们就发了，结果过去这么多年，符合两地口味的很少。"唐季礼说他一直在努力融入内地。

16. 乔羽：
乔家大院“父子兵”

乔羽，词坛泰斗，著有歌词《我的祖国》、《人说山西好风光》、《难忘今宵》、《思念》、《爱我中华》等。

青山在，人未老。"乔老爷"和他的儿子"京娃"，能否创作出一首脍炙人口的奥运会会歌？

在这里看到了，

跳动的心，

蓝蓝的天，

绿色的希望，

金色的期盼，

黑色奇迹的闪现。

梦想实现，就在今天

——《就在今天》

这首《就在今天》，是一个叫京娃的北京市民为2008年奥运会所创作的会歌。

"京娃"不是儿童，乃一年届知天命北京老哥。"京娃"更有一个"显赫"的出身：词坛泰斗"乔老爷"乔羽长子。"京娃"大名乔鲸。

2007年7月11日上午，在京郊顺义一处小院，我与乔家父子有了一番关于奥运会会歌的对话。

每一届成功的奥运会，都离不开一首脍炙人口的奥运会会歌。1988年汉城奥运会开幕式上一曲动人的《手拉手》唱响全世界。北京2008年奥运会歌曲征集评选已进入最后一届，在2008年8月8日北京奥运会开幕式上，我们能够听到和《手拉手》一样动听的天籁之音吗？词坛泰斗乔羽就这个问题和我进行了深入探讨。

一、何处寻觅《手拉手》

每一届成功的奥运会，都离不开一首脍炙人口的奥运会会歌。1988年汉城奥运会开幕式上一曲动人的《手拉手》唱响全世界。北京2008年奥运会歌曲征集评选已进入最后一届，在2008年8月8日北京奥运会开幕式上，我们能够听到和《手拉手》一样动听的天籁之音吗？

北京奥组委成立了"征歌办"，到2007年已经连续4届面向全球征集会歌，征集到了30多万首作品。谈到这些歌的质量，担任评委工作的"乔老爷"直言说："大家的热情值得充分肯定，但精品太少啊。"

"那些征集来的歌，离奥运会会歌的要求有哪些差距？"我单刀直入地问"乔老爷"。

"它们都太像一首'歌'了，绝大部分千篇一律，内容重复，提到奥运，就是梦想啊、北京啊，泰山啊、黄河啊，长城啊，歌词不能这么'白'，口号的东西，能流传吗？"

"乔老爷"还提到了自己创作的《亚洲雄风》，1990年北京亚运会会歌，现在看起来似乎内容有点口号色彩，但适应了当时哪个年代，成为传唱一时的名曲。

"好的奥运会会歌有哪些共同特点？"

"我主张歌词短一些，能够表现汉字美，具有深厚的民族感，有广泛的群众基础。上口，好听，同时要具有世界元素。"

"从您的创作经历来看，我们怎样才能得到好的奥运会会歌？"

"唉，太难了。但说不定就偶然得到了。我参加了咱们新中国成立后国歌的确定过程，你们年轻人可能不知道，那个过程太曲折了，争论了很长时间，最后还是毛主席拍板定的《义勇军进行曲》。法国国歌《马赛曲》被确立的过程也一样曲折。好歌的诞生都是很难的。我看，征集奥运会歌比征什么都难。这个要面向世界啊。"

"我们有没有可能从现成深入人心的歌曲中选一首作为2008年奥运会的会歌呢，比如《茉莉花》？"

"恐怕不可能。一是和我们所处的年代不同了，二是这个不但要给中国人听，而且要打动世界，所以要创作一首新的。""乔老爷"摇头。

二、"京娃"的作品

2006年3月，乔鲸为世界水日创作的《离不开你》歌词获得国际水协颁发的世界水文化突出贡献奖——清水奖。此后一直对奥运情有独钟的乔鲸瞒着老爷子投入了奥运会会歌的创作中。

"我创作的奥运会会歌，不但是写北京，写中国，而且是写给世界的。我追求的目标，不但华人喜欢，而且翻译成英文后，西方人也能够喜欢。

"乔鲸对自己创作的会歌充满希望，他说自己为奥运写了一组歌，除了这首《就在今天》外，还有《拥抱你》、《运动员之歌》、《生命之火再燃》、《火炬之歌》、《志愿者之歌》等，历时一年半，研究了历届奥运会会歌的资料，反复修改几十次。创作完成后，乔鲸为作品署名"京娃"（这是他6岁之前的乳名，已经有40多年没人这么喊他了）给老爷子看，竟得到老爷子的肯定。当得知作者就是儿子后，老爷子只是微微一笑。

乔鲸，做了多年口腔医生且医术高明。现在把大部分时间投入到歌词创作——这是父亲生命的全部。我没问他不再行医的原因，但医生的职业不能完全释放他的激情与细腻、负重与不羁的生命特质，一定是一个重要原因。我分不清究竟是他父亲还是艺术，使歌词创作终将从这个长子的生命中生长出来。当他字字热烈铿锵地背诵象征奥运五环旗的歌词时，艺术与父亲，父亲与艺术——他心底宗教般的虔诚与激情，便是全部。

三、青山在，人未老

"人们为什么都叫你'乔老爷'呢"？

乔羽答道："这个称呼可谓历史悠久啦，那还是20世纪60年代电影《乔老爷上轿》轰动影坛的时候，一群圈内人发现我的音容笑貌酷似剧中人乔老爷，再加上我刚好也姓乔，于是赐给我'乔老爷'的称呼，一传十、十传百，天长日久就这么叫起来了。"

"乔老爷"说自己2007年正好八十整。

岁月的荏苒在他身上留下痕迹，头发花白了，行动不便利了，眼睛也没有以前灵光了。但每天喝几口酒、抽几根烟的老爱好没变，地道的山东腔没变。我们聊天时，他还自己摸出打火机，点烟吸几口，很享受的样子。

但他的作品依然年轻，20世纪50年代，他著有电影文学剧本《刘三姐》、《红孩子》，歌词《我的祖国》、《牡丹之歌》、《人说山西好风光》、《让我们荡起双桨》等中国家喻户晓的作品。80年代，中国实行改革开放以后，乔羽创作的《心中的玫瑰》、《难忘今宵》、《思念》、《说聊斋》、《巫山神女》、《夕阳红》、《爱我中华》、《祖国颂》等歌词表达了新时期中国人民的心声，因而他的作品广泛流传，成为人们传唱的经典之作。

创作上，"乔老爷"堪称常青树，至今还坚持笔耕。与夫人佟琦的金婚纪念在两年前举行。长子乔鲸也让他满意。我采访时，爷俩"一唱一和"，不时还有争论，其乐融融。采访不知不觉已过了两个小时，夫人佟琦过来了，提醒老爷子注意身体。

乔老笑对功名，淡泊利禄，乐观豁达。乔鲸好像继承了这个特点，对自己创作的结果看得很淡："我只想表达一个北京市民对奥运的激情，即使不被谱成奥运之歌，也足以让我的生命快乐无比。"

这一切，用"乔老爷"《难忘今宵》的歌词形容再好不过："青山在，人未老。"

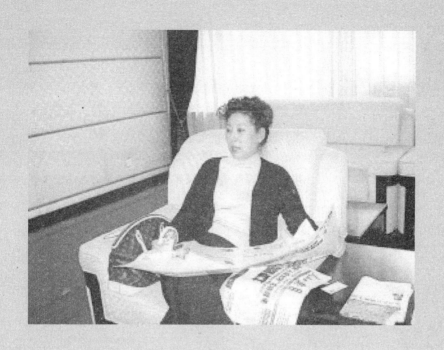

17. 关牧村：
希望为北京奥运歌唱

关牧村，全国政协委员，国家一级演员、著名女
中音歌唱家，享受政府特殊津贴。

这位希望为奥运会歌唱的女中音歌唱家，为何最
关注绿色奥运？她的爱情之花是如何绽放的？

"童年给我留下的回忆是难忘的、艰辛的、苦涩的，也是激励我今天所有一切的经历。这个名字是我母亲、父亲给我起的，当时他们在河南新乡工作，母亲在银行工作，父亲在《平原日报》工作，那时候《平原日报》在新乡。那里有一条渭河，在古代这个平原是著名的牧野之战战场，所以这个地名就叫牧野，当地人俗称叫牧村，所以他们俩就说我们将来有了孩子，就给他们起名牧村、牧野，所以我弟弟叫牧野，我哥哥叫牧原，三个人加起来是原、野、村。而且他们非常喜欢大自然，这跟我的名字也是有关系的，我的名字就是大自然的名字。"

——关牧村谈自己的名字

当春雷乍响，余音袅绕在花岭幽谷，
当清泉奔涌，叮咚声声敲打在溶岩深潭，
当微风拂林，发出海浪沉沉涛响，
当禅钟悠扬，和着鹤鸣浅唱……

听到这些，人们会自然地想起一种声音，宛如天籁之音，是那么纯真、亲切、悠扬、浓情、壮美，那就是大家所熟悉和喜爱的名女中音歌唱家关牧村独特而富有磁性的声音。

"北京2008年奥运会是咱们中国人生活里的一件大事，如果有机会，我希望能为奥运歌唱。"著名女中音歌唱家关牧村向记者表达了这个愿望。2006年夏天，在京城的一个院落，关牧村女士和丈夫江泓博士同我拉起了家常。

《一支难忘的歌》、《假如你要认识我》、《小路》……这些当年关牧村演唱曾风靡全国的歌曲，如今成了怀旧的经典。《吐鲁番的葡萄熟了》、《打起手鼓唱起歌》、《月光下的凤尾竹》、《绿岛小夜曲》……这些歌如今依然是一些重大演出活动的压轴戏。

一、最关注的是"绿色奥运"

看得出来，关牧村现在的生活十分幸福，每当我和她聊一个问题，她总是轻描淡写地说两句，然后就拉着丈夫江泓的手说："你来替我回答好不好？"然后略带歉意地向记者说："没办法，他比我自己更了解我。"

谈到关牧村对北京奥运会的关注，江泓说："她最关注的是绿色奥运，希望我们举行奥运会的时候，能给外国客人留下一个干净美丽的印象。"关牧村的家里，到处是盛开的花卉和高大的植物，被装扮得绿意盎然。关牧村经常到国外演出，每次回来都感触颇深。她说，欧洲许多国家的公路两边都是大片的森林，经常有动物出没。有的地方还插着画有鹿飞跃的指示牌，告诉人们这一带经常会有鹿窜出来。有时，遇到动物过马路时，所有的车辆都排着队等候，一排就是好几里长。有的住家附近就有小野鹿，没有人去干扰它们，所以到处都能感受到人与自然的和谐。

"咱们缺的就是这种意识"。她举例说，"日本从不砍伐本国的木材，都是到国际市场上去买。很多发达国家非常注重对本国资源的保护，美国也不砍伐自己本国的木材。"她感慨地说，我们能不能少毁坏一些山林、绿地，不去开发这些自然的东西，让它去自然地形成生物链。作为政协委员，关牧村几乎在每次提案中都要谈到环境问题。她曾在政协提案中建议，在高速公路上的隔离带和道路两边都种上树，既美化环境、降低噪音、净化空气，又对司机的眼睛有好处。关牧村认为应该在公共场所增加公益性广告，比如环保的、诚信的、公德方面的。她说，这么做有助于改变目前在中国参与公益活动局限于公众人物的现象，促进中国的环保意识。

二、艺术与生活

关牧村质朴、豁达、富有爱心，她曾为希望工程捐款，并资助30名学生直到中学毕业。关牧村艺术修养博厚，她的音色醇美、浓情，她始终坚持以民族性为基础，将西洋唱法之长自然地糅于民族音乐之中。关牧村对生活始终怀抱平常心。作为一个歌者，她说，做人的品格比歌唱本身更重要。现在的关牧村，对艺术、人生、社会的认识，进入了一个超然物外的境界。

关牧村回忆起已故著名作曲家施光南先生，一脸的凝重之感。她说，一个歌唱演员在艺术青春中，能遇到一位适合自己风格的作曲家并不是很容易的事儿，而自己则吉星高照，恰巧遇到了施光南老师。她说："我想，我们之间可能是有缘分吧！"由施光南老师作曲的几乎每一首歌她都从内心里非常喜欢，感到特别适合自己的演唱风格。如广大观众十分爱听的《吐鲁番的葡萄熟了》、《月光下的凤尾竹》、《阿妹的心》、《孔雀向往的地方》、《打起手鼓唱起歌》、《五月的草原》等等。关牧村回忆与恩师的合作，特别提到被人们广泛传唱的《家乡有棵相思柳》、《假如你要认识我》等作品。这些歌均由关牧村首先试唱，施光南先生对试唱和处理的效果特别满意，试唱当中他多次激动地说："你唱出来的意图和效果就是我心中所构想的。"

关牧村的歌留在人们的美好记忆中，这不仅仅是因为她动听的歌喉，还因为她如歌的人生经历，她的人品，她的心灵境界。这一切本身就是她用生命书写的一支令人难忘的歌！

三、绽放爱情之花

关牧村在天津歌舞团当演员时，在艺术上取得了显著的成就，可是婚姻却亮起了红灯。无奈离婚后，关牧村把天津的房子留给前夫，独自带着7岁的儿子龙龙到了北京。后来她和曾在团中央任宣传部部长的江泓相恋了。1998年两人走进了婚姻登记处。

关牧村眼里的江泓是"博学多才，性格非常温和儒雅，很优秀很睿智"。江泓眼中的妻子"很有自然美，无论是她的歌声还是为人"。关牧村最欣慰的是江泓和龙龙相处得非常融洽。

江泓现在仍有很多事要忙，两口子有一个约定，就是出门尽量不超过半个月。一方出门在外时两人每天都要保持通话，回来时另一方都要到机场迎接。有时关牧村到边远地区演出，江泓就自费陪伴。关牧村说："一个人一生中遇到一个知己相当不容易，遇到了就要好好珍惜。"

18. 倪鹰：

中国电影瞄准 2008

　　倪鹰，著名影视投资人，北大星光集团董事局主
席，2007年获得最具创新竞争力十大传媒人物殊荣。
　　北京奥运能否更好地展示中国国产电影形象，促
使更多的影片"走出去"？北大星光集团的《男才女
貌》或许能带给我们更多的启示。

北京奥运确立了"人文奥运"的理念，北京也将文化产业规划为未来城市的支柱性产业。文化产业主要包括：书报刊出版、印刷、发行；文化艺术业；广播电视电影业；文化娱乐业；文化旅游业；会展业以及广告业，等等。

奥运会的一大特征是稀缺性，4年一次，由此带来的是众人关注和参与的广泛性，对旅游业的带动必然最为显著。1984年洛杉矶奥运会的入境游客为22.5万人；1988年汉城奥运会的入境游客为22万人，直接旅游收入为34亿美元；1992年巴塞罗那奥运会的入境游客为35万人，直接旅游收入为35亿美元；2000年悉尼奥运会入境游客为35万人，直接旅游收入为42.7亿美元。北京是具有3000多年的历史文化古城，中国的首都，北京奥运会引人关注，对游客的吸引力更大。据测算，到2008年，游客、参赛人员的住宿需求将达到顶点，预计，北京星级酒店的数量将达到800家、客房13万间，颐和园、故宫、长城等北京特色观光景区也将迎来高峰。我们预计，直接旅游收入当年将超过45亿美元。

倪鹰精心研究奥运的理由是：北京奥运能更好地展示中国国产电影形象，促使更多的影片"走出去"。

"北京2008年奥运会对我们电影业也是一个千载难逢的历史机遇。"谈到即将到来的北京奥运会，致力于影视业投资的北大星光集团董事局主席倪鹰很是兴奋。从南方到北方，对倪鹰来说，不仅仅意味着地域的差别和生活习惯的改变，还彻底改变了他的身份：从诗人、文学编辑、报业老总到影视投资者——北大星光集团的掌门人。

或许没有被改变的，还是文化人的角色，即使做影视，倪鹰也喜欢从文化的角度考虑题材："人文奥运是中国对奥运会的独特贡献，只有我们五千多年从没中断过的文明，才能承担这个重量。我们的运动员要在2008

年摘取金牌，影视业也要接受奥运的检验。"

瞄准2008年北京奥运会，北大星光作出了自己的准备：推出大手笔的重大民族历史文化题材《长城》、《花木兰》，目前这两部电影正在加紧筹备，只待时机成熟就会开机。北大星光集团坐落在北京东三环边的团结湖公园中心，在熙熙攘攘的繁华闹市，有一处名为"星光岛"的安静所在。来公园的游客经常能遇到一些大导演、大明星从这里进进出出。以"北大"为开头的名字，显然给这家影视公司增加了不少文化含量。

从已经完成的几部影视作品《男才女貌》、《女才男貌》、《情人结》以及即将播出的《星光大道》来看，北大星光长于选取当代年轻人最关心的话题，而年轻人是社会中最有活力的群体，因而影视剧能迅速获得社会中大多数人认同，北大星光也确立了自己时尚的风格。

而从时尚剧到重大历史文化题材的转变，无疑与2008年北京奥运会有关。倪鹰认为，北大星光之所以选择以长城为主题拍摄电影，是因为长城作为我国的标志性建筑，不仅体现了劳动人民的勤劳与智慧，更代表了中华民族的魂，也是人文奥运的文化底蕴。在历史的长河中，以长城为背景的历史事件、历史故事是民族的瑰宝，代代流传，可歌可泣。

《花木兰》的故事在中国已经流传很久了，有非常深厚的群众基础。1998年，美国迪士尼也曾经拍过动画片的《花木兰》，但动画片里面那个长的像黑人小朋友、经常耸耸肩的花木兰应该不是我们真正的中国传统文化里面的花木兰。如此一个知名度、故事性、意义性兼具的题材，在现代华人电影中的缺席自然让人感到奇怪。倪鹰认为在对我们本民族传统文化的深度挖掘上，还是中国人把握得最好。

倪鹰希望北大星光通过作品阐释我们民族文化的精华，展现中华文化的独特魅力。中国电影要走向世界，其主题思想应是本民族所独具、而又能为其他民族所理解和接受，在这方面，中国有着丰厚的历史文化积累，有着无可替代的题材优势。

一、用心培育"男才女貌"品牌

一项针对美国超级市场里快速流通商品的研究显示，过去10年来，成功的品牌(年销售额在1500万美元以上)有2/3属于"延伸品牌"。一位营销学教授解释说，要培育一个成功的品牌相当不易，当企业拥有一个知名品牌后，自然会想到充分发挥既有品牌的效用，用既有品牌投资发展关联产品，"'品牌延伸'是许多著名企业成功扩张的经验，甚至成为不少西方企业发展战略的核心"。对此，倪鹰也深表赞同，但在两年前，对北大星光搞电影电视，包括古装片、现代片，都统统冠名为"男才女貌"的设想，不少人觉得有点"看不懂"。

但倪鹰不以为然，在他看来，现代商业的成功，一是靠品牌，二是形成行业的标准，但不管是百年老店还是新兴企业，行业标准与企业品牌密不可分，"正如'男才女貌'一样，它恐怕不单单是一部电视剧的名字，而应成为一种系统的商业资源，播出的一些影视作品给其提供无形的支撑，后续资源的开发和利用，不仅能带来增值，还进一步扩展和巩固成一种家喻户晓的品牌"。为此，在拍摄、制作《男才女貌》时，在剧情、导演、演员以及服装、音乐等主要元素的选择上，北大星光都围绕"青春时尚、社会正气"这一条主线进行，在该剧一炮走红之后，"男才女貌"这一品牌也具有后续运作的巨大空间。

据倪鹰介绍，通过热销的几部影视作品，北大星光在社会中已经树立起"男才女貌"的品牌，今后一段时期内也将围绕这一品牌做一系列的电视和电影，不出意外，2006年就出品了三部《男才女貌》，即青春时尚电影《男才女貌》、反映现代成功女性的电视剧《女才男貌》，以及讲述音乐爱好者成长历程的电视剧《男才女貌》，"这一系列动作将有助于'男才女貌'这一品牌的培养，然后再开发服装、音乐方面的后续资源，以此丰富品牌的内涵，提高这一品牌的含金量"。业内人士分析认为，20集的电视剧《男才女貌》以及电影《男才女貌》在几十个电视台播放后，就相当于数百台次宣传"男才女貌"这一品牌，极具号召力的演员实际上起到宣传推广作用，时尚的服装和音乐也是一种"润物细无声"的推广手段，"这是投入几千万元也难以达到的广告效果"。

倪鹰也认为，在当今中国影视界，一些投资方和制作人尚无明确的定位和长远的思路，古装片热的时候拍古装片，动作片热的时候争拍动作片，反腐片、纪实片热的时候又立刻转向，这不仅对企业的发展无益，也不利于中国影视产业的健康发展。北大星光塑造一个长久品牌的勇气和信心，无疑将起到一个很好的示范效果。

二、"男才女貌"品牌产业链

据美国电影协会的统计数据，好莱坞每年出品的影片中，赢利的片子还不足10%，而在国内，虽然制作环节绝大多数由企业完成，但销售渠道并没有完全市场化，在制作、发行阶段能赚钱的公司更少。那为什么投资者还乐此不疲呢？"这也是一种时尚，电影是一件很好的收藏品。"倪鹰说。虽然前期一次性投资巨大，影视作品具有著作权收益，卖一次版权就有一笔收入，因此从20年、30年来看，是不会亏本的。

为此，北大星光首先立足于多拍摄一些具有长远价值的影视作品，"一年5部，20年就是100部，加上各种形式的合作拍摄，可能会积累更多，今后的版权收入也是北大星光持续发展的动力之一，"倪鹰说，像福克斯、派拉蒙等影视巨头，每年卖片库里的片子就过得很好。

2007年7月，倪鹰曾找专业的品牌评估公司对"男才女貌"进行评估，权威测评结果表明：该品牌价值11.38亿元人民币。他表示要以此为契机，把这个时尚品牌延伸到音乐、服装等相关产业上。2007年7月28日，为期两天的2007'创新中国系列活动之一中国企业国际竞争力论坛第四届年会落下帷幕。包括环保、传媒等五大行业的十大最具创新力机构名单也一一揭晓。拥有"男才女貌"影视品牌的北大星光·北京星光国际传媒赢得最具创新竞争力十大传媒机构大奖，"男才女貌"品牌也被评为传媒机构自主创新十大品牌，北大星光集团董事局主席倪鹰先生同时获得最具创新竞争力十大传媒人物殊荣。

19.

郭峰：
奥运重燃音乐梦想

郭峰，著名音乐人，他的《我多想》、《让我再看你一眼》、《恋寻》等作品至今仍被广为传唱。

"你走来，他走来，我们走到一起来"，这位音乐才子现在走到了哪里？能否实现他的音乐奥运梦想？

郭峰是冷静、睿智的音乐才子，是优美旋律、恢宏乐章的注册代码。在资讯落后的 1985 年，在那场标志着中国流行音乐划时代飞跃的"百名歌星演唱会"上，他让世人永远记住了"你走来，他走来，我们走到一起来"的众声难辨的经典曲目，"轻轻地捧着你的脸"更是成了儿时年级歌会、班级联欢的大合唱首选曲目。彼时的郭峰才华横溢、意识超前，可称中国流行音乐"第一人"。《我多想》、《让我再看你一眼》、《恋寻》等经典作品至今听起来依然是余音绕梁，令人回味无穷。

现在，他又要为 2008 年北京奥运会远征。

2007 年年初，寒风下的北京街头笼罩着渐浓的奥运气息。在朝阳门一家咖啡店里，著名音乐人郭峰向记者讲述了他的音乐奥运梦想。

这个节目由郭峰策划完成，并获得中国奥委会新闻委员会、第 29 届奥组委文化部正式批准。该活动从北京的高校开始，巡回全国的 20 多所著名高校演出，为 2008 年北京奥运会"行万里路"、"唱万里歌"，用音乐传递奥运文化精神。同时，郭峰很自信地表示，要把"放歌奥运"打造成像《同一首歌》一样的音乐品牌，为内地流行歌坛开创新起点。

但与《同一首歌》舞台演唱不同的是，郭峰心中的"放歌奥运"中华之旅是：每到一地，联络当地的校园乐队、歌手以及众多大学生，在草坪、操场，或者山坡、湖边，以互动的形式共同表演、联欢、弹奏乐器，点燃大学生群体的奥运激情与梦想。

在这次音乐奥运之旅上，郭峰亲自弹钢琴伴奏，同时还与具有民族时尚的非凡乐队和充满古典激情的飞翔乐团合作。多种形式的结合加上绚丽变化的舞台，以互动、动感音乐为主线贯穿始终。

活动将分为两个阶段：首先是中华之旅，"放歌奥运"走进北京大学、清华大学、复旦大学、上海交通大学、南京大学、武汉大学等全国一流大学。第二阶段：全球之旅，走进日本、韩国、澳大利亚、美国、加拿大等举办过奥运会的城市演出。2008 年北京奥运会开幕式前回国。

谈到音乐与奥运的关系，激情洋溢的郭峰说："真正被奥运精神所吸引、所创造出来的奥运音乐是有力量的，而且它会改变这个世界。比如现在许多人对一切都无所谓，我觉得奥运会或者奥运音乐所显露出来的那种热情、那种纯粹，就会感染更多的人。"

一、演绎奥运激情

2004年6月8日，雅典奥运火炬传递到北京，象征着奥运圣火已经开始在北京点燃。作为中国第一先锋音乐人，郭峰再次为奥运火炬传递这个历史时刻创作了这首经典作品《BURNING 燃烧》，这首歌也是中国流行音乐史上第一首精心打造的英文原创歌曲，也在流行音乐领域里又一次作出了一个新的尝试和突破。

《BURNING 燃烧》的词作者——高佑华，没有人会相信他是一位普通的网球教练，可恰恰就是这位普通的教练为我们的奥运会锦上添花，他凭着对奥运的满腔热血和无私的奉献，在奥运火炬传递北京前，为北京，为每一个国人，创作了这首充满激情，充满民族凝聚力的歌曲。

郭峰是2004年5月31日应北京电视台体育节目中心《通向2008》栏目组邀请，由他来担任此次火炬传递活动歌曲的创作工作，仅用了两天的时间，郭峰携手新秀组合MIX-2(mix-two)就完成了《BURNING 燃烧》的所有的创作及录制工作，并请来了郭峰艺术培训学校的优秀学生录制合唱。从接到消息到录制拍摄剪接MTV完成的48小时里郭峰、MIX-2从来没有离开录音棚半步，终于在他飞往青岛演出的前一个小时将这首歌送到了北京电视台，并一次性通过了台里的审核，此时此刻的郭峰已经睡熟在机舱内，只有他自己能体会到他此时的心情。

二、与奥运最有渊源

从1999年开始，郭峰的音乐创作与奥运结缘，他不仅创作了北京申奥歌曲《实现梦想》，还发起了全国巡回演出"我为申奥万里行"活动。郭峰说："2001年7月13日那个晚上，我也在世纪坛和大家一起等待奥委会

最后的投票结果，巧合的是当我刚刚唱完那首《实现梦想》就宣布北京赢了……从那时我就知道，我跟奥运结下了不解之缘。"

2005年7月13日是北京申奥成功四周年的日子，而对于音乐人郭峰来说也是最不寻常的一天。由他和几位中青年词作家倾尽全力创作的20首奥运歌曲以整台晚会的形式在央视一套黄金时间播出。由85位海峡两岸的当红歌手联袂在太庙打造的这台大型音乐盛会"奥林匹克颂"让人们感受到了北京对于2008年奥运会以及奥林匹克精神的热情与激情。

"奥林匹克颂"大型音乐盛会是国内第一场真正意义上的为2008年北京奥运会量身打造的原创奥运音乐盛会，绝大多数音乐作品都是国内众多音乐人为2008年北京奥运会构思的作品，整个音乐构思、编创、录制过程长达6个多月。这次盛会的音乐创作总监郭峰把这台"奥林匹克颂"的晚会称做是新时期的"长征组歌"。

1998年，由张艺谋执导的歌剧《图兰朵》户外版在太庙上演，成为当年轰动一时的演出盛事。由于太庙属于古建筑，舞台布景、灯光等都受到很多的限制，甚至连宫殿的廊柱都要包上。从实际意义上说，那次只是依托在古建筑背景的演出。从那之后，就与演出基本上绝缘。而2005年7月，在这里再次破例高搭舞台，众歌手站在上面为北京2008年奥运会而放声高歌。

郭峰回忆说，"奥林匹克颂"将大合唱、独唱、重唱、多人朗诵、个人独白、交响演奏等多种文艺形式融合在一起，辅之以浓厚的人文与时尚气质的动态影像，使得晚会成为一个好听好看的视听盛宴。参加各种形式歌曲演唱的演员共有85人，其中既有韩红、林依轮、汤灿等内地当红的歌手，也包括了谢霆锋、李克勤、周传雄、张信哲等港台知名艺人。

郭峰说："那台晚会完全是流行节奏，因此合唱团是一水儿的国内年轻流行音乐组合。"当晚，王涛、杨扬、顾俊、高敏等奥运冠军携手唱响体现奥运合作精神的《心手牵连》和体现奥运竞争精神的《WIN》。尽管那台晚会可谓是大腕云集，但是所有演员都是零报酬参与，体现了大家对于奥运宣传的热情。

四 人文中国

　　由于世界文化的多元化和丰富性，不同国家举办奥运会都或多或少为奥林匹克运动留下独特的文化遗产，奥运会因此而长盛不衰。那么，中国会留下些什么？中华文明博大精深，"人文奥运"就是我们贡献给奥运会的文化遗产，中国的书法、国画、京剧、雕塑……

20. 韩美林：
石破天惊的奥运吉祥物设计

韩美林，著名艺术家，北京奥运会吉祥物主要设计人，曾获世界艺术家协会颁发的世界艺术大师奖。

"福娃"是如何诞生的？这样的创意为何让国际奥委会的官员兴奋不已："韩美林天才的创意，比奥运还要奥运"？

作为一届奥运会的重要标识之一，北京奥运会吉祥物的征集工作从2004年8月5日正式开始，同年12月1日征集结束，期间，北京奥组委共收到有效作品662件。北京奥组委成立了由国内设计界、动画、动漫界的专家人士组成的吉祥物修改小组，由著名的工艺美术大师韩美林先生担任修改创作小组组长。

2005年11月11日，北京奥运会吉祥物——福娃，正式向全世界发布。而我对吉祥物的主要设计者韩美林的采访，就在此之前一周。

作为我国著名的工艺美术大师，69岁的韩美林对体育运动有着特别的感情。2000年北京申办奥运会时，韩美林就曾作为申奥会徽的总评委和设计者，对北京申奥作出了自己的贡献，4年之后，韩美林应邀投身奥运会吉祥物的修改创作。经过对662件作品的逐个评析，推荐评选委员会建议将熊猫、老虎、龙、孙悟空、拨浪鼓以及阿福6件作品作为北京奥运会吉祥物的修改方向。

一、千呼万唤待揭晓

北京灿烂的星空下，一个最受世人关注和喜爱的小精灵将揭开神秘的面纱，把欢呼声从北京工人体育馆传向世界——但在此之前，不管各路的记者八仙过海各显神通作出种种打探和猜测，北京奥组委官方和吉祥物的设计专家们总是三缄其口。

争夺北京奥运吉祥物的烽火在3年前就已点燃。江苏连云港的孙悟空、四川的大熊猫、西部三省区的藏羚羊、云南的金丝猴以及东北虎、中国龙、拨浪鼓、丹顶鹤、兔儿爷等卡通形象相继进入公众的视野，网上也掀起了一浪高过一浪的投票热潮。

韩美林先生位于郊区的艺术馆，整整五层楼，一个大院。这是韩先生的创作乐园，院子四周，零散地堆积着巨型雕塑，显示着主人不凡的艺术家身份。作为北京2008年奥运会吉祥物设计专家组组长，韩先生显然已经成为媒体瞩目的焦点人物。

这位中央工艺美院的第一届毕业生，既是才华横溢、勤奋多产的画家、雕塑家，也是一位作家。他的工作室也同他的作品一样展现着艺术的魅力——中国美术家协会韩美林工作室，是全国第一家以艺术家个人名字命名的工作室，也是中国美协至今唯一一家由美术家领衔的工作室。在参观过先生的作品以及焦急的等待后，见到了先生。他虽年近七旬，看起来仍精神饱满，面色红润，红花格子衬衫、棉布拖鞋加上朗朗笑语——北京奥运吉祥物尘埃落定，作为付出大量心血的主要设计者，韩先生此刻心情很好。

"据说北京奥运会吉祥物不是简单的一个两个，而是一种组合？"在坦诚宽厚的艺术家面前，我单刀直入问起了这个最敏感的问题。韩先生微微一笑，未置评论，而是讲起了他与奥运会的不解之缘，以及吉祥物设计过程的甘苦和设计的理念。

二、千锤百炼终有成

韩美林先后为美国亚特兰大市等多个城市创作了数十件巨型的城市雕塑。1996年，经过17个国家顶尖艺术家的竞争，最后只有3件雕塑作品入选为第26届亚特兰大奥运会标志性雕塑，其中就有韩美林的作品，那个花岗石铸铜雕塑《五龙钟塔》，被永久陈列在亚特兰大世纪公园。如今，世界许多国家的领导人，都收藏有韩美林的艺术作品。

韩美林认为，艺术要达到世界水平，就必须依靠民族传统加上现代意识。世界艺术的大同之日就是世界艺术的末日到来之时。在吸收中西方艺术传统的关系上，我们必须摆正两者的位置。中西结合，以中为主；古今结合，以今为主；源流结合，以源为主。这不是保守，也不是僵化，而是一个很有辩证唯物论和历史唯物论的观点。

对整个中华民族文化的自信，使韩美林的艺术创作走上了成功之路。他为中国北京申奥设计的会徽，就是一个中国传统文化与现代设计思想完美结合的经典设计。韩美林说：任何一个图案标志的设计，最关键的就是简洁明快，干练易懂，还要有较深的内涵和不落俗套。这是摆在每个设计者面前的难题。北京申奥会徽标志的成功，正是这种设计思想的集中体现。

韩先生告诉我，从2001年申奥到现在，他做了三个"组长"：申奥会徽设计组组长、北京奥运会标志创作组组长、吉祥物设计组组长。每当一次组长，都是一次心血的付出，都融入了他那浓浓的奥运情。

"做得最痛苦的是这次吉祥物的设计"，先生停顿了一下，"在几百种备选方案中，我们选出了有代表性的六个，就是现在大家熟知的六种形象：大熊猫、藏羚羊、拨浪鼓、金丝猴、东北虎和中国龙等，经过反复考虑，我们觉得上述每一个单个的形象都不能完全代表中国的奥运形象。比如大熊猫憨态可掬，但胖乎乎的，跑不动；中国龙过于威严，缺乏亲和力；拨浪鼓能起哄能发亮便于给运动员增加士气，但却只有'一条腿'，不能运动。这时我就提出了另一个思路，吉祥物不是一个单个的个体形象，而是2个、3个甚至5个的组合行不行？这个思路一打开，我们一下子兴奋起来。清楚地记得，那是2005年的二月二龙抬头的日子，我们设计小组熬了一夜，终于从大熊猫和拨浪鼓中挣扎出来，第二天拿出了一个组合形象的设计稿，蒋效愚当时看了挺高兴的，后来国际奥委会官员乔治看了也很满意。"

三、千变万化寓深意

自2000年悉尼奥运会以来，奥运吉祥物就已经告别了"单身"时代，吉祥物组合成为奥运会的流行趋势。而即将发布的北京奥运会吉祥物到底是单独一个还是系列组合，是主要体现中国传统文化还是中西合璧？

采访过程中韩先生一再强调："吉祥物的创作，征求了各界群众代表的意见，是集体的积极创作。"吉祥物是奥林匹克运动会最具代表意义的形象，究竟怎样的作品才能完美诠释几千年的中华文化与奥林匹克精神？因此，在整个筛选过程中，"和谐"成了最根本的标准。"简直太困难了。"心直口快的韩老说起这个时忍不住皱起眉头，孩子一样的表情。

北京奥运会是中国人的一个情结，被赋予的希望太大了，众口调一不容易，但怎样能让更多人满意，怎样通过具体的吉祥物向全世界人民展现抽象的"中华文化"？看似简单的吉祥物，其设计却让韩老痛并快乐着，仅参考资料就装满了74个麻袋。

韩先生介绍说，此次吉祥物设计充分将中国传统文化结合在一起。比如在数量上，正如蒋效愚向公众透露的那样，此次北京奥运会将选取五个吉祥物。突破了往届奥运会吉祥物的数量。在佛教文化中，"五"代表圆满，而"五"也契合了中华文化中的"五行（金、木、水、火、土）学说"，更与奥运标志"五环"遥相呼应。

在具体造型上更是费尽心机。不仅借鉴了此前收到的300多份候选作品，更广泛征求了社会各界的意见甚至包括了幼儿园的小朋友，可谓面面俱到。最终从亲和力的角度出发，决定选用一种奥运会吉祥物历史上前所未有的形式来展现，这种形式巧妙地将人与动物结合在一起，将历史与物产融为一体，从而展示了更深刻的意义。韩美林先生还介绍说，此次奥运会吉祥物也突出了母爱这一世界上最伟大的爱。

在吉祥物的制作过程中也糅进了仰韶文化、大汶口文化等多种古文化遗产。比如运用了彩陶制作的点、线、面来组成画面。在创作时也打破了迪士尼平构的线条而采取了中国版画的线条，尽量将中国古文化的精华都参与进来。在吉祥物的色彩运用上采取了五环标志的五个颜色来凸显与奥运的紧密连接。

"这组吉祥物，我最大的遗憾是没有把中国的书法美放进去。"韩美林意犹未尽地说。但这样的创意已经让国际奥委会的相关负责人员兴奋不已："韩美林天才的创意，比奥运还要奥运！"

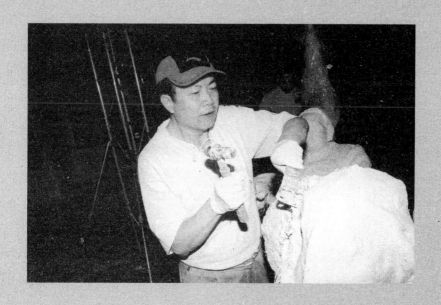

21. 袁熙坤：
一生中最大的作品

袁熙坤，全国政协委员，"2008奥运景观雕塑方案大赛"组委会主任。

他曾应邀为152位国际政要写生创作水墨肖像画。现在他将自己的全部精力投入到奥运景观雕塑的征集与国际巡展，这能否成为他一生最大的作品？

袁氏雕塑有两个特点：一是他抛弃了在这个国度一个时期里，塑造领袖人物程序化、形式主义的俗套；二是解决了人体雕塑与贵国的中山服衣纹处理、形体、气韵、衣服质地之间的几重辩证关系。在时间关系上，袁熙坤承其家学，从家族文化中领受到了传统的完整赐福，中华文化精神已化为他的血液。而在当代艺术界，他又是一位先锋。在空间上，他访遍数十个国家，足涉天涯，被公认为民间艺术大使，不同民族不同国别都是他艺术之旅的停靠站。

——姜卡洛·卡波尼（意大利画家）

袁熙坤首先是个艺术家。他是第一个在纽约联合国总部大厦和德国柏林博物馆成功举办"人与自然"个人画展的亚裔画家。在我跟他接触期间，他又获得俄罗斯政府颁发的"俄罗斯美术研究院荣誉院士"证书。

袁熙坤还是著名的社会活动家。他长期从事艺术创作和国际文化交流等活动，从海外购回上千件珍贵历史文物，自筹资金创建我国最大的民营博物馆——被绘者签名首肯，还为50余位世界著名人士塑像，被誉为"从平面到立体的肖像使者"。

一、为奥运当"义工"

位于北京朝阳公园内的金台艺术馆不简单。馆前挂着五星红旗和五环旗；湖馆之间，有国家领导人亲手栽种的大片松林，还有外国政要种植的"国际友谊林"；馆内有各国政要的水墨肖像以及世界名人的雕塑。

但更让我受到视觉冲击和心灵震撼的是来自世界各地艺术家为北京奥运会创作的两千多件雕塑作品。这些充满想象力的雕塑无声地矗立在那里，使你一下子对于体育和奥林匹克运动的理解有了新的感受。

袁熙坤反戴着一顶棒球帽，站在他为顾拜旦塑的铜像前，60多岁的他，在春日的阳光下显得生气勃勃。2006年3月底，萨马兰奇先生专门来到金台艺术馆为铜像揭幕，同时接受了2008奥运景观雕塑方案征集大赛入围作品方案。

为奥运当"义工"。北京申奥成功以后，作为一个著名的艺术家，他在中国奥委会和北京奥组委的支持下，在全球发起了2008奥运景观雕塑大赛。用袁熙坤自己的话说，如果将这次征集看做一次奥运会，参加的可以说都是国际健将，因为各国推荐的都是这个领域内高水平的艺术家。但是由于所征集入选的作品要放弃著作权，一些"宁可不要银子，也要牌子"的艺术家是在经过思想斗争后作出参加的决定。可以说，这次活动能征集到2433件方案作品，是创造了奥林匹克史上的一个纪录，我感到很荣耀。

评选完成后，组委会用了两个月的时间将290件雕塑方案复制成一式三套展品，于2006年6月启动全国巡展，并且将到世界各地巡展。几年来袁熙坤将全部身心扑到这个工作上，自己也投入了上百万元的资金。

2008年不仅是北京的，也是整个中国的，同时，也是全世界的。袁熙坤完成了他一生中最大一件作品，因为他的梦和祖国、世界连在一起。

二、结缘奥运多年

与萨马兰奇相识相交多年，使袁熙坤对奥运精神的认识更加深刻，也为沟通中国与国际奥委会作出了自己的贡献："1993年，正值北京申办2000年奥运主办城市时，萨马兰奇来北京访问。我事前听闻萨翁要来，就先通过北京奥委会致意萨翁，希望能用中国的传统水墨画艺为这位对奥运作出杰出贡献的老人写生画像，结果萨翁同意了。我画前做了大量的资料搜集和研究，终于在钓鱼台国宾馆芳菲园利用萨翁与申奥委领导谈话的20分钟画好了他的水墨肖像，他非常喜爱，欣然在画上题词'袁教授，向你和所有的中国人致以崇高敬意！'"

2000年12月8日，应萨马兰奇个人邀请，袁熙坤到瑞士洛桑总部访问，萨翁为感谢他多年来执著地以艺术为媒对奥林匹克运动作出的贡献特地致信："我谨代表奥林匹克运动借此机会向您对奥林匹克运动所作出的贡献表示我真诚的感谢……与艺术的联结对于体育文化方面的发展是非常重要的。"

2001年4月22日，为支持北京申奥，袁熙坤与到京进行艺术交流活动的白俄罗斯"功勋艺术家"等外国画家来到八达岭长城采风写生。当天下午他们回到金台艺术馆后便开始即兴创作。24日这幅由中国、白俄罗斯、瑞士、德国画家共同绘制的油画《长城雄狮图》完成。

袁熙坤写生创作过各国政要的肖像画，与他们结下了深厚的友谊。他通过这层关系，积极动员尽可能多的重要力量，支持北京申奥。2001年5月，他以中国艺术家的身份分别致信印度尼西亚总统等国际友人。在信中，他表达了继续为发展中外艺术文化交流而努力的意愿，同时更表达了他和中国人民希望首都北京申奥成功的强烈愿望，并呼吁他们对此给予支持。不久，响应他的真挚呼唤，一封封国际政要的回信聚集到金台艺术馆。

三、关于奥运景观雕塑的对话

记者：袁先生，您对奥林匹克所做的努力，萨马兰奇曾给予过这样的评价："感谢袁熙坤先生对奥林匹克作出的重要贡献，使奥林匹克与艺术结缘，对于体育在促进文化事业的发展中意义非凡。"您当时是如何想到把艺术与奥运联结在一起的呢？又为何如此地热衷于这项事业呢？

袁熙坤：当今世上，体育已成为最直观的展示真与美和体现公正的一项活动。维系这个事业的经久不衰的精神就是顾拜旦先生和萨马兰奇先生倡导的："体育加文化"之精神，也是我们今天用雕塑为之添彩的奥林匹克精神。为此，在2001年"两会"期间我曾与全国政协委员提案签名共同支持申奥。同时，我还去函邀请多位国际政要和知名人士，希望他们也能加入支持北京申奥的队伍，并在表决申奥之前收到40多位友人表示支持的来信。

记者：而今"2008奥运景观雕塑方案征集大赛"入围与优秀方案评选已告一段落了。按计划，巡展已于2006年6月23日于北京等三个城市举行首轮展出，并启动国际巡展。您作为大赛组委会主任，能向我们介绍这次的评选结果吗？

袁熙坤：正如评审大会宋春华主任所说的，这次评选是针对五大洲84个国家和地区的1000多位雕塑家共计2433件应征方案作品进行的。评选委员会由中、英、俄、意、德、奥、美、韩等国19位专家组成。评委会的总体印象是：此次大赛的应征方案80%以上确为专题新创之作，较全面地体现了奥运的精神与理念，内涵丰富，风格形式多样，整体水平较高，入选的方案作品完全可代表世界雕塑的前沿水平和现状。像国际奥委会委员吴经国所说的那样，北京的创举就是奥运场馆宽敞的空间和雕塑结合起来，在雕塑中将艺术、运动、文化紧密结合起来。我们要让奥运因雕塑更生动、更普及，让雕塑因奥运更主流、更精品。

记者：袁先生，听说您现在正通过自己在国际上的影响力来为国际巡展联络场地，现在的进展如何？

袁熙坤：我已联系了希腊、墨西哥、意大利等十多个与我有多年交往的国家的博物馆。它们愿意无偿支援我们所组织的这次巡展，为奥林匹克这项事业作出贡献。我们中华民族是一条正在崛起的巨龙，祖国的稳定、繁荣和昌盛与我们每一个人都息息相关。因而我们艺术家的命运、艺术品的价值乃至我们这次奥运景观雕塑方案征集大赛所取得的成果，也是与国家的富强紧密相连、不可分割的。如今奥运把世界的目光聚集到中国这个文明古国，而无需翻译的雕塑将成为全球艺术家把才情贡献给奥运的永恒纪念，也将成为盛世中国为未来积累丰厚文化遗产的良好机遇。我们将尽其所能搭建好这座桥梁，为力量之神赫克里斯和美神维纳斯的成功合作继续不懈努力。

22. 张统：

碧水蓝天奥运城

张统，全军环境工程设计与研究中心首席专家，
曾获"首都精神文明建设奖"、第六届"地球奖"等。
2008年奥运会，我们能否让来自世界各地的人
们不再像我们一样，抱怨北京的"不干净"？

2006年被评为首都十大环保人物，是张统默默耕耘多年的结果。我们都生活在北京这座千年古都，对风沙、污染感同身受。不单为了"绿色奥运"承诺，更为了我们自身。这座城市，承载了我们太多的梦和爱。祖宗留给我们，我们留给后人，只希望，在我们这一代，北京的天更蓝，水更清。

"水是生命之源，也是实现绿色奥运的重要保证，虽然难度很大，但我们有信心到2008年北京奥运会时实现碧水蓝天的承诺。"作为环境工程专家，张统博士跟踪首都"治水"多年，多次主持或参与重大污水处理项目的设计。

在一间被各种实验设备和荣誉证书装饰的宽大实验室里，解放军总装备部工程设计研究院环保中心主任、全军环境工程设计与研究中心首席专家张统博士接受了我的采访。张博士曾在香港科技大学从事博士后研究，获"第六届地球奖"称号并拥有3项专利。刚过不惑之年的他兼有学者的儒雅和军人的严谨，讲话不苟言笑，只有谈到他为之奉献的环保事业时，才会略显兴奋，间或微笑、喝茶。

"京城四大排污河通惠河、坝河、清河、凉水河的水质有望还清。随着四大水系污水处理厂和管线的同步建设，到2008年北京规划范围内的14座污水处理厂将全部建成。至2008年，北京城市污水处理率将达到90%，整个城市的水环境将得到根本改善。"张博士对北京2008年奥运会的"治水"工作显得很有信心。

一、河湖清波荡漾

蓝蓝的天空下，绿草如茵，河流湖泊清波荡漾穿行于城市的街巷间，人们或垂钓，或乘凉，或三三两两划船欣赏都市风光，这是一种多么美好的生活，然而对于严重缺水的北京来说，却是那么的遥不可及。

2005年11月18日，北京市水务局组织召开全市河湖水系水质保持与治理规划成果评审会，由9名"治水"领域的专家参加的这次评审会讨论激烈的问题是：北京的降水量小（年平均量700—800毫米），造成原有河道干枯，现有的河道也由于污水的排放造成一定程度的污染，那么如何"让河湖清波荡漾"？

作为专家之一，张统博士参加了这个会。他向记者介绍了目前解决这个问题的几种思路：

一是用中水补充河湖（张博士说，中水是污水经过处理后提出的可广泛用于景观、喷洒道路、养鱼等的一种水，但不能饮用），但难点是要重新在城区铺设中水管道。以前我们在城建时没有预留中水管道，现在铺设中水管道投资和道路拆迁难度都很大。

二是给现有的河湖采用人工增氧的办法，使其减少污染。但这个方法存在的难度是要消耗能源，且在市区造成噪音。

三是在水里放入药剂，把绿藻去除，让它们沉在水底。但这种方法不能把绿藻等完全根除。

四是采用生物的方法，比如在竹排上用盆栽种不同的植物，根系扎在水中以吸收污染物质，净化河水，但植物吸收降解有机物的能量有限。

因此，张统博士提出要采用多种方法并用，补充、净化北京的河湖水系。西方国家的城市大多降雨量丰富，一般这个问题不严重。北京人口多，自然降雨量少，上游水系补给量有限，因此要花大力气解决。

二、污水处理与奥运公园

地处望京的北小河污水处理厂改扩建工程，是保障奥运公园景观用水的一个大项目。从2004年到2005年，张统博士多次参与该项目的论证和工艺评审工作。

据张博士介绍，工程总投资约2.7亿余元。建成后，北小河污水处理厂将达到日处理10万立方米的能力，再生水利用工程除生产市政杂用水日5万立方米外，还将生产每日1万立方米的高质量中水供奥运公园景观。

记者了解到，北小河污水处理厂是北京市第一座二级污水处理厂，于1990年竣工并投入运行，日处理污水4万立方米，承担着亚运村及北苑一带30平方公里流域范围的污水收集和处理工作。由于地区发展，目前该地区的日排污水量达到7万立方米，使得污水被直接排入河道，影响了河水水质。

　　"奥运公园对水质的要求非常高，因此我们采用了国际上最先进的膜处理技术，以确保奥运公园除了饮用水之外其他水的质量，有污染物的水都被膜截留了"。张博士认为，保证奥运公园的用水，在技术上是没有问题的。

三、张博士的"治水"生涯

　　张统1991年从清华大学博士毕业，从此开始了他的"治水"生涯。北京航天城在建设之初，周边还全是农村，必须自行建设污水处理厂。作为工程设计者，张统自行研制成功了周期循环活性污泥处理技术，打破了发达国家技术垄断，为国家节省了大量投资。处理后的污水达到回用标准，可用于农场灌溉、航天城绿地喷洒和人工河补充水，每年节约自来水30多万吨。在北京地区，这项成果先后应用于海淀、朝阳、大兴、通州、昌平、怀柔等区县10多项污水处理工程。

　　地处北京市丰台区的某军事学院，原有生活污水、训练扬尘、噪音三大污染。各方反响强烈要求治理。对此，张统以污水治理为主线，以建设生态型校区为目标，充分利用中水资源，在训练场地设置了7个人工湖面，并结合地形建造瀑布、景观桥，既美化了环境，又起到了降尘、调湿、储水和林区消防储备用水的作用。

　　作为首善之区的北京，对环境保护的要求越来越高，张统发挥自身技术优势，投身北京市特种污水治理工作，近年来陆续完成了首都机场维修废水处理、北京紫竹药业制药废水处理、造纸企业脱墨废水处理等高难度工业废水的技术攻关和工程治理。

23. 冯惠玲：

北京奥运的文化遗产

冯惠玲，中国人民大学副校长，人文奥运研究中心主任。

中国传统文化和东方哲学智慧究竟能为奥林匹克文化注入哪些新的活力？这能否成为北京2008留给世界奥林匹克运动会永久的财富？

"奥林匹克精神作为当代人类优秀的文化遗产和精神财富面临许多问题与挑战。由于奥林匹克精神以西方文明为根基,它面临的这些问题与挑战已经无法仅靠西方文明自身提供答案。中国传统文化和东方哲学智慧对奥林匹克文化所面临的问题与挑战给予了富有启迪意义的回应,为奥林匹克文化注入了新的活力,这也许是北京2008留给世界奥林匹克运动会永久的财富。

"Ok,和合、和合",一群金发碧眼的外国学者,在一次主题为北京奥运会的国际论坛上,被中国传统文化的精髓深深折服,会场上不停地发出"呵呵"的声音。就在这次论坛上,中国的学者们首次对"人文奥运"的内涵进行了阐述,把中国传统文化中的"天人合一",以及"和平、和美、和谐、和合",还有《易经》的"和为贵"思想融入现代奥林匹克精神,被与会者一致认为是东方文化对奥运文化的重大贡献。

中国人民大学副校长、人文奥运研究中心主任冯惠玲风趣地给我讲起了上述故事。"人文奥运研究中心吸引了很多跨学科的研究者,我们为北京奥运会提供理论和智力支持。现在对奥运理论的研究,就像一个巨大的磁场,吸引着很多人文社科甚至其他学科更多的专家投入进来,而我们的研究内容也像滚雪球一样,越来越广阔。"冯副校长特意把接受我采访的地点放在了人文奥运研究中心办公室。

"在刚刚提出人文奥运、绿色奥运、科技奥运的时候,北京奥组委主席刘淇说到一个问题:绿色奥运、科技奥运的内涵都容易界定和理解,但人文奥运的内涵太丰富,显得有点模糊,值得学者深入地进行理论探讨。人民大学凭借自己在人文社科方面的学科优势,成立了这个研究中心。"中国人民大学人文奥运研究中心自成立以来,聚集和组织大批优秀学人参与北京"人文奥运"的研究,在理念和内涵以及具体实施战略上多角度地进行了拓展。

"人文奥运与北京人文环境——问卷调查报告"是中国人民大学人文奥运研究中心承担的重要研究项目。课题是以社会调查为基础的5年追踪研究项目，自2002年至2006年，每年都进行一次问卷调查并提出相应的改善方案。它让我们透过数字了解到被调查者的总体行为特征、环境价值判断与环境心态，对进一步理解人文奥运与人文环境营造有独特的价值，并对政府行为提出某些改善方案。

一、中国学者的历史机遇

冯副校长在人民大学分管科研，她说自己形成了一种职业敏感：一旦发现社会的现实需求，就想起学者的社会责任感，就有一种创造的激情和冲动。她认为学术应该为社会服务。

奥运会对中国来讲，是千载难逢的历史机遇，如何从理论方面把握奥运会的机遇，为奥运会提供智力支持，摆在了中国的学者面前。

人文奥运研究中心成立以后，首先从人文的角度探讨奥运会的精神层面。冯惠玲认为人文奥运有这样几个特点：含义丰富，可解释性强，涉及面广，影响更为久远，可操作性也很强。人文奥运不仅是一个立意高远的文化理念，还是一个具有很强实践性的发展战略。在北京奥运会的"三大核心理念"中，人文奥运是灵魂。人文奥运是北京乃至中国向世界提出的具有独特价值的创新理念，它以有着5000年悠久历史的中华文化为底蕴，展示了北京乃至中国对奥林匹克精神的开掘。"人文奥运"又是一个开放的有着巨大生命力的创新理念，其内涵非常丰富，寓意深远。

在对人文奥运内涵的发掘上，研究人员提出了"和谐"的概念，冯惠玲认为"和谐"是人文奥运的灵魂，和谐是奥林匹克与中华文明的最佳结合点。在"创造的多样性：奥林匹克精神与东方文化"国际学术研讨会上，许多国外奥林匹克研究专家都不约而同地强调"和合"、"和谐"思想是中华文化通过人文奥运奉献给世界的最有价值的思想和理念。

冯副校长还提到，奥林匹克运动起源于西方，现代奥运会也大都在西方国家举办，奥运会的精神理念是更高更快更强，强调对个人极限的一种突破，而我们提出的人文奥运，提出的"和谐"、"天人合一"理念，这是对奥林匹克文化的开拓和创新。博大精深的中华文明传统，为我们提供了深厚丰富的和谐思想资源。和谐思想，对中国、对世界、对奥林匹克，都具有极其重要的资源性思想价值。

冯副校长是档案学领域的专家,她说专业的原因使自己更加关注历史、关注文化、关注遗产。"奥运会毫无疑问能够给举办城市带来物质遗产,但同样也会留下很多非物质文化遗产,这就需要我们去总结、去发扬。"

二、OGGI 项目的诞生

一个令人瞩目的长期社会系统观测项目,将涉及众多学科领域、政府部门和学术机构:举办奥运会在中国历史上是第一次,实施北京2008年奥运会全面影响研究项目(OGGI)又是国际奥林匹克运动历史上的第一次。

这是人文奥运研究中心承担的一项课题。为了科学地评估奥林匹克运动会对举办城市乃至全球所产生的环境、社会、文化和经济影响,国际奥委会设立了OGGI评估项目,要求从2008年北京奥运会开始,每届奥运会主办城市都要在奥运会结束后两年内提交OGGI评估报告。OGGI评估报告将以奥运会总结报告第四部分的形式成为国际奥林匹克运动文化遗产,由国际奥委会永久保存并为全人类共享。为此,北京奥组委邀请多所大学参与竞争,经评审专家评议,中国人民大学获准成为该项目牵头单位。

此项目历时8年,在国内外具有广泛的社会影响并具有重大的科研价值。举办奥运会在中国历史上是第一次,实施OGGI项目又是国际奥林匹克运动历史上的第一次。本项目的成果将丰富奥运文化遗产,充实奥林匹克运动的理论,为北京之后各奥运会主办城市评估工作提供长期的分析、规划与运作规范,具有开创性的里程碑意义。

"人文奥运与北京人文环境——问卷调查报告"是中国人民大学人文奥运研究中心承担的重要研究项目。课题是以社会调查为基础的5年追踪研究项目,自2002年至2006年,每年都进行一次问卷调查并提出相应的改善方案。2002年9月,人文环境课题组进行了首次调查,与北京市妇联共同发放问卷,调查覆盖范围广泛,采取随机分层抽样、入户调查的方式,2003年1月最后完成调查报告。问卷结果显示,这是一次极有意义的调查,它让我们透过数字了解到被调查者(统计上的平均人)的总体行为特征、环境价值判断与环境心态,帮助公众进一步理解人文奥运与人文环境营造的意义,并对政府行为提出某些改善方案

三、民族文化的最大舞台

奥运会将给北京留下最大的财富是什么？展示民族文化。冯惠玲认为对于北京奥运来说，人文奥运要展示中华文化，促进中外文化交流，突出北京奥运会的特色，这可以概括为"世界给我16天，我给世界5000年"。因此，她认为人文奥运要走出战略层面，更重要的在于行动。2005年，北京市公布"人文奥运行动计划"，是由中国人民大学人文奥运研究中心、北京市社科联的10余位学者共同完成的《关于实施人文奥运的行动计划》（专家稿）为基础的。它把"和谐思想"确定为人文奥运理念的最核心意蕴，提出了建设人文奥运的四大工程，研究成果由书斋走向了社会实践层面。

"当前世界文化领域有两种现象值得注意：一是冲突，二是多元化的丧失。"冯副校长说，"现在几乎全世界穿同样品牌的衣服，开一样的车，喝同样的饮料，都是发达国家的大品牌。一个留给未来更美好的世界应该是一个和谐的文化多样性的世界。"

但"只有民族的，才是世界的"，奥运会给了我们展示自己独特民族文化的最大舞台：远远超出单纯的体育竞赛的范畴，其独有的文化娱乐性、观赏性，以及民间性、无障碍、低摩擦、近距离的交流，没有灌输式的传播，是举办者展示自我的一次绝佳机会。

24. 王界山：

为什么说北京最适合举办奥运会？

王界山，中国美协会员，中国书画收藏家协会学
术委员，北京美协理事。

为何在这位画北京高手的眼里，北京是中国最适
合举办奥运会的城市？

"他的画风属于那种云出山岫，溪流洞底，鸟跃枝头的自然、爽气、大度一类，不是小家碧玉，而是关西铁板；他作画，又作文，亦写诗，并在诗词歌赋山水花鸟间寻求艺术的'通感'……"韩静霆评价王界山绘画

"北京是最理想的奥运举办城市"，对北京的山川风貌、风土人情，军旅画家王界山最有发言权。从1979年在京郊回龙观当兵时起，他骑上7个小时的自行车，到八达岭长城写生，到颐和园、北海画画。在北京生活了多少年，他就画了多少年北京。他是一个画北京的高手。

现在的王界山已是中国美协会员、全国青联委员、空政文艺创作室副主任，多次在海外举办个人画展，通过艺术创作的形式向海外介绍中国，介绍北京。2007年年初，"第三届北京中青年文艺工作者德艺双馨奖"评选，最终确定含文学、美术、音乐、舞蹈、影视、摄影等文学艺术门类的15人荣获这一奖项。著名画家王界山榜上有名，同时也是北京美术界唯一获此殊荣的中青年画家。

"为什么说北京最适合举办奥运会呢？"我不解。

"绘画讲气，首先从气韵上来说，北京作为千年古都，有一种皇家气派，能够反映我们华夏民族的泱泱大国风范；其次从文化上来讲，北京作为文化中心，能够代表我们这样一个多民族国家多元文化的特性，白云观的道教，雍和宫、潭柘寺的佛教都很兴盛；北京的历史很久远，从周口店猿人到现代，其文化一脉相承，从没有中断过，不像有的古都由于战乱或其他原因文化中断；北京也是现代化的国际大都市。因此非常适宜举办奥运会这样的国际盛会。"对于北京文化，王界山有一种执著的沉醉。

在他的笔下，北京的风貌以艺术的姿态呈现在世人面前，八达岭长城，北海的湖光塔影，颐和园的皇家建筑，雍和宫的佛殿香客，潭柘寺的暮鼓晨钟，十渡的自然风光，画画三十年来，他走遍了北京的山山水水，画遍了他喜爱的每一处名胜古迹。

一、为申奥成功"疯了"

北京申奥成功的消息传来那天，王界山正在昌平，在电视上看到这个画面，他激动得眼泪一塌糊涂，被妻子儿子笑话"疯了"。当晚，和几位画家朋友相约，开车或打的，带着啤酒、画布、画笔、床单，来到天安门广场，喝酒作画，庆祝北京梦圆奥运，昼夜狂欢。

还是在北京申办奥运会的时候，世界华人华侨社团联合总会举办的全球华人艺术家心系奥运画展邀请王界山参加，他毫不犹豫地捐出了自己最喜爱的一幅作品。

1990年北京举办亚运会前夕，王界山和刘大为、张道兴、林凡、朝鸿等9位国内老中青年国画家在军事博物馆举办了"迎亚运中国画联展"，引起人们的关注和好评。

2003年中法文化年在巴黎拉开帷幕，王界山、李呈修、朝鸿等三位国画艺术家，被邀请在巴黎中法文化年开幕之际举行展览，他们用出色的精品艺术，赢得了法国艺术界的高度评价。认为中国艺术家的画风和艺术趋向，体现了时代特点，是民族艺术走向世界的有力证明。观看展览的当地专家、艺术家们评论说，中国人的当代绘画艺术探索和发展速度之快，令人惊喜。中国产生有世界影响的艺术大家的时代已经到来，走向世界的中国艺术正在放射着东方文化的异光奇彩。

王界山感受最深的是，中国艺术应当以弘扬优秀的中华民族文化为己任，充分体现中华民族文化的深厚精神内涵和丰富的历史底蕴，并与西方文化不断走向融合，走向认同。对于人文奥运，王界山认为这是北京奥运会的最有特色之处，也是中华文化在世界上重新绽放异彩的良机。

读王界山的山水画作品，总能在一种禅静的时空中提升心境，感悟个体生命的宁静与清雅。其国画《山静雁声远》，可看做是王界山的山水写意小品的代表作。它所具有的艺术享受和艺术语言，已大大超出了一般意义上的笔墨语言，在这种点、线、面、时间、空间的表现中提炼了笔墨精神、人格情操，亦折射出王界山丰实的艺术素养。

二、在海外感受中国

北京2008年奥运会在海外华侨华人中的影响有多大？王界山说你不出国就永远感受不到海外华侨华人那颗滚烫的爱国心。这几年来，王界山在英国、法国、西班牙、德国、比利时、荷兰、日本举办画展，每到一处，他们笔下的中国山水都会受到当地华侨华人的热烈欢迎，每次招待他们喝酒，谈到北京奥运会时，大家都热泪盈眶。

最难忘的一次是在比利时，王界山和从北京同去的两位画家，还有一位中央电视台的记者，和当地10多位老华人吃饭，大家边喝边聊，聊起了北京2008年奥运会，聊起了即将发射的"神舟五号"，开始有人哭了。这时一位老人突然开车离开，回到家中把自己珍藏了一辈子的红酒全拿来了，大家惊呆了，王界山说这些海外老华人把我们当成了运动员，大家为中国体育在世界上的强大，为北京奥运会的申办成功兴奋得抱头痛哭，硬把那位老华人珍藏的红酒干完了……这些白发苍苍的老人大多是新中国成立前就漂泊到海外谋生，干过擦皮鞋、端盘子、搓澡等受人歧视的工作，他们说做梦都盼望着中国强大，现在终于看到了这一天，他们怎能不激动？

王界山长期坚持走写生之路，不辞劳苦，远涉众多的山川大壑，注重在大自然和生活中获得真情实感，锐意求新，古人说"诗者，天地之心"。年届不惑的王界山恰似一位诗者，在山水之间吸收营养、生发灵感，尽情挥写丹青，放声歌唱生命……

在韩国时，他感受到了体育带给这个民族的精神，每当有重大比赛，韩国总是万人空巷，比赛体育场成了人流的海洋。在日本时，几个日本画家为他笔下的雄伟长城震撼得流泪，王界山说中华大地无山不美，无水不秀，山水里到处流淌着文化的灵魂，谁能怀疑我们举办奥运会的水平？

25. 刘元风：

不拘一格改唐装

刘元风，中国服装设计师协会副主席，北京服装学院副院长。

由他主创的奥运会非比赛服装，能否成为2008年另一道亮丽的风景线？

日本有和服、韩国有韩服、印度有纱丽……当这些服装以其浓郁的民族风韵展示一个国家的魅力时，自古有"衣冠王国"之称的中国，究竟该以怎样的"国服"面对世界？这是许多"汉服"和"唐服"提倡者关心的话题。目前的倡议，更是将这一话题与2008年北京奥运会紧密地联系在一起。

北京服装学院副院长刘元风，此次奥运会非比赛服装设计的主创人之一。

"很显然，北京2008年奥运会制服——包括官员、教练、裁判、志愿者服装绝对不可能是唐装，礼仪小姐也绝对不会穿旗袍。"北京服装学院副院长刘元风日前向我透露，在最近的一次奥组委开会中，他和他的团队中标北京奥运会的非比赛服装——包括奥组委工作人员制服、技术官员（裁判员）制服、志愿者制服三类的设计。

2005年12月，北京奥组委正式启动2008年奥运会制服设计工作，这项工作从开始就吸引了社会各界的关注，不过，对于坊间纷纷猜测的北京奥运会上，我们会看到的中式服装制服，刘元风给出了否定的回答："2008年奥运会在北京举行，所以制服要体现中国的民族元素，但同时奥运会吸引的是世界的目光，因此制服更要体现现代国际流行的时尚色彩，我们设计的理念就是，让民族文化很含蓄地体现在这些现代元素里，不能太传统，也不能太现代。"

据了解，北京2008奥运会制服的设计招标工作，因为比较专业，奥组委一开始就定向把标书投向了清华美院、中央美院和北京服装学院，北京服装学院组成了以副院长刘元风为首的设计小组，一些年轻老师和研究生踊跃参加，经过近一年的设计、论证，经过奥组委评审小组的9轮筛选，脱颖而出。

一、"云纹图案"与时尚色彩

"很打眼",刘元风形容中标的奥运制服说,"一定会非常引人注目,成为2008年北京奥运会上一道亮丽的风景线。"

据透露,奥运制服的主图形是云纹组成的团花,与北京奥运会的辅助图形相呼应。为什么选择云纹图案呢?刘元风解释说,因为云纹在中国传统文化中是深受人们喜爱的图形,同时这种图案比较适合奥运会:云纹有流动的形象,表现运动感,还有吉祥、和平的意味,与奥运会口号"同一个世界,同一个梦想"是一致的。

"虽然图案是中国的,但色彩却是世界的,"刘元风说:"色彩会是国际最流行色彩,表达最新的时尚理念,因为奥运会是古老的,更是年轻的。"

北京体育大学孙葆丽教授也认为,第29届奥运会的制服设计,一般而言必须体现奥林匹克运动特征,因此五环标志必不可少,此外,自从北京申办奥运会以来一直使用的中国红、中国黄等主色调系统也应该得到体现。

孙葆丽强调,一般情况下,奥运会的制服设计不仅要符合着装人员不同工作岗位的功能要求,具有良好的可识别性,以满足奥运会活动和赛事服务的需求,还要能激发奥组委工作人员和志愿者的自豪感和奉献奥运的激情,使着装者认清使命,与奥林匹克紧密联系在一起,成为奥林匹克大家庭中的一员。

"身穿奥运会制服不仅意味着在奥运会期间的职责,还体现着一种鲜明的团队精神,这往往成为奥运会参加者在奥运会后巨大的精神财富。这也是为什么每届奥运会结束后,奥运会制服经常成为人们热衷的收藏品的原因。"孙葆丽说。

正如提议者们在倡议书中所言,无论奥运会在哪个国家举行,展示出属于本民族的文明特征与文化风采,都是一个惯例。当雅典奥运会的开幕式中的每一个细节都无不折射出希腊文明的辉煌博大之际,全世界人民想必都会为之而惊叹赞美吧。从这个角度来看,把2008年北京奥运会作为展现中华民族悠远历史的一个舞台,传承华夏灿烂文明的一个契机,显然不是矫揉造作、刻意表现,而是大有必要。在这样一个难得而又特殊的场合,"服饰"问题显然是"小事不小"。专家学者们就此提出以"汉服"作为奥运服饰的倡议,更不能说是无关紧要的芝麻小事,而应得到广泛支持与积极回应。

二、西服为主 内涵中式

"北京奥运会的制服设计，很多人认为一定要体现中国的文化、民族的传统，我们认为这是设计的应有之意，但民族的传统怎么体现，大一点还是小一点？多一点还是少一点？这种运用一定要很微妙，"刘元风说，"比如唐装，好看是好看，但离现在社会还是远了点，在奥运会这样一个世界瞩目的场合有点不适合。我个人认为设计要以西式服装为主，这是外观；以中式服装为辅，这是内涵，如开衫、袖形设计等。总之是在中式服装内涵的基础上，借鉴西式服装的元素，形成自己的特色。

奥运非比赛服装主要有礼仪人员服装、服务人员服装、表演人员服装、官员服装等。奥运会参与人员的着装，将是不可小视的一道"人造景观"。从服装所具有的符号功能看，其款式、色彩、材料、技术所构成的外部风格，可使现代中国的政治、经济、科技、文化面貌一目了然。北京服装学院将组织全校师生参与此项工作，按照"新北京、新奥运"的要求进行奥运服装研究、设计策划，努力展现现代体育运动精神与中华民族精神。在着手设计这些制服之前，北京服装学院的研究人员从中央电视台拿回了10多盘录像带，仔细考察了以往历届奥运会的制服设计，刘元风说他个人比较喜欢雅典奥运会的制服设计：主题是海洋的蓝色调，很巧妙地用现代科技手段演绎古老文明。

刘元风还透露，北京奥运会制服设计深刻体现了"科技奥运"理念：面料选择深度吸湿，排汗性好，尤其是腋下、后背等比较容易流汗的部位。面料由天然纤维和化学纤维组成，既吸收了天然纤维吸湿性好的优点，又吸收了化学纤维牢固性好的特点，有很高的科技含量。

据了解，奥运制服设计是整个2008年奥运会视觉形象设计工程的组成部分。目前这个设计工程正处于第二阶段，这一阶段将推出一系列主题设计，全面配合市场开发项目，完成奥运会形象与景观设计和运行构想。

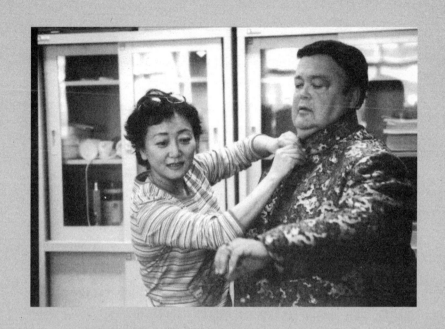

26. 王化:

奥运穿"唐装"?

王化，著名中式服装设计师，被业界誉为"中式服装第一人"。

她为何期待给奥运穿上"唐装"？中式服装有没有未来？

王化在北京如日中天的季节大约在20世纪90年代中期，她有名，因为她的中式服装。那时在大小百货商场随便逛到什么地方，王化就会与你不期而遇。所以，那时对王化抱有特殊的好感。是市场造就了王化，确切地说，是那个年代的市场使王化出了大名。一定是不知不觉中的默契，王化才在市场中如鱼得水。而她的中式设计，也独树一帜地在服装这个行业中闪闪地发了光。

"我希望在2008年北京奥运会的开幕式上，所有出席的中国人都穿中式服装，把我们中华民族灿烂悠久的服饰文化展示给世界，从现在开始，我就着手设计了。先从志愿者的服装入手。"被业界誉为"中式服装第一人"的王化女士，对中式服装在北京奥运会上的表现寄予自己的梦想。

一、故事与服装有关

她不太爱多说话，总在思考的状态中。这个样子让人感到有些游移，王化的思维果然可以东奔西走。除了做衣服，她还写书。衣服是中式的，书也围绕着衣服来讲故事。王化的故事并不稀奇，只是她可以写出来，写出来就有了让人读的机会，读到了就有了解王化的可能。

雅典奥运会闭幕式上，"中国8分钟"，14名中国姑娘最先登场，她们穿着超短的改良旗装，用琵琶、二胡等民族乐器共同演奏《茉莉花》，给中外观众留下了深刻的印象。"旗装是中国服饰文化的代表，对旗装的改良，以体现中国女性青春靓丽，展现北京年轻、漂亮、开放的色彩"，著名中式服装设计师王化女士对张艺谋执导的"中国8分钟"采用中式服装评价很高。

在北京2008年奥运会的背景下，一场名为"国服——着装的国家形象"的报告会举行，不少专家指出，2008年北京奥运会将给予国人向世界展示实力和民族特色的时机，也给全面推广蕴含国家、民族象征意义的中式服装提供了契机。

多年致力于推广中式服装的王化，对此有自己独到的看法："不论中式是什么样子，都应承载国家民族核心文化信息，要在吸收中华民族服饰精华要素、保持民族传统韵味的同时，采用新的工艺和面料，提供系列的、适合现代生活穿着的中式服装，让大众进行个性化选择。"

王化认为，从目前市场来看，中式传统服装尚未形成国标和工业化生产，做服装经营的不懂设计，做设计的不懂文化，我们中国有几千年的服饰历史和文化，中式服装要在国际市场上有所突破，必须在设计上创新，而北京奥运会，就为中式服装的突破提供了千载难逢的契机。

王化创业已经18年了，做中式服装的设计，她以自己的名字创造了风格独特、高尚典雅的中式服装品牌，她希望有一天中式服装能成为国际服装市场的主流。"国内很多服装品牌在国际市场上受到很大的冲击，但我设计的中式服装却是在世界的舞台上风采依然。"王化的自信来自她强大的民族自豪感，这与她坚守的根基相关。

"我有自己的口号：王化的，中国的，世界的。中国有相当深厚的服装历史，外国人还在穿麻片时，中国人已经穿着有领有袖的服装了，让当代的世界人都认可它，我们责无旁贷，以古老的中国历史为背景的服装设计就是我的追求。"

二、中式服装有没有未来

做服装久了，对这个行业烂熟于心的王化写起了小说。她觉得她就是一部旷世奇书，历时5年，写出了一部小说，后来又改编成了电视剧《今天穿什么？》。只是，竟然有人对她说，还不如改成《什么都不穿》，可能会有卖点。

在服装的设计上，王化有一个"永远的中国梦"。她说自己在刚开始做衣服的时候是看到圣洛朗用凡·高的《向日葵》做成的一件特别华丽的晚礼服，当时她正在杂志社做美术编辑，接触了好多搞现代艺术和传统艺术的画家，"当时特别想用韩美林的国画、吕盛宗的民间剪纸、徐冰的版画来做衣服，所以一开始做的时候一定要用中国的艺术品、中国的美术品，用它们来设计一种图案，来重新设计布料，而衣服应该像艺术品一样在这个世界上是独一无二的。这个是我的第一阶段。"

王化记忆中，1997 年在国际上正在流行中国风，1997 年香港回归，1999 年澳门回归，2000 年是中国的龙年，在上海 APEC 会议后，以"唐装"之称的中式服装流行服装市场，紧接着是中国奥运会申办成功。当时她就觉得中式服装应该借助这些大事积极进军国际市场。但她最大的梦想还是，在北京 2008 年奥运会，中式服装借奥运东风腾飞。

五 奥运商道

商场是奥运会的另一个战场：企业家和商业总是最有故事的主角。因为搭上奥运快车，有的企业一夜成名天下知，成为财富和地位的代名词；有的企业成为奥运会赞助企业之后不知所措，没能进行有效的"奥运营销"而白花巨资；有的企业为没能进入赞助商门槛痛哭流涕；有的企业绞尽脑汁提出所谓"非奥运营销"的擦边球……

27. 张朝阳：

"狐" 眼观奥运

张朝阳，搜狐公司董事局主席兼首席执行官。

搜狐为何能突破新浪、网易、腾讯三方的围追堵截，成为唯一的互联网赞助商？张朝阳能否借助奥运机遇问鼎盟主？

历史上富士胶卷，曾经利用取代柯达胶卷成为1984年洛杉矶奥运赞助商的机会，在全球发起了一系列的营销行动，并利用奥运概念进行传播，大大提高了自己的市场地位，当年将自己全球市场占有率从8%提升至16%，目前已成为与柯达分庭抗争的领导品牌。"搜狐"要成为网络门户第一品牌形象，必须要在传播上给予新的做法。要确定领先地位，只有第一，才是有效的。在行业中，所有实质性的优势几乎都集中到了领先者手上。"搜狐"必须要将自己塑造成行业品牌形象，就像人们印象中，可口可乐就是可乐，微软就是电脑软件，丰田就是汽车，百威就是啤酒。想达到这个效果，"搜狐"就需要不断宣传整个行业知识、理念，如IBM的广告通常都对竞争者闭口不提，专门宣传计算机的价值所在。"搜狐"要不断强化自己是以"第一"的身份在网络世界的印象。

2007年3月，黑龙江亚布力滑雪场。张朝阳穿着鲜艳的滑雪服，从风雪中俯冲而下，像一个精灵。

43岁，张朝阳还像10年前回国创办搜狐那样精力旺盛，热衷于参加各种类型的集会和发表演讲，只是更加成熟老辣。张朝阳这次来亚布力当然不仅仅是为了滑雪。他来参加中国企业家第七届年会，其中作为"企业家谈奥运"的嘉宾又谈了很多关于奥运的想法。

那天晚上，东北暴雪。在当地一家酒店里，我约张朝阳煮酒论奥运。

一、"搜狐不仅出了点钱"

张朝阳认为"奥运会是一个大Party"。因此，相对于其他互联网领域的竞争对手，天生具有游戏和娱乐精神的张朝阳志在必得，不管出多少钱一定要拿下。面对这种拼命三郎的架势，新浪等网站只好退出。搜狐具体出了多少钱，张朝阳没有透露，这显然不是他关心的重点。他只是强调"我们不仅出了点钱"，主要还是提供了一个媒介平台。

拿到这个赞助商的身份对搜狐意味着什么，对搜狐的竞争对手又意味着什么？

"拿到这个身份是对搜狐品牌影响力和受众影响力的一个集中肯定，而且在未来的几年里也给了我们一个展示自己最新技术的平台。这会让我们的广告商还有我们的用户感到自己是在一个非常可靠的承载奥运使命的平台上生活，会感到很放心，这是对我们的品牌的一种提升。"

在2008年北京奥运会时，官方网站由搜狐承办，所有相关的权益套餐如奥运的LOGO、歌曲、吉祥物标识及文化主题活动，搜狐都有权使用或参与；还将得到礼遇套餐，比如有一定的票、证件及采访的权利等。另外，官方网站中自我版权的内容搜狐都可以使用。搜狐目前最大的竞争对手是新浪，在北京2008年奥运会赞助商这个巨大的战略机遇面前，新浪显然没赢。

张朝阳始终不承认，是因为自己比其他赞助商出的价钱更高才拿到赞助商的资格。他认为基本的原因是，搜狐在体育营销方面一贯做得不错，比如说签约姚明、承建NBA中文官方网站、F1的赛事报道、再到中国网球公开赛，包括与迪斯尼的合作，体育营销是跟奥运项目直接相关的；但是更本质的原因则是奥组委对于搜狐这样一个团队的稳定性及技术实力的认可。

二、互联网与百年奥运

在张朝阳的人生履历表上，最近的十多年来一直跟网络有关。他1986年毕业于清华大学物理系，同年考取李政道奖学金赴美留学，1993年年底在美国麻省理工学院(MIT)获得博士学位，1995年年底回国任美国ISI公司驻中国首席代表，1996年在MIT媒体实验室主任尼葛洛庞帝教授支持下创建了爱特信公司，成为中国第一家以风险投资资金建立的互联网公司。

1998年2月25日，爱特信正式推出"搜狐"产品并更名为搜狐公司。在张朝阳的领导下搜狐历经4次融资，于2000年7月12日，在美国纳斯

达克成功挂牌上市。

张朝阳认为，一直到2000年奥运会，互联网的全球用户还是很少，到了2004年比较多了，但是雅典本身互联网的发展又不是很普及。2008年奥运在中国举办，中国在互联网技术方面已经是十分领先的，同时用户群人数也将是全球第一，所以在北京举办奥运会一定是和以往不一样的，因为这是互联网全面进驻人类生活时代的第一次奥运会，奥组委开办互联网这个特别的赞助商是顺应这个时代，是非常及时的，它将引起人们的传播方式、生活方式、交流方式的巨大改变，这确实跟一个单一的传统企业提供一些资源的意义不太一样。

就这样，百年现代奥运会的历史上，第一次出现了网络赞助商，而且又不仅仅是赞助商，还有系列的服务和技术支持。互联网发展的第一个10年，只能通过文字和图片看一些东西，到了现在已经发展为有声有像的互联网，并且是随时随地地互联网，张朝阳说："我们已经具备了社区技术、博客技术、Web2.0等很多创造丰富网上生活的技术条件，到2008年完全可以通过互联网让全人类体会一次技术引导现代生活的盛宴，同时这也是中国向世界展示我们自主创新能力的机会。"

"从我们做NBA的官方网站、姚明的官方网站、2004年亚洲杯官方合作、我们签约成为北京奥运会赞助商，到2008年结束以后，我相信体育肯定是搜狐的主要优势或者说更主要的切入点。北京奥运会结束以后，2012年伦敦奥运会，我们可能还会有为奥运会继续做下去的时间。"这就是张朝阳赞助奥运带来的自信。

三、那些网络兄弟们

2007年夏天，网络界传来一个惊人的消息，新浪、腾讯、网易宣布联合出手，成立"奥运报道联盟"。分析人士认为，这都是被搜狐逼出来的。

北京奥运会，商机无限，这是任何一个公司和经营者都明白的事，对互联网来说，尤为重要。互联网作为新媒体，几乎每次重大事件发生的过程中，都有巨大的变革，这也是为何所有门户网站都为了奥运，摩拳擦掌奋力一搏的原因。在搜狐获得了奥运赞助商的身份后，搜狐公司和张朝阳一直都以咄咄逼人的气势直接与其老竞争对手新浪展开搏斗。在另外一边，三家一直被认为是有竞争关系的网站，新浪、腾讯、网易竟然破天荒地联手了，而联手的目的，就是为了打破搜狐的垄断，在搜狐的压迫之下，几乎让其他门户网站都感受到了压力，在压力下求变，体现出了中国商业竞争的成熟。而对手的联合，似乎让搜狐的腰杆子也硬起来了。

搜狐拿了奥运赞助商后，一开始多数网站都不以为然，但是当张朝阳抛出："奥运赞助商如果在其他网站打奥运联合 LOGO 就是违规，除搜狐外所有的网站也都不能出现奥运标志。"这才引起了广泛的讨论，厂商花了高价从奥组委获得了赞助商的权益却发现做广告只能投搜狐，原本需要铺天盖地的宣传现在却只能在平面、电视上打广告而已。因此，第一重争论，是奥运赞助商广告投放之争，目前为止，奥组委除了开发部副部长陈锋的讲话外，没有相关的证据与消息。

陈锋说："如果企业要做奥运相关的广告，除了到搜狐以外，是不可以选择其他网站的。因为搜狐是北京奥组委唯一的互联网赞助商，搜狐的一切与奥运相关的权益都要受到保护。"他还举例说，如果某政府机构要举办一个纪念奥运会申办成功多少年或者倒计时多少天的活动时，是可以允许的，但是如果允许非奥运会赞助企业借助该活动进行营销宣传是不妥的，因为这给隐性市场行为的发生提供了平台。新浪网总编辑陈彤认为，到目前为止，国际奥委会没有任何相关法规限制网络媒体经营奥运相关广告。而且三大门户的网站奥运同盟已经得到国际奥组委的确认。在各奥运赞助商的奥运赞助协议中，也并没有对赞助商只能在指定网站投放广告的限制。联盟网站会在尊重奥运知识产权的基础上，保护广告主权益，坚决抵制一切误导广告主、侵害广告主正当权益的不正当竞争。

萨马兰奇先生曾讲过："一届奥运会的成功与否，媒体是最终裁判"。这场网络界针对2008年的奥运之争，恐怕要到奥运会结束才能尘埃落定。

28. 王均豪：

体育营销成就商业帝国

　　王均豪，均瑶集团董事局副主席，该集团是2008年北京奥运会吉祥物"福娃"设计生产厂家。

　　这家借助1990年亚运会崛起的中国著名民营企业，能否搭上奥运快车，实现商业帝国梦想？

10多岁的年纪，王均豪就随哥哥王均瑶、王均金出来闯荡，从小生意开始，经历了同龄人少有的磨难。后来，王氏三兄弟的企业越做越大，甚至"胆大包天"地成为中国民营企业最早涉足航空业的老板，还成立了均瑶集团，以牛奶、航空、置业为主业。这是20世纪90年代初期温州人的创业故事。

2008年北京奥运会，最赚钱的企业是哪家？或许每个参与其中的老板或商人都有自己的算盘。但毫无疑问，均瑶集团举足轻重。凭什么是均瑶？它既不是北京奥运会的合作伙伴，也不是赞助商，甚至连供应商也不是，企业也不能贴奥运标签。为什么？答案是：均瑶是2008年北京奥运会吉祥物"福娃"的独家设计生产销售厂家。

但34岁的均瑶集团副董事长王均豪更看重的是奥运精神层面的价值，2007年5月15日，正在中央党校上课的王均豪，课间接受了我的采访，详解均瑶的体育营销之路。在近两个小时的采访中，可以感觉王均豪健康阳光的外表下内心的汹涌激情。他认为北京奥运过去后，中国人将获得更多的思想和精神资源。

一、亚运第一桶金

1990年，王均豪18岁，北京举办亚运会。他想，这是中国第一次举办这么大的体育比赛，总该有生意可做吧？当时他们兄弟都在长沙经商，虽然距离北京遥远，仍然能够感觉"亚洲雄风"吹来的热烈气息。王均豪终于发现了亚运商机：亚运会吉祥物熊猫"盼盼"的不干胶印刷品。为支持北京亚运会，表达自己的爱国情怀，火热激情的长沙人需要张贴大量的熊猫"盼盼"不干胶印刷品，一直做不干胶印刷业务的王家兄弟拿下了这个订货单。

这是王均豪做的第一项运动会生意，这种大型国际赛事给公众带来的影响超乎了他所有的想象。从此，多元发展的均瑶集团就盯上了体育赛事和体育文化产业。1998年，王均豪负责的另一个体育赛事的运作是冠名中巴足球赛。那时中国足球的商业化刚起步，已经初步显示了足球运动在人们生活中的影响。王均豪说："当时的目的很单纯，就是为了提高均瑶品牌的知名度。"在北京工人体育馆，王均豪亲眼目睹了中巴足球赛中球迷们的狂热。虽然当时没有监测机构表明冠名中巴足球赛给均瑶品牌带来的提升，但据各地的经销商讲，赛后均瑶的产品明显更好卖了。

2004年，王家灵魂人物王均瑶以38岁之身英年早逝，给王家心灵上留下长久难以愈合的创伤。在王均豪眼中，没有什么是挫折，但大哥王均瑶的去世却让他承受了有生以来最大的打击。"当时我们也想过，企业不干算了，只留在上海的一栋楼，只靠收租我们的家族也会过得很好，这样的情绪困扰了我差不多一个月，直到参加'五四'青年节的一个活动，才让我彻底找到了答案。正如一位伟人所说，纪念历史最好的方法，就是将过去未完成的，现在正在做的，将来要做的事做得更好。"王均豪说。

于是均瑶集团在王均金、王均豪的带领下继续发展，而且定位新的三大产业：航空运输业、营销服务产品和零售业务，创新意识渗透其中，比如：均瑶营运的吉祥航空，每个月都会推出新的服务；而在营销服务上重视文化的传播，在北京设立创意中心，还营运F1赛事和世界女足赛事等。

二、奥运来了

1993年北京第一次申奥，王均豪就琢磨着做奥运生意，但那次申奥不幸失败，他的种种计划也就暂时搁置起来了。2000年北京第二次申奥，王均豪凭直觉感到这次申奥一定会成功，于是他组成了一个10多个人左右的奥运项目团队，借助均瑶集团在品牌、营销网络、人力资源、物流管理上的优势，开发出了北京2008年奥运会吉祥物及特许商品生产销售的项目计划书。

2001年7月13日，北京2008年奥运申办成功消息传来，国人沉浸在欢乐的海洋中。王均豪带领奥运项目团队与随后成立的北京奥组委取得了联系，奥组委对他们详细的计划书十分惊叹，双方经过数十轮谈判，终于在2004年达成协议：均瑶集团成为北京奥运会特许经营商。2005年春节后均瑶集团正式向奥组委提出申请生产吉祥物。经过漫长等待，2005年5月份北京奥组委亲临生产现场并根据玩具生产的相关国际标准，从生产资质、信用程度、环保等硬件、软件对均瑶集团进行了全方位考察和打分；6月份均瑶集团被批准生产搪胶福娃和长绒福娃以及延伸产品。

"对均瑶而言，这不仅仅意味着商机，还有无上的荣誉，参与2008年北京奥运，是一个名利双收的事业"王均豪说。他形容申请过程是"过三关斩六将"。在生产设计中，如何将平面的吉祥物形象制作成立体造型成为每个设计人员的心病，尤其是对色彩的把握成为设计中的一大难点，一支近20人的设计师团队硬是在一处秘密的地点被关了两个月。经过14次的修改，吉祥物的立体造型设计稿终于通过北京奥组委审核。除了是奥运特许经营商，均瑶的另一个身份是奥运特许零售商。王均豪透露，均瑶集团目前已在全国开了60家奥运特许零售商店，销售额占全国50%以上。

奥运为什么选择均瑶？王均豪解释说："我们加盟奥运特许经营商的队伍，为奥运生产福娃，并不单单是因为我们企业的名牌产品均瑶牛奶，而是因为我们的'航空家底'。"王均豪说，1991年，均瑶公司凭借航空运输、物流管理等方面的业务起家，1994年才开始发展乳业。1995年后开始涉足专业设计和置业领域，并在上海、江苏等地拥有连锁超市。"'航空家底'能够让一个企业的产品通畅地到达各地，物流和销售渠道也能够让产品毫不费力地走到销售终端……奥组委正是看中了均瑶在物流、航空运输、产品设计和销售渠道等方面的优势，才批准均瑶成为特许经营商的。"

三、均瑶与王均豪的未来

均瑶集团兄弟三人中，作为均瑶集团的二当家——王均豪兼具两位兄长的特点。"一个健康的身体、一个平和的心态、一个永远学习的态度"，王均豪在谈话中多次提到这三个"一"，无论是工作还是生活，王均豪始终将这三个"一"贯穿其中。

与王均豪的对话中，他不断提到的一项运动——高尔夫。也许是因为有过不愿向人提及的悲伤经历，王均豪比别的企业家对健康的理解更加深刻，他说在自己的人生规划中，首先第一点就是要有一个健康的身体，所以不管工作有多忙，他都争取每周至少打一次高尔夫球。在两年前的亚布力企业家论坛上，王均豪第一次接触滑雪这种运动，凭着良好的运动天赋，初次尝试滑雪的他，就在那一年的滑雪比赛中得了第十四名。时隔两年，虽然年龄长了两岁，但是他的成绩却进步了很多，在2007年的亚布力滑雪比赛上，王均豪排名第六，这是一个还不错的成绩。

对于企业的未来，王均豪非常乐观："通过参与北京2008奥运特许计划。均瑶积累了品牌许可开发生产的宝贵经验，已探索出一套外联调查——创意研发——第三方生产——整合营销的品牌许可经营模式，同时将人文奥运、绿色奥运、科技奥运理念融入企业核心价值观，实现商业价值和社会价值的共赢。"凭借良好的品牌管理运作能力，均瑶在2006年获得第三届全国体育大会、世界田径黄金联赛上海大奖赛以及北京2008残奥会官方授权，成为这几项赛事产品的授权生产商。2006年年底均瑶还获得了F1官方授权产品大中华地区独家供货商和独家销售代理商的权利，同期还获得2007年女足世界杯授权产品的开发、生产和销售权利。王均豪把这些都定位于"现代服务业"，这是均瑶集团清晰的发展方向。

均瑶集团成立了16年，王均豪的创业开始也有了20年，但王均豪感觉自己的心态还是青少年，他对自己的员工说他的目标是要活到100岁，目前他还在不断地学习。虽然有远大的目标，但工作不是他的全部，工作、家庭、健康这三部分在他的生活中扮演着同样重要的角色。

29. 柯瑞嘉：

老牌中的王牌

柯瑞嘉，国际体育产业巨头阿迪达斯 2008 奥运项目的主管。

面对北京奥运会蕴藏的无限商机，老牌体育用品跨国企业阿迪达斯怎会无动于衷？

　　目前，中国在各大品牌的战略当中已经成了重心。例如熟知运动行销的柯瑞嘉女士，随着阿迪达斯的奥运营销计划在中国的实施，出任了2008阿迪达斯奥运项目的主管。

　　这是全球运动行销精英们向北京进行战略大转移的一个信号。这些重量级人物统统都到了北京。奥美公关国际集团的决策者们相信，因为2008年夏季奥运会，奥运营销已经成为中国传播市场的新热点和新需求，尤其是北京，将是全球品牌市场的主战场之一。

　　阿迪达斯赞助奥运会的历史已近80年，1928年，阿姆斯特丹 - 阿迪达斯勒的运动鞋首次出现在奥运会的赛场上。这家对奥运营销有着悠久历史和独特情结的体育用品厂商，正倾注其全部的热情和精力在北京2008年奥运会上，并希望借助北京奥运会在中国这个全球最重要的市场上甩开其竞争对手，成为中国市场的第一体育品牌。在北京奥运会截至目前的11家合作伙伴及赞助商中，阿迪达斯是唯一的一家体育用品企业，因此阿迪达斯对于北京奥运会也有着与其他合作伙伴所不能比拟的热情和野心。阿迪达斯2008年奥林匹克项目总监柯瑞嘉女士在接受我的采访时说："阿迪达斯的目标是通过赞助北京2008年奥运会，成为中国市场的第一体育品牌。"

一、2008 黄金之年

　　谁都知道，北京2008年奥运会蕴藏着无限商机。然而真正能把潜在的商机转化为现实利润的企业，却为数不多。因此体育用品制造商德国阿迪达斯公司在成为北京奥运会的合作伙伴以后，加快了在中国的奥运营销推广步伐。"北京奥运会将会是奥运史上规模最大的一次盛会。无论是从投入上，还是从参赛国家的数量来说都是最大型的。对阿迪达斯的品牌来说，将是一次难能可贵的展示机会。"柯瑞嘉坚定不移地认为。

柯瑞嘉负责的奥运市场部，就是伴随着阿迪达斯成为北京2008年奥运会合作伙伴而产生的。早在参与竞争成为北京奥运会合作伙伴的时候，就有知情人士透露，阿迪达斯志在必得，不惜一切代价取得成功。为什么有这么大的决心，柯瑞嘉介绍说，因为他们预计，在2008年北京奥运会前，该公司在中国市场上的销售可望大幅度增加。而目前人们已经感觉到北京奥运会前的商机，在今后4年中，公司在亚洲的销售收入将达到20亿欧元。中国目前已是阿迪达斯的第二大市场，仅次于美国，但排在日本之前。

从阿迪达斯品牌成长的历史看，柯瑞嘉说，2008年将是阿迪达斯携手奥运的第80年，比其他很多品牌的奥运历史要长得多。从1928年，阿迪达斯的创立者阿迪·达斯勒为阿姆斯特丹奥运会选手制作第一件产品开始，阿迪达斯品牌就与奥运息息相关，奥运精神也就成为阿迪达斯品牌精神的重要组成部分之一。从营销策略上来说，阿迪达斯目前积极参与整个奥运会在全中国乃至全球的市场推广。阿迪达斯作为一个体育品牌，柯瑞嘉认为要在北京奥运会上体现出最好的品牌价值。"我们品牌最核心的精神就是要为运动员提供最好的体育装备使之达到最佳的体育表现。"作为北京奥运会的合作伙伴，与其他合作伙伴不同的是，阿迪达斯本身就是一个体育品牌，柯瑞嘉称这种合作是"一种更深层次的合作"。阿迪达斯作为中国奥委会最关键的合作伙伴之一，2008年北京奥运会，阿迪达斯将向所有的工作人员、志愿者和技术人员、裁判员提供服装及运动装备。从这个层次来说，阿迪达斯与北京奥运会的合作是更深的合作。

据悉，阿迪达斯与奥运会的合作将持续到2014年，柯瑞嘉告诉我："这次合作将影响到阿迪达斯未来25年在体育市场的发展和表现。到目前为止，最典型的例子就是，在雅典奥运会上，我们为比赛提供运动服装和运动装备。在我们看来，雅典奥运会的成功举办，无论对设备提供者、赞助商、奥委会官员以及志愿者来说，都是一次十分有价值的经历。这次活动的意义不仅在于阿迪达斯有幸参与了奥运赛事的组织工作，更重要的是让我们获得了奥运体验。而阿迪达斯在雅典奥运会上的表现，也令我们的品牌价值得到了市场的高度认可和回报。我们为雅典奥运会的参赛队和运动员提供了几乎所有的服装和运动装备，同时也包括为裁判和志愿者提供了服装。"在企业品牌战略中，体育营销是体育文化、品牌文化与企业文化三者的融合，许多企业在对奥运会的赞助上尝到了"甜头"。如三星电子凭借对奥运会的赞助成为全球品牌价值上升最快的公司；可口可乐拥有全球38%的饮料消费份额，"奥运会指定饮料"的头衔更是功不可没。毫无疑问，阿迪达斯也将从北京2008年奥运会带来的热潮中掘金。阿迪达斯董事长赫伯特·海纳曾宣称，2004年阿迪达斯在中国的销售额是1亿欧元，而4年后2008年北京奥运会举办当年的销售目标是20亿欧元。

二、借奥运"一统江湖"

一直以来，阿迪达斯在中国市场的拓展速度都非常快，据柯瑞嘉介绍，目前阿迪达斯正以每天两家店的数量在增长，营销网络也在不断拓展，而阿迪达斯的目标是通过赞助北京2008年奥运会，成为中国市场的第一体育品牌。对此目标，阿迪达斯信心十足。

作为2008年北京奥运会的服装赞助商，阿迪达斯不仅负责提供中国体育代表团的所有服装，还包括所有官员、裁判员以及近10万名志愿者的服装，这对阿迪达斯来说，既是一个非常好的展示自己产品和品牌的机会，也面临着一些挑战，比如近10万名志愿者的服装，这个数量非常庞大，而志愿者又可以说是奥运会的脸面，是摆在奥运会最外面、最广泛的一个团体，所以以为这些志愿者提供合适的服装也是一项非常重要而富有挑战的工作，阿迪达斯对这个工作也十分重视。

阿迪达斯是唯一一个可以在北京奥运会特许服装产品上印有自己LOGO（标识）的企业，这些特许产品不仅可以在阿迪达斯的专卖店买到，在北京奥组委下设的一些特许专卖店内也可以买到，一般体育产品虽然也可以做特许经营，但是企业不能印上自己的LOGO，而阿迪达斯是唯一一家可以有自己LOGO出现的特许经营厂家，这样的深度合作权利可以让阿迪达斯把赞助和品牌营销更直接地结合起来。其他体育品牌企业，比如耐克、李宁等竞争对手，对此只能望洋兴叹。

据说，早在2005年关于北京2008年奥运会赞助企业之争中，体育用品类企业之间的争夺是最白热化的。根据奥运赞助企业排他性原则，这些老对手们最后入围的只能有一家。作为阿迪达斯的老对手，耐克在竞标之前就选择了放弃，而中国最有影响力的体育用品公司李宁公司则成为阿迪达斯竞标的最有力的竞争对手，在中国北京举办的奥运会，对于李宁公司来说无疑也是一个国际化和专业化的最好契机，但李宁公司在最后一轮中也因为资金等原因退出了竞争。

三、没有不能夺的金

柯瑞嘉说："'没有不可能'是阿迪达斯的品牌理念，阿迪达斯鼓励每一位奥运选手在这个实现梦想、超越不可能的舞台上都能表现最好，夺取金牌。杰西·欧文斯、埃米尔·扎托沛克、威尔玛·鲁道夫、纳迪亚·科马内奇、皮拉斯·迪马斯这些体坛风云人物都曾在阿迪达斯产品的帮助下，在奥运历史上留下一个又一个里程碑。"她说："2008年奥运会将要产生超过300枚金牌，作为北京奥运会和中国体育代表团的合作伙伴，阿迪达斯希望看到当北京成为全世界瞩目的焦点的时候，每一位中国运动员能表现得更高、更快、更强，成为最后的胜利者。从正式签约成为北京2008年奥运会合作伙伴开始，我们就着手准备一系列的奥运市场计划。通过这几年的市场宣传，越来越多的消费者开始了解阿迪达斯是北京奥运的合作伙伴，并进一步感受到阿迪达斯'没有不可能'的品牌精神。"

据了解，2005年，阿迪达斯在北京、上海、广州、成都、武汉、大连等城市推出了以"更快、更高、更强"的奥运精神为主题的路演活动，宣传阿迪达斯的奥运历史，并庆贺与北京2008年奥运会的合作。目前，北京2008年奥运会的授权产品已经在全国约200家阿迪达斯专卖店中有售。2007年，阿迪达斯刚和中国奥委会在北京宣布启动北京2008年奥运会中国体育代表团领奖服的公开征集设计活动。柯瑞嘉表示，作为北京2008年奥运会和中国奥委会体育服装合作伙伴，阿迪达斯始终致力于为中国奥运代表团提供最好的运动装备。

30. 陈素贞：
最"精确"的奥运赞助商

陈素贞，世界销量第一的瑞士手表斯沃琪（Swatch）集团中国区总裁。

全球最大的瑞士钟表制造公司瑞士斯沃琪集团如何"表"现奥运，"贩卖"情感？

时间进入 2007 年 7 月，全球最大的瑞士钟表制造公司瑞士斯沃琪集团日前宣布，将在 2007 年年底把旗下全球最大的陀飞轮精品店开设在北京。同时，该集团在北京高调签约北京最高的商业大厦银泰中心。在北京 2008 年奥运会进入倒计时一周年的日子，斯沃琪集团加紧了在北京的攻势。

斯沃琪集团中国区总裁陈素贞女士说，作为 2008 年北京奥运会的合作伙伴，斯沃琪选择在北京开设全球规模最大的陀飞轮精品店具有强烈的象征意义。她介绍说，将在北京开业的陀飞轮精品店是多品牌精品腕表和珠宝连锁店，汇聚了瑞士斯沃琪集团旗下所有顶级品牌。目前在陀飞轮精品店出售的品牌包括：宝玑、宝珀、格拉苏蒂和欧米茄等，同时也包括斯沃琪品牌下的独特腕表和首饰系列。

"运动没有计时器怎么留下历史记录呢，计时器这个专业东西很重要，所以我们天然是和奥运会联系在一起的。" 2006 年 7 月，在北京嘉里中心一间咖啡厅，Swatch 集团中国区总裁陈素贞女士谈起了他们"精确"的奥运理念。

Swatch 为什么赞助奥林匹克？而且成为奥运会最老的合作伙伴之一？陈素贞认为，这是追求不断地自我挑战，是非常重要的精神，Swatch 不断创新、不断挑战极限，像运动员一样。

事实上，作为瑞士钟表商的旗舰，1997 年 Swatch 就以代理商形式进入中国市场，2002 年正式将中国区总部由香港搬到了上海，开始全力打造其张扬的中国之路。"北京申奥成功，不能不说是我们急于进入内地市场的一个重要因素。"

一、"中国攻势"

陈素贞认为，在奥运营销上，也要实现"本土化"。Swatch到了中国以后，配合中国市场的口味，积极利用自己的设计制造噱头。在北京申奥成功后，Swatch推出了"龙腾"和"舞动的北京"两款2008年奥运会纪念腕表，设计有中国印和龙形图案。在2005年年末，Swatch为了彰显自己的中国味，更是推出以"生肖"为主题的特别款——"狗来福"，迎接中国"狗年"的到来。

在设计和包装上，Swatch力求将每款都做得极具个性化，以"狗来福"为例，在此款包装的盒子上，印着"你会说中文吗？"(如果你还不会，就从这里开始吧)。如果将手表和托架拿走后，外包装就变成一个漂亮的灯笼——这样，你就可以带着Swatch去庆祝2006年的元宵节了。如此种种，成功地打造了Swatch的中国攻势，使其成为中国新生代乐于谈论的话题。

作为Swatch集团中国区总裁，陈素贞统领着Swatch、Omega、Tissot、Rado、Calvinklein等12个国际著名品牌在中国的行销，可是她在言谈举止中给我留下的印象却非常谦虚和朴实。由于定位差异化、通路各不相同的原因，陈素贞掌管的12个品牌各自都还对应着一个品牌负责人，而担任集团总裁的陈素贞同时也兼任着Swatch品牌的负责人。

二、"个性公关"

陈素贞介绍说，Swatch一直以来坚持的总的传播策略是："活动频繁，广告适度。"因产品本身强调的是创意，公共关系有较大的发挥空间，Swatch每季在公关活动上的花费占总预算的50%。在2005年10月北京举行的北京国际马拉松赛上，作为奥运会全球合作伙伴的Swatch集团宣布，为迎接2008年北京奥运会的来临，Swatch会赞助该赛事4年直到2008年，这也成为Swatch年度重要赞助活动之一。

而与其他奥运赞助商不同的是，Swatch手表的公关推广活动同它的设计一样，总是令人眼花缭乱、别出心裁。早在雅典奥运会时，Swatch手表就绘上了中国国徽，让中国队员带着入场。而在北京国际马拉松赛上，

Swatch竟个性十足地做起了秋冬新品的"现场秀"，来宣传其"快乐人生"的理念。

Swatch的活动充满故事性及报道性，足以吸引媒体的报道。无论是赞助潘玮柏、蔡依林签名会的另类方式，还是出人意料地赞助尤小刚导演的、有"中国首部科幻险情大剧"之称的《非常24小时》，都吸引了众多人士的目光。

陈素贞说："你戴上Swatch，会觉得自己是时尚的、追求创新的、很有趣的、科技的、追求生活享受的，甚至有些正向叛逆的。"

三、"贩卖情感"

"与奥运会上的裁判员不同，现在消费者购买手表，并不是单纯地为看时间，手表卖的是情感。"陈素贞说。既然手表卖的是情感，买卖双方就要找到一个关键的因素来把这种情感因素释放出来。在陈素贞看来，"品牌"是一个最好的释放点。而在中国，以奥运营销作为市场导向，正是"卖情感"的重要体现。她希望能够感性地告诉消费者，斯沃琪究竟是一个怎样的品牌，"时尚的、运动的、音乐的、艺术的……你要有激情去塑造它。"

上任伊始，陈素贞先把斯沃琪的中国总部从香港搬到了上海。"第一我希望更近距离地了解中国消费者，第二我希望更近距离地传播我们的品牌。"

"什么叫奥林匹克？什么叫运动？运动的精神就是不断挑战自己，不断超越自己，今天比昨天更好，Swatch推出这么多新款，怎么样让今年的产品推出比去年更好，我们要不断挑战自己，领导流行。在这样一个策略下面，我们会积极向前推一步，我们创造流行，我们希望把这些观念灌输给所有消费者。因此Swatch有办法在竞争环境里面继续是一个领导者和一个时尚品牌。"面向2008年，陈素贞总裁总结了Swatch充满"情感"的营销理念。

四、"表"现奥运

斯沃琪集团与运动计时结缘始于 1878 年，当时浪琴表推出首只精确度达五分之一秒的计时表，类似的定时器在 1896 年雅典举办的首届现代奥运会上使用。欧米茄则于 1932 年的洛杉矶奥运会上成为奥运史上首个为所有比赛项目计时的腕表品牌。据初步统计，斯沃琪集团旗下产品已为 27 届奥运会、180 个世界锦标赛和 8 届亚运会提供了计时服务。

瑞士的头一个字母为姓，英文的手表作名，斯沃琪，这个在 1983 年春天诞生的手表品牌，在具有 300 年制表历史的瑞士，只是个"老幺"。然而，就是这个后来者，以其产品的多彩、多样、简易和新颖，击退了日本手表向钟表王国瑞士发起的强劲攻势，成为世界上最畅销的腕表。自从 1996 年在奥运会上初露尖尖角，它又以不断创新的精神，登上一个个新台阶。

自从 1996 年亚特兰大奥运会以来，斯沃琪一直是这一全球瞩目的体育盛会的指定正式计时器，并经国际奥委会认定成为 2004 年雅典奥运会的全球合作伙伴。争得这一地位颇为不易，而如何用好这一名分更需周密策划。此次向世界各国奥运代表团的赠表活动，无疑是斯沃琪借助奥运盛会夺取市场"金牌"计划的重要一幕。

斯沃琪集团曾为中国 2004 年雅典奥运代表团设计了一款腕表，当时中国 700 多位官员、教练员和运动员佩戴该腕表出征了 2004 年雅典奥运会，在开幕式、闭幕式以及奥运会上的任何颁奖仪式和新闻发布会上均将佩戴此表。为了满足更多的中国民众参与奥运活动的需求，斯沃琪还在中国市场同步推出了属于同一系列的纪念腕表，表带上印有中国的万里长城和奥运五环标志。这大概才是斯沃琪的醉翁之意。

利用奥运会全球合作伙伴的地位，让产品在全球几十亿电视观众面前亮相，对企业来说这无疑是提高知名度的有效途径。当年东京奥运会举办时，日本精工表就曾因提供计时器而一举成名，迅即打开了国际市场。即以斯沃琪腕表为例，它始终保持与时代同步，每半年就会推出 30 种新款，对众多消费者来说，斯沃琪腕表就是时尚的代表。唯此，斯沃琪才敢于领取奥运"入场券"。

31. 陈波：

金龙鱼 "游" 进奥运餐桌

陈波，金龙鱼奥运项目总负责人、小包装油事业部总经理。

金龙鱼在奥运营销方面有哪些创意和动作？如何做好奥运的"营销"？其营销策略的核心和灵魂是什么？

继中粮集团与中谷集团 2006 年上半年合并后，国内食用油市场占有率长期占据榜首的金龙鱼在这一年的年底突然"地震"，其生产厂家嘉里粮油的外方股东新加坡郭兄弟集团突然宣布，将旗下的 PPB 油公司和一众食用油、粒谷物及相关业务，包括郭氏集团全资拥有的嘉里粮油，与马来西亚的丰益国际合并，合并金额达 27 亿美元。

这一个足以影响国内食用品油的消息，发生在金龙鱼成为北京 2008 年奥运会独家供应商之后。

2006 年 10 月 25 日，北京奥组委和嘉里粮油在北京召开新闻发布会，正式宣布嘉里粮油旗下食用油品牌金龙鱼成为北京 2008 年奥运会正式食用油。这意味着作为食用油行业领导品牌的金龙鱼正式迈出了"奥运营销"的第一步。

然而接下来，金龙鱼在奥运营销方面还有哪些创意和动作？如何做好奥运的"营销"？其营销策略的核心和灵魂是什么？如何通过奥运营销进一步提升金龙鱼的品牌内涵？金龙鱼一直以健康营养作为定位，如何将这一定位与 2008 年奥运会无缝对接？金龙鱼奥运项目总负责人、小包装油事业部总经理陈波接受了我的专访。

一、融入奥运

"民以食为天"，中国人向来把吃饭看做头等大事。有朋自远方来，"吃得好"往往是主人最花心思之处。

为进入 2008 年北京奥运会的"厨房"，"金龙鱼食用油"动起了脑筋，经过一番实力的比拼，最终成为 2008 年奥运会食用油独家供应商。根据双方的协议，嘉里粮油(中国)有限公司将为 2008 年奥运会、北京奥组委、中国奥委会以及参加北京奥运会的中国体育代表团提供资金以及金龙鱼系列食用油品。

在"金龙鱼"成为北京奥运会独家供应商之前，国际奥委会的奥运赞助企业名单里从来没有出现过食用油品类的企业。那么，"金龙鱼"是凭什么挤进奥运这个大舞台的呢？

1991年，嘉里粮油在国内投资的第一个小包装食用油生产基地——南海油脂工业(赤湾)有限公司正式投产，第一瓶金龙鱼也正式在南海油脂诞生。在随后的10余年里，"金龙鱼"逐步进入到千家万户。

2004年，嘉里粮油成立了奥运部，当时的奥运部还谈不上"营销"，只能称其为奥运项目部，人员也只有3个人。而奥运项目部成立后接的第一个"项目"就是让"金龙鱼"成为北京奥运会独家供应商。

2006年10月底，"金龙鱼"成为北京2008年奥运会食用油独家供应商新闻发布会暨为健康中国加油计划启动仪式在北京举行。从此，数十万桶带有中国印标志的金龙鱼一刻不停地游向数以万计的超市、游进3亿多中国家庭的厨房里。3亿多中国家庭的厨房里多了一个舞动的小人儿——北京奥运会会徽中国印。

乘坐公交车出行的北京市民发现，一夜之间，北京4000块公交车站的广告牌都被一条印有"中国印"的金龙鱼占据了。而更令人关注的是，在刚刚结束的女排世锦赛上，中国女排的队服前首次出现了"金龙鱼"3个大字。

现在，"金龙鱼"正与国家体育总局接触，打算在未来2—3年，全力支持中国女排。嘉里粮油(中国)有限公司奥运项目总负责人陈波告诉我，支持女排也是公司兑现对北京奥组委的承诺之一。"我们承诺北京奥组委，我们会积极地参与到中国体育事业的建设中，支持中国体育事业。因为这是我们的奥运梦想。"

日前，国际营养科学联盟第八届临床营养学大会暨第五届亚太临床营养学大会在杭州召开。这个由各大洲轮流举办的国际营养盛会，每4年举行一届，每20年一个轮回，汇集了来自世界各地的顶级营养学专家，被誉为"国际临床营养学界的奥运会"。此次会议上，"金龙鱼调和油"应邀进行了论文宣讲，介绍了从脂肪酸均衡配比的层面，将各种食用油科学调配，帮助人体达到脂肪酸均衡的健康状态。该产品对脂肪酸平衡的应用技术处于国际领先地位，引起了国际营养学界的强烈关注。大会组委会将金龙鱼产品论文收入会议论文摘要集。

二、比品牌更多的价值

金龙鱼成为北京 2008 年奥运会食用油独家供应商，这对嘉里粮油是件大事，自己旗下的品牌有此殊荣，令整个企业都兴奋不已。同时对中国食用油行业乃至于中国的食品行业来说这也是一件大事。一直以来，中国的食品安全在国际上是颇受质疑的，作为这个产业链上的一分子，食用油产品难免也在受质疑之列。

嘉里粮油旗下食用油品牌金龙鱼成为北京 2008 年奥运会正式食用油的时候，也意味着这个行业至少有一种产品得到国际社会的认可。这些不仅是企业经营之外的意义，同时也是企业成功的见证，是嘉里粮油继小包装之后为中国食用油行业树立的标尺。

意义之外，接下来要算的是利益。为什么要花大价钱成为奥运会的供应商？我们不去为金龙鱼算这个账。因为奥运营销的账各家有各家的算法，不同的商家会有不同的考虑。眼前的经济利益并不是衡量收益的唯一标准。

做独家供应商，这是一个"精明"的选择，是参与奥运最低的成本。企业参与有三种形式：合作伙伴、赞助商、供应商。从费用上看，供应商是成本最低的，赞助商大概是供应商的两倍，合作伙伴基本上是赞助商的两倍。

当然，价钱还不是最重要的，更为重要的是其产品品质得到了认可。供应就意味着金龙鱼的产品将直接被奥运选手及参加奥运参与人员食用。"健康"一直是金龙鱼所追求的目标，但是对于中国消费者来说，还远没有认识到食用油对健康的影响。而"奥运会正式用油"这一事实会将"健康"这一理念诠释得淋漓尽致。金龙鱼用最低的成本达到了最好效果。

但是，拿下来只是一个开始，金龙鱼未来还要面临着许多问题。最重要的当然是营销。

三、此"鱼"非彼"鱼"

奥运会代表了最高级别，是最优秀的运动员集中表现的平台。对于合作企业的选择标准，几乎等同于全世界最高的标准。能够成为奥运赞助企业，大多都是行业的领导企业，是制定和主导行业标准的企业，是有充分保障和发展潜力的企业。而入选奥运赞助企业，无疑是众多中国企业的梦想。

在超市的销售排行榜上，金龙鱼、某品牌的方便面和可口可乐一直占据了前3位。北京奥组委市场开发部部长袁斌表示，嘉里粮油（中国）有限公司一直致力于为中国消费者提供优质的产品，其核心品牌"金龙鱼"已成为中国食用油行业的著名品牌。奥组委看中的，正是金龙鱼的市场力量。

中国粮食行业协会常务副会长、中国粮油学会常务副理事长王瑞元认为，"金龙鱼"作为中国食用油行业唯一代表首次参与奥运会，表明中国食用油行业的发展水平已经达到较高的水平，必将对中国食用油行业起到示范效应，从而进一步推动中国食用油行业水平的提高。

陈波说："嘉里粮油成为北京2008年奥运会食用油独家供应商，这仅仅是我们进入了这个门槛。如果把奥运当成一个国际舞台，那么今天，我们只是拿到了可以登上舞台的门票。怎样走到舞台，在舞台上又怎样起舞，这才是我们更需要做的工作。"

事实上，对于中国的奥运赞助企业而言，贴上奥运标签还只是"万里长征第一步"。如何实现奥运营销效益最大化，才是最终目的。据透露，"金龙鱼"将对内以此激励员工，增强企业的凝聚力，锻炼组织操作全球性活动的能力，增强员工自豪感。对外以奥运会为契机促进经销商与"金龙鱼"的战略合作伙伴关系。不仅如此，金龙鱼还赞助了多项体育活动。

同时，在成为北京2008年奥运会食用油独家供应商的两年时间内，嘉里粮油将充分利用金龙鱼3亿多个终端消费家庭，开展全民健身体育运动，普及奥运知识，宣传奥运精神。"借助奥运让更多的人了解我们博大精深的饮食文化。"

32. 张志勇：

奥运会"一切皆有可能"

张志勇，李宁有限公司现任总裁及首席执行官。

在北京奥运会赞助商竞标大战中失利后，李宁公司继续着"一切皆有可能"的理念。它如何借势塑造国家品牌？

在围绕北京 2008 年奥运会赞助商竞标大战中，李宁战斗到了最后一刻，但依然只有接受苦涩的失败，它被资金雄厚的阿迪达斯击败，后者成为北京奥组委选择的第七家合作伙伴。阿迪达斯是这场角逐的胜利者，因为从赞助北京奥运中，它拿到了丰厚的福利：北京 2008 年奥运会和北京 2008 年残奥会的所有工作人员、志愿者、技术官员以及参加北京奥运的中国代表团成员都必须穿着印有 "Adidas" 标志的体育服饰；所有运动员上台领奖时，都必须穿着阿迪达斯的服装。

这对李宁来说，无疑是沉重的一击。李宁从 1992 年起就赞助中国奥运代表团的领奖装备，其中 2000 年悉尼奥运会时，以中国龙图案为主题的领奖服和源于自然灵感的蝴蝶鞋大放异彩，被参与奥运报道的各国记者票选为 "最佳领奖装备"。角逐奥运赞助商的失利，意味着此番荣景已很难在北京奥运会上演。但李宁公司 CEO 张志勇说，李宁全体员工绝不会放弃奥运机遇，现在依然 "一切皆有可能"。

作为世界著名体操王子，李宁在奥运赛场上叱咤风云成为中国人心头不可磨灭的记忆。正如李宁本人在体育上的成功，他退役后创办的李宁体育用品公司在市场上也取得了巨大成功，成为一代青年创业者的精神偶像。在北京 2008 年奥运会之前的几届奥运赛场上，中国体育代表团服装、中国奥运健儿领奖服都穿 "李宁牌"，但就是这个民族品牌，在中国的土地上举办的 2008 年奥运会的赛场上却不能露面，着实让人扼腕叹息。

这一切，皆因为阿迪达斯击败李宁成为北京 2008 年奥运会的赞助商。

李宁公司 2004 年上市以后，李宁就从创业者转入幕后。现在代表公司发言的都是 CEO 张志勇。作为李宁体育用品公司的首席执行官，并且经历过从北京申奥到向奥组委递交赞助商申请的整个过程，张志勇先生显然比别的企业家对 2008 年北京奥运会有更深的理解。在 2007 年 3 月 4 日召开的中国企业家论坛第七届年会上，就奥运会的战略机遇和李宁公司发展的系列问题，张志勇和我聊得格外兴奋。

一、绝不放弃奥运机遇

张志勇认为，北京2008年奥运会给中国的体育用品市场带来的机遇是空前的。原因在于，他说，中国人看奥运会其实跟西方人看奥运会是不一样的，中国经常把体育作为一个外交的手段，如"乒乓外交"那样，所以每当中国人在世界性的运动会上获得金牌的时候总被视为一个国家荣誉。

从2001年7月13日北京申奥成功的那天起，奥运会就成为了中国人生活中的大事，从1908年《天津青年》提出中国要承办奥运会时候起，这个梦想正好在100年的时间实现。举国办奥运会的体制，使13亿中国人对于奥运会的热情是其他国家无法相提并论的。李宁公司做了大量调查，发现2008年奥运会以及2008年之后，群众体育将在国内空前高涨，因此体育用品不愁没有市场，这会使李宁在内的体育用品公司获得巨大的市场机遇。

财务官出身的张志勇非常务实，他非常清楚李宁公司在中国以及世界范围内同行业中所处的地位："面对来自耐克、阿迪达斯等国际品牌的竞争，年仅16岁的李宁公司还在发展中。因此，在北京2008年奥运会巨额赞助门槛面前，李宁公司选择了战略性退出。"成为奥运会赞助商和借助奥运会机遇发展自己的品牌是两码事"，张志勇解释说，"成为奥运会的赞助商，按照国际通行规则，还要有相当于赞助款4到5倍的钱去推广，如果没有经验和把握不好，很容易玩不起这个游戏。"他的潜台词是，没有贴上"奥运标签"，同样可以抓住奥运会所带来的产业机遇。对奥运会如数家珍的张志勇现场给企业家们上了一堂"奥运课"："奥运会本身就是一个非常庞大的项目管理，通过它可以改变我们很多的价值以及文化理念，这些项目经验都是非常非常有用的。"

面对"复杂庞大的奥运会"，李宁公司同样制作了一套详细的"奥运营销计划"："具体想法我不能说，这是我们公司非常重要的策略，对每个细节都有项目执行计划，现在还不能透露出来，但是方向可以说，这个是既定的。我们一定要往这个方向走，第一我们不是特大企业，不可能投入巨大的财务资源进行营销；第二个关键是整合营销，要把产品、零售、广告、数字营销、媒介全部结合在一起。"

乘坐飞机的时候，细心的张志勇发现，在登机的通道墙壁上，奥运会合作伙伴通用电气的宣传很巧妙：几片绿叶，一个公司的标识，简单的几幅图画就跟奥运的价值理念联系起来了。把企业与体育精神紧密结合起来，天衣无缝，非常经典。

有鉴于此，张志勇提出了一个"奥运营销公式"：一个是你的品牌对奥运会的认识是什么，品牌定位是什么样的，在这个阶段跟消费者说什么，写出来。第二，把奥运会代表什么写出来，让你的团队来写，让你的合作伙伴写，把跟体育本身最紧密的形容词全部写出来。第三，你的目标消费者在奥运会这个阶段可能要什么。然后把三段里面可能连接的情感拿出来。以上三部分找到一个"交集"，为这个"交集"找一个形象载体，即具体化，就是你要推广的东西。追溯奥运会的历史，直到1984年，它才跟"盈利"这个概念联系在一起。此前，对于举办奥运会的城市而言，更是一场投入远远超过产出的亏本买卖，1976年蒙特利尔奥运会，超出预算的那部分投入，蒙特利尔到现在还没有还清。

二、李宁与阿迪达斯贴身肉搏

北京。奥林匹克中心。北京奥组委执行副主席王伟和阿迪达斯大中华地区总裁桑德琳分别在合作协议书上签字，阿迪达斯(苏州)有限公司和阿迪达斯—所罗门集团成为北京2008年奥运会第七个合作伙伴。这意味着北京2008年奥运会和北京2008年残奥会的所有工作人员、自愿者、技术官员以及参加都灵2006年冬奥会和北京2008年奥运会的中国奥运代表团成员届时都将穿着印有"Adidas"标志的体育服饰。事后据了解，李宁公司原计划的赞助底线是10亿元人民币，但阿迪达斯最终以13亿元的出价让他们选择了退出。

据《第一财经日报》报道，此次奥运服饰的赞助招标并没有公开的仪式，北京奥组委一直在和国内外很多著名的服装品牌谈判，最终阿迪达斯取得胜利，所凭借的无非是资金和实力。这位知情人士称，在北京奥组委

与这些企业的谈判过程中，企业能够提供赞助费用也节节上升。在达到8亿元的时候，只剩下了国内最大的体育品牌李宁公司和国际第二大体育用品公司阿迪达斯。双方对于竞争对手的开价也格外关注，在阿迪达斯得知李宁公司出到10亿元的时候，直接以13亿元结束了这场没有硝烟的"战斗"。

依照国际奥委会不成文的规矩，赞助商没有严格的准入门槛，而一个品牌的赞助费用到底是多少也是一个讳莫如深的话题。但北京奥组委的工作人员表示，由于奥运经济的合作伙伴名额有限，可能是九个或十个，并且合作伙伴招标工作将在第一季度完成，所以最后的几个名额也就成了昂贵的"蛋糕"。由于赞助费用的不公开制度，外界无法知道阿迪达斯最终得到这块"蛋糕"的真实价格。但一位参加过奥运会的运动员对记者表示，在国外参加奥运会，大家都知道一个规律：在一大串的赞助商名单里，是以所提供的赞助费用的数额来排名的。

竞标结束后，李宁公司表示他们不会放弃2008年北京奥运会，这只是他们在奥运推广宣传策略中的一环。李宁公司的一位高层人士表示，李宁公司不是没有继续竞争下去的实力，只是出于全方位衡量投资与赞助的考虑，并且这次较量的影响不是一两年就见效的，可能会持续很多年，真正的结局也许到2008年以后再见分晓。在企业品牌战略中，体育营销是体育文化、品牌文化与企业文化三者的融合，许多企业在对奥运会的赞助上尝到了"甜头"。如三星电子凭借对奥运会的赞助成为全球品牌价值上升最快的公司，可口可乐拥有全球38%的饮料消费份额，"奥运会指定饮料"的头衔更是功不可没。

三、"非奥运营销计划"

在东方卫视的《头脑风暴》节目里，主持人拿着两张纸片，一张写着"阿迪达斯"，另一张写着"李宁"，让观众选择哪一个才是2008年北京奥运会的赞助企业，让人大跌眼镜的是，有一半人选择了"李宁"。

这一方面是因为"李宁"是本土品牌，另一方面也说明李宁品牌塑造的成功。当然，李宁所做的一切，都是在奥林匹克最严格的知识产权保护下遵守规则的结果，也说明了李宁的努力。因此，绝对没有人相信李宁会放弃奥运会，包括胜利的阿迪达斯，因为它相信李宁这家中国企业迫切需要在家门口举行的奥运会上展现自己更多的身影。而且，李宁的"非奥运营销计划"，为那些没有入围奥运赞助的企业指明了另一条道路。

角逐奥运会服装赞助资格失利仅仅几天后，早有第二手准备的李宁开始接连挥出数记重拳：2007年1月5日，李宁与中央电视台体育频道签订协议——2007—2008年播出的栏目及赛事节目的主持人和记者出镜时均需身着李宁牌服饰。此举意味着，在北京奥运会期间，只要打开央视体育频道，李宁的LOGO就会映入观众眼帘。这是一次颇具创意的营销方案，它十分巧妙地躲过了"奥运知识产权"的壁垒，以一种低成本的方式去拥抱北京奥运会——我不能跟北京奥组委合作，我就跟中央电视台合作，赞助不了整个赛事或者运动队，我就赞助报道赛事的主持人和记者。

截止到2007年5月上旬，备战奥运数月之久的李宁已经打造出一支星光璀璨的"李宁代表团"：其中包括中国射击队、跳水队、乒乓球队、体操队。李宁会为它们提供服装，而这四支球队在2004年雅典奥运会上取得的金牌数超过中国队金牌数总和的一半。"李宁代表团"里还有些"国际纵队"：瑞典奥运代表团、阿根廷篮球队、西班牙篮球队、苏丹田径队。李宁会为它们提供服装。其中，签约瑞典奥运代表团使李宁公司成为第一个签约外国奥运代表团的中国品牌。

2006年的多哈亚运会时，出镜的央视记者和主持人都穿上了"李宁服装"，这使坐在电视机前的许多中国观众误认为李宁才是中国队的服装赞助商，此举让砸下重金赞助中国亚运代表团的耐克郁闷不已。张志勇曾说过一句经典的话，可以用来概括李宁的非奥运营销："与阿迪达斯和耐克比花钱？那是不可能的事情。不过没关系，我们有的是主意——而且保证都是好主意……李宁公司很早就开始想办法寻找一种前所未有的方式推广品牌：在有限的资金范围内，花小钱办大事。"

四、借势塑造国家品牌

北京2008年奥运会赞助商竞争落败后，中国体育英雄、李宁公司董事长李宁和CEO张志勇在许多公开场合都表达了心中难以忘却的遗憾。痛定思痛，李宁公司向公众推出了"国家品牌"这个全新概念，同时也把

"国家品牌"建设当做公司义不容辞的神圣使命。

在张志勇看来,国家品牌是指一个地区文化代表的商品呈现给消费者的一种印象,很多方面都是印象,说到法国,说到意大利就是时尚,说到日本就是高质量、精细的概念,这是一个国家品牌的概念。

中国国家品牌的现状如何? 张志勇表达了自己的担忧。"以我自己专业方面来看,美特斯邦威作为一个零售品牌,在供应链能力、设计力量国际化方面,在中国做得都非常出色。但是,上海淮海路进行改造时,当地有关方面要把它清除出去。因为它是中国品牌,不是洋品牌,更有品位的人会消费洋品牌。不仅如此,目前大商场普遍都分国际品牌区和国内品牌区。为此,我还跟长沙的一个商场'打过一次架'。李宁在那里凭效益排第二位。商场说,'对不起,你要到那儿去,因为你是国内品牌',我说,'对不起,我退出'。一年以后,他们发现李宁退出损失太大又回来找我。这种现状造成本土品牌失去公平竞争的机会,逼着很多人搞假洋鬼子。"

塑造中国的国家品牌,必须靠本土企业的持续努力。张志勇认为,作为本土企业必须要做好两件事情:"第一是好男儿当自强。首先自己要做好,不要在提供消费者的使用价值方面出问题。第二是开放心态。把产品的使用价值做到最好,比任何竞争对手都做得更好。"

国家品牌是企业最终实现价值的一条路径。张志勇表示,希望联想、海尔等中国企业成长为中国的国家品牌。这也是李宁品牌追求的目标。

失去北京奥运赞助商资格,李宁公司上下都很遗憾,但没有沉沦。在家门口的奥运上,作为本土领军品牌,"李宁"不甘为看客。张志勇在接受我的专访时称,"奥运战略是李宁公司近期的战略核心。我们不会放弃,但会遵守规则。公司利用运动营销的诀窍和系列分析工具已经研究安排了100多项营销活动方案。"

当全世界篮球迷对身穿李宁牌的西班牙男篮封王2006世锦赛还记忆犹存的时候,李宁品牌又签下了一支世界冠军队——雅典奥运会冠军阿根廷男篮。而且,在今后的六年中,包括阿根廷男女篮在内的阿根廷篮球各支"国字号"胸前将统统"标配"李宁品牌的标志。有专业人士感叹李宁品牌的营销妙招:左手西班牙,右手阿根廷,拥有两支篮球世界冠军队。

"一切皆有可能"。有一种可能值得期待,2008年北京奥运会男篮决赛,阿根廷大战西班牙,双方身披"李宁"战袍上演一场斗牛士经典探戈。

33. 翁团伟：

用行动助力人文奥运

翁团伟，马克·华菲北京公司总经理。

为何在他看来，北京的2007年是2008年的上半年？北京奥运会是企业成长千载难逢的历史机遇，其为有梦想的企业家提供了一种怎样的可能？

回首2006年，北京CBD的变化最快。我和CBD有着不解之缘：工作在CBD，家在CBD，生活在CBD。呵呵……置身在一个商务村里，我开始惊叹"北京速度"了，这里的建设变化像是在跑步：我目睹了温特莱中心、华贸中心等从建筑工地到商业繁华区的演变过程。最近感觉这里的外国人增多了，人的节奏快多了，商户多了，商务气息更浓了，这就是奥运临近带来经济环境的变化。2006年公司和《人民日报海外版》联合推出的"庆祝北京申奥成功公益广告"已经启动，此事被选为《奥运年鉴·2006年大事记》，也实现了我的2006年梦想。

2007年我的梦想是能为时尚北京和奥运服务尽一份力。2007年是奥运前夕年，我们计划在多个新的商业区增开几家分店，方便更多的人选择我们从而选择时尚。希望大家穿着越来越讲究，同时赞助更多的文化艺术和时尚活动，让更多的朋友感受到新北京的时尚气息。自豪和责任同在，我在雅典时就深深感受到奥运会给这个西方文明古城带来的激情。但愿同为古城的北京也会一样，借助奥运的机会向国际展示北京古老与现代东方文明和谐共促的魅力。如果说雄伟建筑和基础设施是硬件的话，那么与之相配套的软件之一应是城市的服务和待客之道，2007年起，我希望我们的微笑能带动更多的企业和个人来为时尚北京、为奥运服务尽到自己的责任。

翁团伟之所以被吸引到北京来，一是因为2008年奥运会，二是因为CBD文化的独特魅力。

翁团伟：1996年毕业于武汉理工大学贸易经济专业；1999年新加坡英华美学院进修商务英语专业；1996年8月任职厦门经贸发展总公司，从事国际贸易，任国际市场主管。业务遍及日本、东南亚、美国及欧洲。2002年5月在美资NORTHPOLE公司（跨国公司，中国外企500强），主管中国区市场和销售业务。2003年8月受邀加盟上海马克·华菲企业有限公司，任总裁助理，北京公司总经理。2007年9月赴美国哈佛商学院参加中国工商领袖研讨班学习。

"2003年9月份，我在机缘巧合下到了北京。选择北京，其实就是选择了2008年的奥运。从零开始，对一个年轻人的挑战是显而易见的，但我愿意接受这个挑战。"马克·华菲是一家时尚服装企业，翁团伟承认，"选择做服装这个行业，没有什么特别的，品牌经营也是一个渐入佳境的过程。品牌建设的核心价值是构建一种精神文明，在中国基础上，产品的品质、文化、脉络和营销手段都将围绕文化来支撑。"

就这样他到了北京。他选择北京，因为北京有CBD。他喜欢这样一个集阅读、商务、咖啡等浪漫情调的氛围。当初他来时，CBD还只是国贸附近一块很小的地方，现在在北京2008年奥运会概念的刺激之下，CBD建设进行得如火如荼：华贸中心落成标志着CBD东扩的防卫，中央电视台、北京电视台入驻进一步提升了CBD的人气和地价，还有万达广场、现代城……就在北京CBD，翁团伟不断地扩张，折腾得热火朝天，从当初的零起点到2007年的30家连锁店，将马克·华菲在北京搞到这种程度，据说让公司的服装设计师很有面子。

一、对人文奥运的独特理解

在2005年年底的一次京城企业家辞旧迎新的聚会上，主持人给每位企业家发了张纸条，要他们写下自己在2006年一个梦想，一位年轻的企业家写道："我的梦想是为北京奥运会做点自己的贡献。"

这位企业家就是翁团伟。

CBD核心区一幢写字楼，翁先生的办公室。映入我眼帘的，全是人文艺术类图书，这是我于2006年4月在翁先生办公室和他的第一次接触。

他跟我笑着谈起2005年年初的那个关于奥运的梦想，觉得时机越来越成熟了。他说其实西方的很多国家，就真正物质生活消费而言，与我们差别并不大，我们的差距在于人文的宣扬和精神的享受，我们要把奥运会办出自己的特色，紧迫的是要在"软件"上下功夫。"我非常热爱人文艺术，尤其对中国优良传统文化着迷，我说的奥运梦想，就是希望在人文艺术上来理解奥运会，在行动上体现人文北京，人文奥运，从身为公民出发，从集体出发，营造人文的奥运氛围。"

理解"人文奥运"从哪里人手呢？透过办公室落地玻璃窗远眺北方，翁先生认为，地上北京是享誉世界的文明古都：紫禁城、祈年殿千古流芳，奥运会前的新城建设热火朝天；CBD、奥运场馆日新月异；地下北京古老神秘，周口店北京人历史源远流长，而新时期的地下文明只有北京地铁在承载着北京人的梦想，每天都有几万北京人在此穿梭，地铁里是一个很好的窗口：地铁在北京人出行中具有重要的地位，外国人到北京，乘地铁也是最好的选择，在2008年奥运会期间，北京的地铁四通八达，将发挥更大的作用。在欧美一些发达国家，地铁成为展示本土文化的舞台，西方油画、音乐都可以在地铁里呈现，遗憾的是，"北京的地铁文化设施有待提升，充斥的大都是商业广告，缺乏扑面而来的人文气息"。

翁先生告诉我，他的公司已经与北京地铁的相关部门签下了系列协议并达成共识，除了商业用途之外，将会有一部分月台灯箱广告位用来做公益活动：约请一部分名书画家创作，用他们作品图片来展示中国优秀的传统文化，为"人文奥运"增添点色彩。

2006年7月13日，北京申奥成功5周年纪念日，乘坐地铁上班的人们一大早就在地铁里看到了《人民日报海外版》的《北京奥运特刊》在地铁里的庆祝申奥成功5周年纪念公益广告，广告用图像记录了5年来北京筹办奥运过程中发生的大事。这是翁团伟所在的马克·华菲公司赞助的，但由于非奥运赞助企业的身份，公益广告上并没有出现马克·华菲的名字。

"参与不光是60多家奥运赞助企业的事。人文奥运的参与是全世界的共同追求，提高全社会文明程度是最终的目的。文化推广是实现的目标，而参与是营销的载体。"

二、艺术与时尚的生活方式

而当人文的东西浸入到骨子深处，成为一种生活方式时，他所做的一切也就不难理解。得知著名画家陈逸飞去世的消息，中央人民广播电台"风格对话"节目著名主持人刘笑梅女士拟推出纪念专集《倾听逸飞》，为了赶在葬礼之前做好，需要帮助，翁团伟给予了大力支持。该片在上海新天地的公开发行所得的款项全部捐入"陈逸飞基金",以资助从事视觉艺术的青年艺术家。从制作到发行不到一周的时间。也是翁团伟,成为该专集公开发行的前两张消费者。

2004年,圣诞节前夕,世界拉丁舞冠军访华北京公演前,在北京东郊的"北欧艺术空间"里,两位艺术家正为着不守合约而临时退出赞助的某全球500强企业焦虑时,翁团伟闻讯后带给他们最初的友情支持,当全球顶级NATIN表演的奢华之夜,翁团伟却会心地在遥远的紫溪北岸和家人度假。2005年12月,马克·华菲2005中国女性艺术嘉年华在北京光华国际文化中心举行,这次活动展出了多位20世纪70—80年代生的艺术家的作品,这本身不是为名为利的事情,如果不是出于一种发自内心的热爱,要坚持做到很难。乐在其中,许多人文事业上都能看到他的影子。"如果要问我明年和后年梦想,我想还是北京奥运会,希望我们的奥运会有更多的人文气息,更多的时尚色彩。"

2007年6月1日,在六一国际儿童节到来之际,一场以表现少年儿童"欢乐,和平,友爱"的儿童画作将呈现在北京地铁的主要站台里,这是马克·华菲携手"联合国儿童基金会"共同推出的公益图片展,也是马克·华菲继2006年7月13日携手人民日报社推出的"申奥成功五周年"地铁公益图片后的又一举措。翁团伟总是不断地给人意外与共鸣,2007年10月,他又与中国红十字会牵手,将一批表现中国红十字基金会帮助下的洪水灾区医疗卫生及失学儿童现状的公益图片,展现在北京地铁站台……

从2003年经营马克·华菲北京的生意到现在,翁团伟与时尚一直联系紧密。与众不同的是,他将时尚符号注入了个人的理解。并非简单地画上一个时髦标记,在形形色色的服装品牌中,马克·华菲提炼出一种源远流长的深邃。他说,马克·华菲是一个宣扬生活方式的品牌,我更看中品牌后面深层次的文化。

三、决战之年,北京没有2007?

翁团伟在他一篇文章中提到,北京没有2007,从现在起就进入了奥运之年,对此我深表赞同。从所有人兴奋的期待中,从即将收尾的奥运建设中,从对门票尤其是开幕式的渴望中,而且,早在2006年,北京2008年

奥运期间的酒店客房已被订光。

这里说的是概念而非实际年份，从政治、经济、体育等方面的规划考虑奥运会前后的北京城。平常的政府方针和工业、企业都以一年为单位，可是2007/2008年的北京则是大年，一个周期。在2007年年初的公司年会上，翁团伟就提出了以上的观点，而且公司所有的业务安排都是围绕2008年奥运会进行的。可能因为奥运情节带来的冲动所致，他认为2008年北京奥运会是国家大事，全民大事。为了配合北京奥运，政府从申办成功起那一年就开始筹备了，2007年更是冲刺阶段，2008年要做的事实际上已经提前了。就商业零售业看，北京在奥运之前建成的商业MALL达100个之多，所有品牌商跟着在这段时间入驻，都等着奥运会商机的来临。

翁团伟说："我生活在北京，所以感受颇多，所有的工程建设日夜连续，所有的工作都在倒计时，都围绕着奥运时期。特别是奥运工程项目，每天从广播电视里都传来新进展，这是让人振奋的投入期。"

北京的2007年，可以看成是2008年的上半年。2007年耕耘，2008年收获。

既不是奥运会的合作伙伴，也不是赞助商、供应商，翁团伟为何如此钟情奥运，他的理由是："北京奥运会跟每一个华人息息相关，更是企业成长千载难逢的历史机遇，为有梦想的企业家提供了一种创造的可能。这一点，对所有的企业和所有的人都是平等的。"

奥康集团成为北京2008年奥运会皮具产品供应商
Aokang Group Becomes The Beijing 2008 Olympic Games Leather Goods Supplier

34. 王振滔：

天佑奥康

王振滔，奥康集团董事长，"2004年中国民营经济十大风云人物"、"温州商神"。

如何提升品牌？跋涉在国际化路途上的中国企业当前最需要的，是一个让自己的产品被世人所熟悉的窗口。即将举办的北京奥运会，无疑是一个绝好的机会。

自20世纪80年代以来，欧美发达国家的制鞋业就因鞋类生产占用劳动力多、人工成本不断增加、利润逐渐减少等原因，逐渐向海外开拓新的生产加工基地。因此，世界鞋业的重心也从欧洲和北美转向远东，中国大陆就成为了世界鞋业产业转移的集中地。这种产业转移是全球经济一体化下，市场经济发展的规律。作为一种贸易救济工具，欧委会应该从全球鞋业发展的格局来看待中欧鞋类贸易现状，推动各方站在一个公平的舞台上展开充分的竞争与合作，推动全球鞋业生产力持续发展，这才会使它更具生命力。

"无论是从欧盟还是从中国的角度，欧盟对中国鞋子的反倾销都是一种不明智的做法。"奥康集团董事长王振滔说，以西班牙为例，其制鞋企业规模主要集中在3—5人、10—19人或20—49人，200人以上的企业寥寥无几。而目前中国制鞋从业人员已达220多万人之多，仅奥康一家就有15000人。对中国鞋子的反倾销不仅会影响到几百万人的就业问题，同时对欧盟影响也会很大，因为反倾销会直接增加欧盟成员国采购商和消费者购买鞋子的成本，尤其是欧盟制鞋的产业上下游，如做鞋机的企业，他们会失去世界制鞋第一大国中国的市场。所以说，只有合作才是中欧鞋业互惠互利的最佳途径。欧盟有很好的研发中心，有很强的品牌优势，中国则可以提供优良的做工技术和较低的制造成本。事实上，欧盟也有许多名牌皮鞋已经选择在中国设厂或销售。

与欧盟反倾销"斗法"，让王振滔尝尽企业国际化的酸甜苦辣，因此他决心借助奥运，打造一个真正的国际化企业。"在国际化方面，中国企业可谓步履维艰，原因是什么呢？根本原因是中国鞋产品缺少强势品牌。"王振滔说，"如何提升品牌？毫无疑问，跋涉在国际化路途上的中国企业当前最需要的，是一个让自己的产品被世人所熟悉的窗口，一个向国际同行树立品牌的制高点。即将举办的北京奥运会，无疑是一个绝好的机会。"

　　命运之神总是青睐有准备的人。当年王振滔欲将自己皮鞋产品注册为"奥林"，发誓要发扬奥林匹克的拼搏精神。尽管后来被告知"奥林"为国际公有，不能作为商标注册，但热心的工商人员给他提出了个建议：不如改成"奥康"，即发扬奥运精神，健康发展。

　　19年后，奥康也正式与奥林匹克结缘，2007年春天，奥康终于成为2008年北京奥运会皮具产品供应商。对这一结果，董事长王振滔认为在意料之中："论规模我们不是最大的，但我们对奥运是最执著的。"

一、大奥运之梦

　　2007年3月3—5日，中国企业家论坛年会在滑雪胜地黑龙江亚布力如期召开。作为本届年会赞助商的奥康集团员工，在会上忙着发放董事长王振滔的新书《商海王道》。一个风雪之夜，记者与王振滔先生一起乘车从论坛会场回宾馆的路上聊起了奥运，没想到王总一脸神秘地说："张记者，透露给你一个好消息，奥康要成为北京2008年奥运会的供应商了，很快就会宣布。"

　　当时我与王振滔约好，等奥康成为奥运供应商的消息一公布，他就接受我的采访。2007年3月22日，这个消息在人民大会堂公布。随后王振滔就投入了为奥运品牌做全球宣传推广的奔波中了。

　　2007年4月底见到王振滔时，他正以系列的慈善活动出现在公众面前，继2006年当选"中华慈善大使"之后，又推出"王振滔慈善基金会"，并且在"善行天下·2007年中国慈善排行榜颁奖盛典"上获得"特别贡献奖"。

　　"五一"之后，奥康把奥运与公益行动结合起来了：通过帮助奥运冠军实现个人"公益梦想"，构建2008年"公益奥运"的"圆梦行动"正式启动。致力于公益事业的圆梦基金同时成立。马燕红、高敏、钱红、王军霞、杨凌、田亮等6位奥运冠军于2007年5月10日亮相启动仪式，成为第一批"圆梦大使"。圆梦基金总额约为3000万元现金，王振滔透露："这笔钱将通过一定的程序，由民间专业基金组织管理执行。此次6位奥运冠军为第一批'圆梦大使'，2008年北京奥运会结束后，将会有更多的奥运冠军加入进来，成为新一批'圆梦大使'。"这，或许是奥康迈出奥运公益营销的第一步。

在北京海淀区的一家酒店，西装革履的王振滔先生终于和我坐在了一起，畅谈他的大奥运之梦。

二、奥运"入场券"的背后

2004年，王振滔打上了奥运的"主意"：奥康集团出资组建的"奥康全明星雅典奥运会助威团"通过中央电视台体育频道《全明星猜想》节目和在搜狐网站点击活动选拔出21名幸运观众，与10位前奥运冠军、5位新闻记者及奥康成员共40人组成，阵容十分强大。

"国际化一直是我的梦想，也是中国企业的共同梦想。目前，奥康已在日本、美国、俄罗斯、意大利、西班牙建立了五大销售中心，并在米兰设立了鞋样设计中心。但尽管如此，我们的国际化还只是在初始尝试阶段。"王振滔说。"国际化并不仅仅是个口号。首先是产品走出去；其次是产品营销网络走出去；再次是品牌走出去；最后，是整个民族工艺走出去。而奥运会对中国民族产品形象的提升和品牌的树立都有积极的作用。"

在国际化方面，中国企业可谓步履维艰，原因是什么呢？根本原因是中国鞋产品缺少强势品牌。王振滔说："如何提升品牌？毫无疑问，跋涉在国际化路途上的中国企业当前最需要的，是一个让自己的产品被世人所熟悉的窗口，一个向国际同行树立品牌的制高点。即将举办的北京奥运会，无疑是一个绝好的机会。"

一边是国际化，一边是参与奥运会。看似两个毫不相关的主题，在全球经济日益一体化的大背景下连接在了一起。在2008年北京奥运会脚步渐行渐近的背后，孕育着中国企业走向国际市场的渴望和梦想。

三、奥运品牌带来了什么

成为北京奥运供应商,能够给奥康带来什么? 这是一个看似简单的问题,却需要谨慎认真地回答。实际上,如果把中国企业对参与奥运会的热情简单地理解为逐利冲动和把企业做大做强的理想,或许过于简单。

奥康的"抱负"就不止这些,王振滔说:"奥康能够成为'2008年北京奥运皮具产品供应商',我相信是一种缘分,更是一种相同的精神和共同追求的梦想把奥康和奥运联系在一起。"王振滔说:"奥运追求'更快、更高、更强'的精神,它最重要的目的不是赢得冠军,而是全民参与,促进社会的发展。奥康也是一样,奥康不追求企业的规模最大,不在乎财富多少,而是在做强做大企业的同时,愿意承担更多的社会责任,为人类的进步而服务。"

从2007年3月份宣布成为奥运会供应商以来,王振滔已经收到很多来自国外的利好消息:为奥康生产皮鞋提供鞋机的意大利厂家老板,在飞机上看到了奥康成为奥运企业的消息,回去告诉他们的员工说:"我们的机器在为奥运会所用。"那家鞋机厂全体员工都非常自豪;奥康在印度的合作伙伴,也为这个消息激动着。王振滔说:"这些都是花多少钱也买不到的感觉。"

奥康目前已制定了针对奥运会的"风采计划",并已开始向全世界进行绿色奥运商务皮鞋鞋样的招标。作为2008年北京奥运会皮具产品供应商,奥康已成立专门的研发机构,以国际最先进的技术和资源为平台,树立中国皮鞋和皮具的企业标杆。

35. 何鲁敏：

新长征路上的摇滚

何鲁敏，北京亚都科技股份有限公司董事长兼总经理。

如何使用这次获得的奥运独家供应商权益？亚都也还充满困惑——寻找一个有效的传播策略和平台，在更大范围内树立和传播品牌的知名度和美誉度。

2006年5月中旬，北京奥组委和北京亚都室内环保科技有限公司在北京举行发布会，宣布亚都科技成为北京2008年奥运会空气加湿净化器独家供应商。

北京2008年奥运会赞助计划分为合作伙伴、赞助商和供应商三个层次，供应商又分为"独家供应商"和"供应商"，独家供应商的赞助门槛在人民币几千万左右。作为中国空气净化领域的老大，亚都占据了全国70%以上的市场份额，在技术方面也具有世界领先的实力，但在营销方面，这家企业的实力和优势并不强大，对于如何使用这次获得的奥运独家供应商权益，亚都也还充满困惑——寻找一个有效的传播策略和平台，运用奥运供应商的权利和机会，在更大范围内树立和传播品牌的知名度和美誉度。

有人说，在中关村20年中熬出来了的亚都，是一家怪怪的公司。比如，亚都专职的研发人员占到了全部人员的50%，80多名"高管"几乎清一色是搞技术出身，甚至连董事长何鲁敏自己最实质的角色就是首席设计师；亚都允许研发人员按照自己的兴趣开发和空气净化不沾边的技术，诸如会唱歌的锅；在人员流动极大的今天，亚都还拥有一批在公司做了十年以上的员工，据说，搬运工都有在亚都做了十几年的；在难以与资本方达成一致的时候，何鲁敏和他的团队宁愿"快乐地追求理想"，不去融资。

"我这个企业已经活了20年，这在中关村是很少的，拿北京市来说，北京市20年以上的民营企业现在一共只有23家，我们也是仅存之一，好歹有一点儿经验。"何鲁敏感慨地说。

一、亚都坎坷成长

1987年1月10日，何鲁敏推开北京钟楼下一间仓库的大门，没有鲜花，没有鞭炮，也并非什么良辰吉日，甚至连一声欢呼都没有……亚都就

这样诞生了。

从1987年生产出国内第一台家用加湿器，到20年后在加湿器、净化器两大领域，占有70%以上的市场份额。亚都，执著地走着自己的路。在中国很难找到这样一个行业标本，与家电、等离子、液晶群雄并起，价格战打得硝烟弥漫相比，空气加湿器、净化器市场却显得有些寂寞，亚都几乎垄断着中国整个市场。

2006年8月，在成为北京2008年奥运会独家供应商之后一个月，何鲁敏在中关村接受了我的采访。

何鲁敏当年原是清华大学的一个教师，又到日本留学，归来以后无所事事，整日游荡在校园内外。他之所以闯进商海，据说乃是因为受到一个卖茶叶蛋的老太太的强烈刺激。老人把摊子摆在学校门口，告诉他一个月能挣120块钱，这令他大为惊讶。他忽然发现自己作为大学教师的月薪和卖鸡蛋的老太太相比还少一半，一气之下辞了职，于是亚都就这样诞生了。

"亚都"这个名头在20世纪90年代中期以后才因"加湿器"而风行天下，大城市里无人不知。但在创办的最初两年，他的成长却一直不顺。

这20年，亚都犯下了所有在那个年代成长起来的民营企业的失误。比方经历过多元化，亚都企业不光做加湿器、净化器，也做过别的，开过饭馆，做过房地产，卖过黄金、宝石，倒过小买卖，什么都干过，但是最终发现凡不是自己的专长都做不好。何鲁敏说："很多事情，比方房地产，在外边看着人家很赚钱，你也手痒痒想要试一试，但是你未必会做，这个行当有这个行当里的猫腻。同样我们这个行当，净化器、除湿机、加湿器竞争很不激烈，所有的家电打的一塌糊涂，但是这个行当有点寂寞，所以很多人说这个行当小赚钱，也想进来赚钱，但事实是凡进来的都跌了大跟头。比如说加湿器，好做，那有什么技术含量，每年市场上都会出十个以上的新品种，每年市场上都会消失十个以上的老品种，就是不断地有人在尝试，但是无论是我们还是更多的企业家，大家逐渐开始明白这样一个道理，就是在全球化、在信息高度沟通、高度透明的这样一个环境下，只有专业化是生存之道，所以我们自己才逐渐回归了专业化。其实我们也走了很多弯路，也造成了很大的损失。我们这么多年来在各方面直接的损失不下10个亿，也算是交的学费。"

1999年的亚都债台高筑，同时面临60场官司，其中59场是败诉。何鲁敏在很长的一段时间心里都很紧张，以为挺不过去了。但亚都奇迹般地活下来了，直到风光无限的今天。

二、"老革命"遇到的"新问题"

成为奥运会这个全球第一品牌大家庭的成员，对于大多数企业来讲，是梦寐以求的愿望，无论是合作伙伴、赞助商还是独家供应商，很多企业挖空心思不惜血本挤进来。然而，成功地贴上奥运标签以后，这些企业往往守住这个金字招牌发呆，不知该如何推广应用它。"说老实话选择奥运会，是机遇，也有风险，我们早有心理准备"。何鲁敏跟我谈起这件事，用"生于忧患，死于安乐"来形容。

成为奥运会独家供应商亚都到底花了多少钱？何鲁敏毫不讳言告诉我说："4100万，奥运会合作伙伴、赞助商比我们供应商更多，更是天价。"不过，出身于清华大学一向非常谨慎的他也坦称："这笔钱花得非常值。"

奥运会合作伙伴、赞助商、供应商掏出这么多钱究竟"值"在什么地方？何鲁敏分析说，以北京2008年奥运会来讲，从1993年到2001年两次申办，直到成功，牵动了海内外关注的眼球，现在又筹备得红红火火，正越来越把全球50亿人的目光聚集到北京这里。到了2008年奥运会真正举办的时间加起来不过17天，17天过去后能给我们留下什么？就是一个独有的品牌价值。

那么，是不是所有参与奥运会、能够贴上奥运标志的企业都能获得成功呢？何鲁敏认为显然不是："1996年亚特兰大奥运会，有各种各样的赞助商200多家，其中1/4盈利，3/4亏了，在成为奥运会供应商之前，我们研究了奥运会历届赞助商中10个成功的例子，20个失败的例子，以给我们提供更好的借鉴。"

同中国银行、中国移动和海尔等20余家奥运会合作伙伴的国际化营销方案相比，何鲁敏的目标显得过于简单和直白。亚都也曾聘请了许多擅长此类营销活动的高手，"不是没有想好，而是我们根本不会玩儿这个，到现在还没有一个好的方案。"

借助奥运东风，一举"飞黄腾达"的公司，并不鲜见，比如韩国的三星公司，当年在韩国也不过是个三流企业，奥运会成就了三星，使之成为跨国大公司，这种成功的效应让更多的企业趋之若鹜，然而，能考虑其中风险的很少。IBM是上届奥运会的赞助商，这届就撤出了，据业内人士讲是因为"不会玩"。

奥运会不仅是运动员竞技的舞台，也为各个产业和城市提供了宣传的契机。2008年北京奥运会提出的"绿色奥运"的口号，让绿色经济为世人熟知，并为产业发展提供了广阔的舞台，"绿色奥运"就像一个示范工程一样，为中国绿色经济的发展起到了催化剂作用。绿色产品、环保产品、生态园区、节能产品等概念无一例外地都贴上了绿色经济的标签。而环保也成为中国政府的一个关键词，中国正处于一个向"绿色GDP"转型的阶段。

亚都能入围北京奥运会赞助商的行列，在很大程度上得益于奥运会这个"绿色经济样板工程"。"'绿色奥运'让一直低调的亚都走到了前台。"何鲁敏说。随着奥运经济的雪球越滚越大，国内企业中的"绿色军团"阵容也开始日益强大。有专家表示，"绿色产业"不仅在奥运会期间影响广泛，在奥运会过后也将有很大的发展空间。因为解决环境保护问题并非一朝一夕，是关系到子孙后代和人类发展的百年大计，打造"绿色产业"之路也同样显得任重而道远。

何鲁敏也认为，亚都自诞生以来，便以改善空气质量为己任，对公益事业和绿色经济充满热情，奥运会选择空气净化商，不仅把空气净化产业这个绿色经济带延伸到更广阔的市场中去，还将促进绿色经济的长远发展，引领更多人远离污染。何鲁敏告诉我，4100万元的赞助费用，主要用于北京2008年奥运会指定的星级宾馆和奥运村在内的20多万个房间，亚都会按照奥运的室内空气标准给这些房间配备必要的空气净化设备。

三、看得见的奥运效应

北京2008年奥运会是一个有着很高知名度和认可度的赛事品牌，亚都正是希望牵手奥运会，让消费者认识亚都，相信亚都。关于这次与奥运的"联姻"，何鲁敏有一个形象的比喻，就像有名望的科学家娶了普通女孩做妻子，大家一定会认为这个女孩子要么特别漂亮，要么特别睿智，要么特别贤淑。总之，当一个强大的品牌和一个不知名的小品牌连接的时候，大家自然会对这个小品牌产生正面的联想和认知。

"我们只是想借助一下奥运的品牌，最直接的目的是打开中国南方的市场。"何鲁敏说亚都在中国南方市场上的知名度很低，许多人甚至都没听说过这个牌子。亚都的目的也非常简单，借2008年北京奥运会和4100万元敲开几乎空白的南方市场。成为奥运供应商的一个最直接的效应是：目前亚都在广东的销量是2005年同期的5倍。

何鲁敏举了一个简单的例子，比方说在上海，因为亚都是做加湿器起家的，北方干燥，加湿器用得比较多，大家知道得也比较多，但是上海空气很潮湿不用加湿器，所以亚都在上海的知名度比较低，亚都在上海推广的时候就需要介绍说亚都是谁，很难介绍，但是现在好介绍了，是奥运的供应商，专门供应加湿器、净化器、除湿机，所有奥运采用的加湿器、净化器和除湿机亚都是唯一的供应商，这样介绍就很简单了。事实上，亚都在上海做了非常简单的介绍以后，企业在当地的销售取得了很好的进展，2006年亚都比上一年在上海地区的销售额翻了一倍，预计2007年会比2006年翻两倍。

还有一个很有意思的故事，亚都是2006年5月11日开的新闻发布会，当天在首都机场的路上竖了一个广告牌，说亚都是奥运的独家供应商，第二天就有一些国外的客商打电话过来说我要订什么什么。按照惯例，国外客商采购商品是很严格的，比如工厂的考察、资信的考察、商誉的考察、质量的考察，等等，但是让亚都很奇怪的是，很多客商不再问这些问题了，直接就订货。实际上，这些考察工作都交给北京奥组委了，人家信任的就是奥运的品牌。

目前，何鲁敏可以确定的是，奥运肯定会给亚都带来一定的回报和增长，但是如何实现这种增长，能够带来多少增长，亚都却无法预测，亚都也在更多地研究企业理念、产品内涵与奥运本身的关联。

传播策略是最大的困扰。亚都原来仅仅是一个产品的品牌，一提到亚都很多消费者想到的就是加湿器，而目前亚都则希望通过奥运等一系列运作，希望把"亚都"这个品牌进行延伸，使之成为一种生活方式的代名词，这种生活方式就是"清洁生活"的概念。现在亚都在一些商场已经进行了一些操作，比如把原来产品专卖区改变成生活方式专卖区，并命名为"家居环保中心"，因为在这样一个品牌含义下才能涵盖更多的产品内容。

36. 王鹏：

奥运铸就"金"饺子

王鹏，郑州思念集团副董事长。

这家中西部地区唯一的奥运会赞助企业，它的
"非典型奥运营销"之路在何方？饺子能否借助奥运
像日本的寿司、韩国的泡菜名扬天下？

思念公司现任总经理助理的郝强就是天方夜谭的"创作者"。当初，一次偶然的聚会，听两个朋友谈论"北京奥运会赞助商"的事情，郝强一下子萌生了让思念公司也来赞助奥运会的想法。起初公司股东都认为奥运门槛高不可攀，对一家年利润几千万元的民营企业来说太奢侈了。但是，当公司董事长李伟得知中国中小企业可以跳过需耗资数亿元的合作伙伴、赞助商等角色，直奔独家供应商和供应商的资格时，董事会上的11个董事，以9比2的绝对优势，最终决定向独家供应商进行冲刺。于是，郝强从此在北京住下，天天在北京分公司和奥运大厦间"奔波"。奔波的一个最大障碍是身份问题。因为，在供应商计划中没有速冻食品这一项。副董事长王鹏说："原先的食品类别一般都归为快餐食品和餐饮零售服务，由奥运会全球合作伙伴麦当劳占据，其他企业很难插足。"思念人创造出了"包馅"一词，"我们把饺子、汤圆定义为包馅产品，这样就避开了与麦当劳的竞争。"结果就是，2006年9月，这家地处河南的速冻饺子企业终于跑进了奥运会。

中国一直以来就有"迎客饺子送客面"的说法。饺子虽小个中天，一个皮包馅却是中国文化和奥林匹克精神的诠释。思念公司的市场总监解释说："奥林匹克的核心内容就是包容，而饺子也体现了这点，'包、馅'两个字都和奥运精神暗合。'包'体现在包容、宽容、胸怀，是中国人优秀传统品格的表现。而'馅'的意义在于内容、核心、有内涵、有品位，是中国人新时期优秀品格的表现。这也与奥林匹克团结、和谐的精神在某种程度上达成一致。"

喜欢吃饺子吗？全球华人的答案几乎是一致的。这个包馅的美食，作

为我们传统饮食文化的特色之一，为世界所接受。但目前，一场更大的机遇摆在了它的面前：有可能借助北京奥运会的平台，更多地走向世界。在举办过奥运会的国家，1964年东京奥运会、1988年汉城奥运会分别使日本的寿司、韩国的泡菜名扬天下。

显然，上述理由给了郑州思念食品公司成为北京2008年奥运会包馅类食品独家供应商的"底气"，它是中国中西部地区唯一一家奥运赞助企业。"赞助奥运最直接的效应是提升思念的品牌形象，在北京、上海、广州、深圳等大都市站稳脚。"作为公司创业者之一的常务副总经理王鹏对此有十分清醒的认识："虽然国外也有不少人喜欢吃饺子，但我们最主要的市场还是在国内。"

一、"饺子王国"的兴起

1997年，思念速冻食品公司在河南成立。如今，包括思念在内的中国速冻食品已经成长为国内食品行业的生力军。王鹏回忆说，20世纪90年代，是中国速冻食品行业发展的起步阶段。从最初研制成功到被人们接受，现在速冻饺子、汤圆等已是进入超市市民菜篮子里的"常客"。当初王鹏他们往全国各处跑推销思念速冻饺子时，碰到的最大麻烦是：必须有一个冷冻的"链"，从出厂到端上消费者的餐桌，这中间的每一个环节都与冷冻分不开，正因为这个"链"，保证了速冻食品的新鲜和美味。

速冻食品为什么不能像遍地开花的方便面一样做成方便食品？王鹏说，饺子有皮和馅，馅里有多种肉、蛋、蔬菜、调料，如果都以脱水的手段做成方便食品，那还有我们记忆里的饺子味道吗？作为农业大省的河南，在这场速冻食品的大发展中领先，如今已占有全国冷冻食品60%的市场。在发展初期，从冰雪皑皑的东北到温热气候的海南岛，到处都有河南口音的速冻食品业务员。"做业务员的最大的快乐是当你路过一个不起眼的小镇，那里一间超市的冷柜里，竟然能看到思念饺子。"现在已是公司常务副总的王鹏，常常回忆起公司发展初期做业务员时辛苦而快乐的生活。

进入21世纪，思念的所有员工都感受到了公司的发展速度：每年30%的销售增长，堪称跨越式发展。但决策者也清楚，公司的快速发展里存在隐忧。比如，在国内的二三级城市，在品牌形象以及销售终端的建设上，思念做得相当好，但在消费能力最强的北京、上海、广州、深圳等大都市，思念品牌就没能做到那么好。在这些大都市里，具有海外投资背景的湾仔码头、龙凤等冷冻食品就给人一种高端产品的印象。如何在这些大都市里，提升思念饺子的品牌"含金量"，成为人们餐桌上既有普通食品，又有高端产品的品牌形象？这是思念发展中遇到的大问题，如何通过营销手段、通过品牌建设解决这个问题，成为思念决策者们必须面对的难题。

就在这个时候，北京 2008 年奥运会的机会来了。

二、"非典型"奥运营销

思念成为奥运会的独家供应商之后，接下来，跟所有有幸进入奥运这个大家庭的中小企业一样，既兴奋，又忐忑。面临一场新的营销之路。不过还好，奥运会这个大家庭里的企业不乏成功者，可以向他们学习奥运营销等品牌成功之道。现在，围绕着那场一年多后的北京奥运会，在数千万元甚至数亿元的投入之后，思念还要继续和时间赛跑——对于普通人来说，每天看到北京奥运会倒计时的数字更新，都会产生期待，但对思念的决策层来讲，他们可以利用奥运会赞助企业的身份做营销的日子又少了一天。

对于营销，思念并不陌生。1999 年，他们与以一曲《思念》成名的著名歌星毛阿敏签约，使她成为思念的形象代言人。在分众广告公司的大卖场事业部名单上，思念是最早的签约广告客户之一。王鹏告诉记者，速冻饺子属于快速消费品，其特点是单位产品价值不高，但需求数量极大，因此营销力度、品牌建设必须跟得上。围绕奥运，思念人为自己量身定做了一种"非典型"奥运营销（与有经验的奥运赞助企业相比）。

推出高端产品——"金牌"和"手打天下"两个品牌，主攻北京、上海、广州、深圳等大都市，树立高端形象；整合所有终端形象——在大卖场以及中小超市的形象，包括产品摆放、设置、引购员奥运知识培训等；让奥运概念深入人心——"看得到思念商标的地方就要看到奥运标识"。加大科技投入——全力建设速冻食品国家级实验室，投入重金做研发以及购买先进设备，以让思念产品更符合"奥运标准"，不仅味美，还要让世界各地的人们吃得放心。

三、奥运效应

在奥运的餐桌上，思念成为国际品牌的道路，虽然还很漫长，但是已经依稀可见。

对于食品行业来说，安全永远是第一位的。"奥运饺子的安全是我们最为关注的，我们也要让每一个饺子过奥运安检。"王鹏说。在位于郑州金水区的思念工业园里，有一个投资600万元的食品安全检测中心，设备先进，肯德基的很多食品检测也都是在这里做的。而思念公司所有食品原、辅料都要在此经过检测后方能投入生产。青菜、肉类、面粉等，每天检测的原料数都在70多种以上。

2006年9月4日，思念成为奥运独家供应商的发布会当日，便公布了一组"思念牵手北京奥运"的全新广告宣传，上方是一个奥运会徽，下方是"思念最美，奥运相随"的口号，中间一个大金牌上端是思念的LOGO，接着是"思念食品"和"北京2008年奥运会速冻包馅食品独家供应商"的金字。随后，思念的第一波宣传攻势在全国两万家销售终端展开，接下来的两个月时间里，全国各大卖场的思念专柜全都换上了新的奥运广告。

但对思念来说，这只是一个开始。据说，奥运品牌已对思念销量的提升产生了拉动效果。2006年10月份市场销量与2005年同比增长43%，与2006年9月份31%的同比增长相比，有了明显的提高。王鹏还透露，思念马上还将推出主攻高端的金牌系列产品。一些重量级的奥运营销方案也将陆续公布。其中，还会有一些出乎意料的内容。虽然具体细节还不方便透露，不过他说，仍将会以中国文化为主。

六 风格境界

奥运会发展到今天，早已超越单纯的体育竞技范畴，文化和教育越来越占据重要地位。奥林匹克的天空下，闪耀着灿烂的文化风格：时尚的、简约的、奢侈的……各领风骚三五年。现在，轮到中国表演了——让人兴奋的唐装，尽显东方民族的含蓄与婉约……

37. 唐师曾：
我为申奥斡旋中东

唐师曾，新华社著名战地记者，2001年被当选为"全国十大新锐青年"。

这位极富传奇色彩的战地记者，当年如何利用自己特殊的身份，为北京申办奥运积极奔走中东？

"其实我认为中国人特适合当我这种记者。伊拉克人、巴勒斯坦人、以色列人都管我叫兄弟，有人说我唐师曾太狡猾，说我上午还搂着阿拉法特呢下午就搂着沙龙了。在利比亚，不仅我的相机被人没收了，还被人揍过，后来就在相机里插一张搂着卡扎菲的合影，有一次被逮住了，他们本来要曝光我的相机，一看我跟他们领导的合影就还给我了，而我从利比亚到以色列后又被人给逮起来了，看到那照片了，更觉得我是恐怖分子，他们就大骂卡扎菲，我说你们之间有矛盾是因为哲学不同，对问题的看法不同，又不交流就会打仗。以色列好多军官也是在哈佛读过学位的，他们感觉我说的也对，就把我放了。"

在新闻界，唐师曾是一个让人尊敬的记者。现在，给予他尊敬的人们已经超出了新闻界，社会公众也多闻其名，尤其是那些怀有新闻理想的青年。人们亲切地称他为"唐老鸭"，他倒很欣喜地接受了。

但他们不知道这只鸭子为新闻理想付出的代价：海湾战争让他落下了"再生障碍性贫血"和"重度抑郁症"。由于对工作的过度投入，老婆和他离了婚，他最爱的儿子也被判给了老婆。

为什么要采访唐师曾，除了向这位新闻前辈致敬以外，我在一次偶然的机会看到他在《北京晚报》副刊上的一篇回忆，说他在做新华社驻中东记者期间，曾利用自己在当地的丰富人脉关系，那是20世纪90年代，为中国的申奥，联系中东国家的国际奥委会委员，为最后申办成功出了力。

作为专业报道奥运的我读到这篇文章时如坠入云雾中，唐师曾作为国家通讯社驻外记者，究竟为我们申奥做了什么事情？是如何做到的？这篇文章在说到关键处语焉不详。我一直想当面向他请教。

那是2005年8月，和唐师曾约好了在他的新书——《我的诺曼底》签售会后采访。当我冒着大雨赶到中关村图书大厦的时候，发现会场里已经挤满了人，他笑容可掬地站在台上，与传说中的并无二致——光头、大眼镜片儿、美式军服、两块手表，用唐氏轻松幽默的语言介绍他的新书，和每一个认识的朋友打着招呼，滔滔不绝地回答大家的问题。等到他为每一位读者签完名，我们才得以坐下来交谈。

一、以记者的名义

在很多人眼里，唐是一个富有传奇色彩的人物。他是新华社第一个装备移动通讯装置、不畏刀剑现场采访突发事件的记者。徒步走过长城，在秦岭的雪山里拍野生大熊猫，在可可西里无人区拍藏羚羊，在神农架找过野人，在海湾战争期间，独自潜入伊拉克辗转交战双方，独自驾车环绕美国，考察南极。洪水、地震、骚乱、瘟疫、战争……他多次冒生命危险亲临一线，采访、写作、摄影几乎是他生命的全部。

当我问起他在做新华社驻中东记者时究竟为中国申奥做过什么？唐师曾突然很神秘地盯着我说："我说出来，你敢写吗？"我沉思了片刻，说："也许你说的我不能全部写出来发表。但我会完全记录下来，因为这是一段历史。"

唐师曾显然对我的回答不太满意："其实这也没什么大不了的，每个国家在申办奥运会的时候，都会派人联络那些散布在不同国家的国际奥委会委员，反复沟通、加强交流、通过各种途径做工作。当时我作为新华社记者长期驻中东国家，与中东各国政要、名人混得烂熟，于是当时的奥申委——主要是何振梁找到我，让我帮忙联络中东国家的国际奥委会委员——他们还都比较认我。就这么简单。"

这个话题当时谈了很多，我也终于明白了申奥背后的复杂性。那时的中东就是一个火药桶，海湾战争狼烟四起。作为一个记者，他冒着生命危险活跃在战地上；作为一个积极的社会活动者，他为北京申奥四处奔走——联络国际奥委会中东国家一些委员，不遗余力地宣传北京。

2000年12月7日，唐师曾与周国平、葛剑雄、何怀宏等5位学者一同前往南极进行考察。

唐师曾说他在南极做的一件非常有意义的事是为北京申奥进行宣传。南极建有几十个国家的科学考察站，唐师曾马不停蹄地拜访各国的科学家。通过交流，使外国科学家了解北京以及北京为申办2008年奥运会所做的努力。每次拜访后，唐师曾都请外国科学家在他特制的"支持北京申奥"的旗子上签名。也许是唐师曾的口才过人，更是由于北京独特的魅力，他访问过的在南极考察的外国科学家都在他的旗子上签了字。

北京申奥成功后，唐师曾利用自己在世界各地奔走的优势，向世界介绍北京2008年奥运会。有人曾经看到他身着球衣，在北美的沙滩上和一群不同肤色的人在一起喝酒，头上的帽子都画着中国印——2008年北京奥运会的标志。"中国哥们儿要弄奥运会了。"唐师曾这样告诉他世界各地的朋友，"我通过这种民间的活动让他们了解中国，了解北京奥运会。"

二、唐老鸭的梦想

在圈子里，唐有一个尽人皆知的绰号——唐老鸭，他也很乐于别人这么叫他，显得很哥们儿。他是一只有梦想的鸭子。

1979年，唐师曾进入北京大学国际政治系。在北大图书馆，对军事的执著和对摄影的迷恋，使他很快认识了罗伯特·卡帕这位战地摄影记者，1987年，唐师曾进入新华社摄影部。

1990年8月2日，伊拉克吞并科威特。当时唐师曾正在可可西里无人区探险。"中东要打仗了"。四年大学、四年教书的国际政治训练，让他立刻作出这个判断。他全部的神经都随着这个预感兴奋起来。在鸭绒睡袋里，他打着手电起草给新华社领导的电报稿，请求赴中东采访。唐师曾最终获准奔赴海湾，单枪匹马，带着300美元。1991年1月15日，是联合国安理会给伊拉克的最后期限。为了能留在巴格达，他竟然拒绝办理出境手续；以致1月14日中国使馆郑大使率最后一批中国人员撤离时，唐师曾差点在巴格达机场被扣下。当伊拉克袭击了以色列，所有的人都在往回撤的时候，在安曼待命的唐师曾越级上书北京总社，强烈要求去以色列。于是，他成为新华社用"特拉维夫"电头发稿的第一人。

"世界分成四类人：一类是爷爷级的，比如丘吉尔、沙龙，是制定规则的；第二类是爸爸辈的，巴顿、艾森豪威尔，他们执行规则；第三类是儿子辈的，他们遵守规则；第四类是孙子辈的，他们破坏规则。我认为我是属于爷爷级的，我一直在开辟一个东西，不是模仿谁，而是走一条自己新辟的路：我喜欢，我擅长，我以此为生，开辟了这样一种有美国有阿拉伯也有中国生活方式的人生"。这只鸭子，是不是有点狂？

突然问起唐师曾："在您心目中，'优秀记者'的标准是什么？"

唐师曾回答："勇敢、诚实、有良心、讲真话、不贪财、不怕死。古代有司马迁、玄奘，现代有卡帕、斯诺、萧乾。我希望我和他们血脉相连，我希望我身上有他们的基因。"

三、在路上远行

海湾战争成就了唐师曾的人生梦想，同时也给他带来了巨大的痛苦，"再生障碍性贫血"和"重度抑郁症"，让他的身体和心理备受折磨，但这并没有使他放慢脚步，他不停地行走，带着他的相机、手表、笔记本和越野车。从文明古国到第二次世界大战战场，一路行来，他走的每一步，都是在实现自己一个又一个梦想。

采访那天，北京大雨如注，中关村图书大厦，人们排着队买他的书。可我的心情始终很沉重。唐师曾告诉我说："你知道我为什么选择在今天签名售书吗？因为今天是我儿子的生日。本来今天想带儿子一起来的。可是没能带来——前妻不让。"

我理解了这位挚爱儿子的40岁男人的痛苦。

记得第一眼看到《我的第三个愿望》，立刻被别具一格的封面所吸引。封皮上，"唐老鸭"与儿子亚述肌肤相亲，酣睡在一起，柔情浓浓，展现了这位著名的战地记者儿女情深的另一侧面。《我的第三个愿望》与唐师曾以往作品视角截然有别，书中主要记录和描述作者与家族、儿子、朋友之间发生的系列故事，披露了大量鲜为人知的个人生活内情，以作者多年自拍的——呵护妻子、孕育儿子、儿子出生前后及成长的大量照片资料为主，穿插以独到而厚重的人生感悟和对儿子未来的期待。"为儿子写一本书，是有生以来投入感情最深的一本书，""是儿子，使我几度摆脱生活和精神的绝境，"为此"唐老鸭"日夜写作。行文风格保持了唐氏文章一贯的生动流畅、情深意长的特色，使人读之动容、思之泣下。

"当好记者、娶好姑娘、生好儿子，这是我人生的三个愿望，现在都一一实现了，足慰平生了。"

他说："人活在世界上就是两个点：时间和空间，对我来说，时间就是手表，空间就是相机，然后就是活在中间的我，我开着车，戴着表拿着相机照相，然后把它们综合在一起放到我的IBM里，整合了我所遇见的

时空。加工成一本书，一捆捆放在那儿就成了过去，我再开始新的一切。"
最终，《我从战场上归来》、《重返巴格达》、《我钻进了金字塔》、《我在美
国当农民》、《我的第三个愿望》以及《我的诺曼底》先后出版，而且每本
书都在畅销书排行榜的前十位，这不能不说是一个奇迹。"

　　他在《我的诺曼底》序言中引用了丘吉尔的一句话"我们都是虫，可
我是只萤火虫"。他说，我不敢说我是一个灯塔去引导别人，只能说我是
个萤火虫，至少可以发一点点光。

38. 于西蔓：

五彩人生　七彩世界

　　于西蔓，世界最大色彩咨询机构CMB日本代表
处的专业色彩顾问，她将"色彩季节理论"及"色
彩营销"概念引入中国。

　　"中国色彩第一人"为何建议市政府为北京"洗
脸、化妆"？

"目前我最关注的除了人的形象，还有城市环境的形象，所以到哪里都会拍很多城市环境的照片，无论是好的还是不好的。这次当然也不例外。和谐的街头广告配色，在今天的中国城市里面比比皆是。在沈阳让我感触颇深的是一种叫做"丰城环路"的公共汽车，配色特别典雅和谐，特别国际化，堪称这座城市里的一道亮丽风景。我为了多拍几张它的照片，差点跑到马路中间去了，只因为它的配色设计之美在全国都非常少见。现在大街上的公共汽车多数都被涂上了花花绿绿的广告，广告用色都是视觉冲击力很强的，看久了会产生视觉疲劳，让本来就浮躁的都市生活更加烦心。如果全国的公共汽车都能做到这么赏心悦目，人们行走在路上的摩擦必然会减少，生活变得更加和谐舒心，我们的政府机构又何乐而不为呢？"

——西蔓博客

透过东方广场一间办公室的透明玻璃看下去，车水马龙的长安街和熙熙攘攘的王府井尽收眼底。某个夏日的黄昏，夕阳不经意地点缀在这间办公室的花盆、沙发以及书桌上，色彩明亮而温馨，散发着芬芳。这间办公室的女主人叫于西蔓。她的西蔓色彩是全国第一家专业色彩咨询机构。

2001年1月，她的新书《西蔓美丽观点》问世，短短3个月已经再版4次，"我没有想到能得到大家如此的厚爱和认可，深感'美丽警察'称号下的责任重大。有不少朋友反映新书中对男士朋友形象的建议太少，我打算再写出一本新书献给关注形象的男士朋友们。"她被爱美的人亲切地称为"美丽警察"。

于西蔓是个有远见的女人。尤其是对色彩。尤其是对中国。

谈起她的工作，于西蔓说就是把色彩的知识及文化传播给广大人群，鼓励中国人先从个人的形象范围做起，然后再延伸到企业，甚至，延伸到整个城市或整个国家。"我的客户大体分两种：一类服务是普通的个人咨询，为顾客提供个人色彩诊断及建议参考、个人款式风格诊断及建议参考等；另一类服务是针对企业的，提供企业的色彩营销，可以是商品包装的色彩搭配、橱窗设计的色彩主题，甚至是一个城市在建设上的色彩规划等。"

从1998年回国创办这家公司开始，于西蔓就成了积极的色彩"布道者"。

一、奥运会发现美丽

1999年，在国内色彩市场上摸打滚爬一年多的于西蔓，已经有了一定的名气。突然有一天，一件意外的事情让她感到万分惊喜：当时的北京奥申委办公室找到她，于是她成为了北京申奥进程中城市改造专家组的28位专家之一。

2000年前后的北京，申办奥运会进程一波三折，扣人心弦。而作为有希望成为2008年奥运会主办城市的北京，城市改造、城市建设也进行得如火如荼：每天都是推土机的轰鸣声，每天都有新大楼拔地而起。

"也许当时奥申委在媒体上发现了我吧，我的色彩理念太超前了，当时国内还没有色彩观念。"回忆当年往事，于西蔓一脸自豪，"北京奥申委把我们这些专家召集在一起开会，有建筑、照明、民俗、美术等方面的专家，但色彩方面的专家却只有我一位。"

北京，作为国家的首都，也是申办2008年奥运会的主要城市，有一个什么样的形象太重要了，这不仅关系到我们的脸面，还直接决定申办成功与否，于西蔓谈起了当年给奥申委提议的情形："北京是什么样的颜色，这是人家来北京最直观的印象，北京的色彩会告诉世界，北京是什么样的，崇尚什么，反对什么，一目了然。而北京每天都在搞建筑，假如把北京的城市建筑想象成一个油画，是不能任由建筑者随意涂抹的，必须精心设计色彩外观，才能给人以美感。"

"就像世界上每一个大城市一样，北京需要有自己的主色调。""它应该是由政府出面组织专家进行1—2年的考察，根据四季色彩的变幻对比、四季空气明亮度的对比、绿化在每个季节鲜亮程度的变化……考证许多东西后作出选择。""这个专家组应该有建筑学家、历史学家、人文学家等，当然也要有色彩顾问。""现在离那天还有3年时间，我们得抓紧点，能够让北京在 2008 年看起来更好！至于我，我愿意无偿地去做这件事！"

二、源于那年那梦

"还记得有次在餐厅里见到一位老太太，特别震动。那时候我也就二十五六岁，没见过比我妈妈还好看、还会打扮的人，那老太太的穿着品位让我很羡慕。当时我想，我也挺爱美，要学着打扮可能更好看。"

"人不可能同时坐在两把分开的椅子上，天职，永远都是最适合你的椅子。我认定，色彩咨询顾问就是我一生的天职"。

年龄很小的时候，于西蔓就对美有特别的神往。出生于东北的她在文工团大院长大，这使得小时候的于西蔓特别爱美。但那时候她赶上的是一个没有色彩的年代，人们并不敢大胆地以色彩来表现自己，而她则尽可能地去发现搜罗颜色好看的衣服来穿，1987年，于西蔓经过严格的考试被公派去日本航空公司研修。1年后，她考取了日本早稻田大学的研究生。和大部分留学生一样，于西蔓当时也异常艰难，高昂的学费、让她头疼的数学……

然而，不同于大多数留学生的是，艰苦的学习并没有让她放弃生活之乐。在学习之余，她挤出时间去参加化妆、插花、丝巾系法的学习班，并将很多钱花在买时尚杂志、丝巾、时装上。别人都觉得她这样做不可思议，但只有她自己才知道，正是这些唯美的"奢侈"，一点一滴地积淀成她日后色彩事业的坚实基础。

美丽的梦想积聚起来，就成了人生的追求。1998年，她回国创业。她被众多媒体称之为"中国色彩第一人"。她把国际上流行的色彩咨询业引入中国，为个人、产品、企业，乃至一个城市，寻找与其匹配的色彩风格规律，填补了我国在此领域的空白。

"女人对幸福的理解是不一样的，有的人适合相夫教子，有的人只有在工作中才能燃烧。我是后一种人，追求人生价值的最大实现。拿破仑说过，当你到了一个不熟悉的城市，你就要研究它以期占领，因为战场永远和梦想一样辽阔。"

三、找到自己的颜色

这么多年，每一天她都觉得这个职业真好。"我现在做的是自己喜欢的事情，坚持下去也有更多的动力和韧劲。"她说："我可能是公司里精力最充沛的人、最爱笑的人，不管遇到什么问题，我都想办法克服，白天嗓子累哑了，晚上还要给各种媒体写专稿，最近还集结出版了《女性个人色彩诊断》、《中国人形象规律》等五本系列丛书……每天就睡四五个小时，还是精神抖擞，因为工作让我有成就感。"

"布道"起步过程很艰难，当时西蔓还和手下的员工开玩笑说："如果没有顾客上门，也没人打电话来咨询，你们千万别急着辞职呀。"她并没有像别的企业那样采用广告攻势开拓市场，而是先作了几场色彩理论的演讲，告诉人们怎么找出属于自己的色彩。

第一场大庭广众之下的演讲是在王府井的世都百货，"西蔓色彩工作室"的大招牌早就摆出来了。准11点，她打扮利落走上台，却发现台阶前一个人都没有。拿着麦克风，她进退两难，当过大学老师留过学，但那一刻她觉得自己就像个大街上卖鸡蛋的，必须自己吆喝。好不容易她开口了，对着假想的观众演讲。3分钟后来了三两个人，10分钟后有了一小堆人，过了半小时，台前挤得水泄不通……演讲结束后，掌声很热烈。回到自己的办公室，她腿一软，趴在桌上眼泪就掉下来了。第一步终于迈出去了。

西蔓的第一个客人也是免费的——大学同班的一位女生。说服那个女生用足了力气，半年才扭正她的观念！那半年，西蔓总带她逛燕莎、赛特，还买衣服送给她，让她进到办公室每天都能听到"哇，好漂亮！"在西蔓的"强迫性实验"下，那个女生终于慢慢接受了色彩理论。

真正给顾客作色彩诊断，更难，真的就是观念冲撞！西蔓告诉在中国的第一位顾客，她的风格属于少年型，适合干练利落的中性化服装，对方简直从座位上蹦了起来："我怎么能是少年型呢，我是女人啊！"好不容易她才接受建议：把烫的长发剪短，穿立领衬衫，宽幅的花裙子收起来……三天之后，她又来了，兴奋地说：我的朋友都说我越来越漂亮了！

战场就是这样打下来的：事先对开拓市场的困难估计，以及一直以来的韧劲，就是保证。

四、建议北京"洗脸"

"城市色彩是景观色彩，是一个城市的第一印象。"说到2008年奥运会，于西蔓兴奋地说："我希望鼓动政府再给北京市洗脸，目前北京市的整个基调还是灰色调，我希望经过布局后，2008年的时候会更好看。"

2008年北京奥运会是千载难逢的机遇，每个中国人都希望为奥运会做点什么，而对于西蔓来说，北京奥运会不仅仅意味着商机，还为她的色彩事业提供了一个巨大的想象空间，她现在要努力做的是：能不能让古老的北京更漂亮一些，能不能让北京市民看起来更时尚一些？

设计北京的色彩，从眼下做起，她认为要分三个步骤：首先要进行色彩调查，摸清北京的"家底"，同时了解北京适合什么颜色。北京是一个四季分明的城市，每个季节都有适合自己的颜色，还要给现有的建筑"测色"，看是否与北京的整体色彩协调。北京是一个独有的城市，跟上海、东京有很大不同，因此在外观上，也要有自己的特色。这个阶段耗时耗力，也有很强的技术性，要在专家的指导下进行，但只要这个工作做好了，下面的工作就好做了。

其次，色彩设计阶段。以色彩调查为基础，把北京按照功能分区，比如高科技区、政府机关区、金融区、教育区等不同区域着色设计是不同的，可以确定整个北京色彩基调，以什么颜色为主，以什么颜色为辅，要组成一个由建筑学、美学等各个领域组成的专家团队进行论证、模拟、设计，同时广泛征求市民的意见。

再次，应用调试阶段，设计出一些方案后，由城市规划部门出面协调，参考国外的城市色彩战略为北京"涂色"，由专家写出北京城市色彩指南，推广使用。于西蔓介绍说，巴黎被称为浪漫的色彩之都，不是偶然的，早在1973年，巴黎就完成了城市色彩规划。

"我希望2008年北京奥运会的时候，每一个来参观的外国人都会由衷地说，北京真美，中国真美！"这是美丽女人于西蔓的奥运之梦。

39. 李柠：
美丽传播者

李柠，北京礼仪学院院长，曾担任中央电视台、中央人民广播电台、北京电视台等节目主持人。

作为展示民族精神和崭新形象的盛会，北京奥运如何把传统文明礼仪与现代元素结合起来，赢得世界的尊重？

"作为一个大国的国民，在国际舞台当中，我们优良的品质对世界并不是放大的，而是缩小的，他们认为你是大国的国民，你们就应该具有这些优良的品质，而我们身上所有不良不足瑕疵都会被放大，作为一个国家展现在国家舞台是这样。作为一个行业，作为一个特定的身份，你在公众的视觉当中，你的良好的品质并不会被放大，而不足都会被放大。"——李柠

采访李柠是一件很美丽的差事，地点是她选的：东三环的"星期五"——很浪漫的西餐厅。

时间却只能在晚8时之后，她上午、中午参加主持几个会议，下午出席北京礼仪学院开学典礼，作为院长，她必须到会与学员见面并布置新一年的工作。那是2005年春天的一个夜晚。

在她娓娓讲述的时候，我也趁机观察了她：面部依然美丽且表情生动，齐耳短发干练大方。作为礼仪学院的院长，一举一动果然都非常符合礼仪。

一、"公关"亚运会

北京礼仪学院成立于1988年，李柠从中国公共关系公司副总的位子到这个学院当院长。李柠认为，与西方人相比，其实中国人技能不差，智商也不低，量化到细节却不行了，比如一些社交场合不拘小节，缺少时尚元素，等等。那个年代中国刚刚在改革开放的路上走不久，对一些国际交往的文明礼仪认识不够。

从那时候开始，李柠就到处向公众传播文明礼仪知识。一天到晚忙得团团转，到电视台做主持，到街道社区宣讲，为一些大型活动培训礼仪人员，等等，还要回答当时社会上很多人咨询"礼仪学院是做什么的"之类的问题。

一次李柠到前门商业大厦买东西,那时候她天天在上衣上别着北京礼仪学院的校徽,挑完商品交款的时候,突然发现几个女营业员看她时的眼神怪怪的,流露出疑惑、遗憾的表情,走过时听到她们在议论:真可惜,这位女士是做什么的? 一位男营业员不屑地说:不就是烧死人的嘛。

原来,他们把校徽上的"礼仪"跟"殡仪"联系在一起了,一位年轻漂亮的女士从事"殡仪"工作,难怪他们惋惜了。这还是在当时引领消费文化的前门商业圈啊,李柠感叹说,这可以折射出人们对"礼仪"的理解太陈旧了。

机会来了,1990年亚运会来到北京,这是中国第一次举办国际大型运动会,礼仪学院也迎来了自己的发展机遇。"也许是长期封闭的结果,我们在礼仪文化方面确实滞后了。"李柠回忆说,"很多公众见了外国人还会去围观,在一些大型活动中有些人的衣着举止让人哭笑不得。"

当时还没有"志愿者"这个概念,亚运会的工作人员,包括引导人员、接待人员到礼仪学院接受了培训。培训非常具体:从交谈用语到肢体语言,从服饰衣着到气质形象设计,都有李柠她们辛勤工作的参与。

"亚运会期间我们比现在风光多了。"李柠沉浸在对往事的回忆中说,"包括《人民日报》,还有新华社,中央电视台等,几乎所有的主流媒体都报道了我们的活动。""浓缩人生精华"的央视"东方之子"栏目就报道了李柠,而且是该栏目报道的第一名女性。

二、礼仪奥运的梦想

1990年北京成功举办了亚运会,树立了中国在亚洲的良好形象,同时也令世界刮目相看。

2008年就要来了,这一次,是中国彻底地拥抱世界,也是全面向世界展示五千年文明古国礼仪之邦的空前机遇,当然,也面临着更大的挑战。

而李柠的理解是,这将是一次展示民族精神和崭新形象的盛会,要把传统文明礼仪与现代元素结合起来,我们将赢得世界的尊重。

李柠领导的北京礼仪学院也有了更大的发展,学科齐全,学员众多,声名日隆。这么多年来,她依然在潜心研究中国的礼仪文化,从一点一滴做起,为讲"礼"作出自己的努力。

李柠认为，如果说亚运会给我们带来的是国门的打开，视野的放大，那么奥运会将给我们带来思想形态的变化，将从政治、经济、文化、社会等各方面带给我们民族认识的提升。成功举办奥运会将把我们提升到更高的境界。

人文奥运、科技奥运、绿色奥运……我们关于奥运的种种提法中，李柠认为人文奥运是其中的核心，而文明礼仪是人文奥运的核心。如果说奥运场馆是硬件方面的建设，那么文明礼仪的培养则是软件方面的工程，文雅、高雅、儒雅的举止，应该成为2008年奥运会中华民族向世人展示的文明礼仪形象。

三、传统文化的现代表达

现在的李柠，参与首都许多媒体与礼仪文化教育相关的工作，宣讲礼仪文化，而且更多的是深入街道社区，为市民讲授礼仪文化知识。李柠说，有时候非常感动，在社区讲课的时候，老大爷、老大妈都来了，幼儿园的孩子们也来了，有的老大妈说，听了李老师的讲课后，才知道吃饭穿衣原来还有这么多学问，明天让儿媳妇也来听。孩子们问得最多的是如何接电话和如何待人接物等细节问题。

李柠说，可以看出我们民族对礼仪文化还是非常重视的。我们民族优良传统中宽容、仁厚、豁达、知耻、谦逊、含蓄等应该得到更好的发扬，但在弘扬传统文化时不要被禁锢和镶嵌在传统的表达形式上，一定要有新的现代的表达形式。

"当奥运会赛场上五星红旗升起的时候，你看吧，不管是世界任何地方，只要有华人，大家都会高声齐唱国歌，每当看到这个场面，我都忍不住激动地流泪。中华民族的凝聚力是无与伦比的。"李柠说，"2008年，中国能让奥运更美丽。"

四、培训奥运志愿者

先是一张纸，而后是一叠纸，最后有了培训教材……2006年冬日一个阳光灿烂的午后，我从多哈亚运会现场归来。再次采访了李柠女士。此时的她正忙着参与培训北京2008年奥运会志愿者。

"刚开始可以说是一无可参考的奥运志愿者培训模板，二无可指导志愿者培训实践工作的理论基础，奥运会志愿者培训应该是什么样？如何适应、满足奥运会举办时需要的多元文化背景下的服务？我们没有相关经验，谁也说不清楚。"李柠说，培训工作是在专家们的"学习思考创造"中进行的。2006年8月12日，北京奥组委志愿者培训部在众多报名的志愿者中间随机抽了60名，集中做了一个培训的"模板"。这次培训，暴露出了很多问题，但也为下一步的大规模培训提供了珍贵的借鉴。

那次培训，文化礼仪专家李柠讲课时手中只有几张纸片，勾勒出了大致内容。为搞好志愿者培训工作，奥组委志愿者培训部做了大量开创性、预见性、有效性的工作。奥运志愿者培训教材也从最初的设想、提纲、讲义，经过对教材编写过程各个阶段的一次次各专业领域专家、学者的论证。一步步变成一套具有方向性、科学性、可行性、教育性的奥运志愿者培训教材了。

"最有特色的是对残奥会志愿者的培训，奥运会志愿者的热情与奉献精神是毋庸置疑的，但仅有这些还是不够的。"李柠说，"残奥会志愿者更需要助残的美德和耐心、理解以及平和、淡定的心态。"

比如，对待残疾人过分热情，有时候并不能使他们感觉受尊重，"不要盯着残疾人肢体残疾的那部分看，看他们时的表情不要大惊小怪。"

假如你是一个志愿者，残奥会时盲人运动员向你问路，你要告诉他那个地点在他的前后左右多少步的距离，而不要说东南西北多少米等盲人很难感觉的方式；当志愿者帮助一个盲人运动员过马路时，不要拉着盲人的拐杖走，因为盲人的拐杖是用来敏感地感知外界事物的工具，而是用手扶着盲人的手臂，用语言告诉盲人怎么走；面对一个肢体截瘫的残疾人，志愿者与他交流的时候，为表达尊重一定应要曲体站在他面前，且目光平视地面对面地用语言和视觉交流，因为对一个截瘫的残疾人而言，他很难转动身体与人交流。

但是，残疾人也许不是什么时候都需要志愿者的帮助的，比如，肢体残疾的运动员要上卫生间，志愿者如果想帮助的话一定要用请求的口气问"需要帮助吗？""可以吗？"之类的话，以免残疾人在这个时候不希望被帮助而出现尴尬的情景。

　　在奥运会志愿者礼仪文化手册里，李柠提出了一个"细则"：首先是志愿者的道德规范；其次对志愿者进行分类，对各岗位技术进行规范（一方面统一标准，另一方面可以帮助志愿者进行自学）；还有残疾人的行为禁忌，避免因一些行为不当而对残疾人造成心理上的伤害；同时心理学方面的知识是必不可少的，它可以让志愿者了解一些残疾人心理上的特点，避免误会发生；还介绍了一些残疾人的比赛项目及其特点；在志愿者遇到一些特殊情况的时候，手册有一些纲领性的原则去指导志愿者的行为。

　　"在相关培训机构相对缺乏，资源相对短缺的情况下，一本手册能对志愿者工作做一个提纲挈领的规定，这也能成为培训工作的有益补充。"李柠说。

　　在培训中，志愿者除接受通用知识培训外，还要针对服务对象、服务岗位等的特殊情况，接受相关知识的培训，包括：新残疾人观、残疾人特殊心理、推轮椅技巧、盲人引导技巧、残疾人礼仪、无障碍知识等方面的培训。此外，针对残奥会志愿者的培训还将增加助残实践活动，设立一批残奥会志愿者培训实践基地，通过开展扶助残疾人的社会公益活动，包括与残疾人座谈、联谊、交流，走访残疾人家庭、福利院、盲人按摩中心、福利工厂、聋儿中心、残疾人康复中心等单位，把社会的关心和温暖直接传递给残疾人，志愿者体验残疾给人带来的不便和痛苦，感受残疾人自强、自立的精神，融洽与残疾人的感情，增加信任和理解，提高为残疾人服务的质量。

40. 王敏：
从核心图形到奥运奖章

王敏，中央美术学院艺术设计学院院长，北京奥运会核心图形和奖章设计者。

核心图形的设计能否成为北京奥运会的"点睛之笔"？北京需要什么样的"奥运色彩"？奥运奖章"金镶玉"背后有什么样的故事？

　　一本名为《奥林匹克100年》的书中写道："奥运会不仅吸引着世界上最伟大的运动员创造最好的成绩，而且吸引着世界上最伟大的设计师创造出最伟大的作品。"那么在北京2008年奥运会这个举世瞩目的舞台上，设计师能创造出什么样伟大的"作品"呢？

　　"海归"王敏就是这样一个设计大师。作为中央美院艺术设计学院院长、奥运艺术研究中心主任，他带领着他的团队，相继为北京奥运会设计出核心图形、奥运奖章，中外人士对其赞誉有加。

　　然而2003年，47岁的王敏从世界著名图像处理软件公司阿多比(Adobe)的设计总监这个很少华人企及的位子辞职，携妻女登上飞往北京的航班，做了"海归派"时，很多美国的同事都好心地劝阻他不要回来。王敏倒觉得，国内艺术设计的空间很广阔，在奥运会内景下，一切变得皆有可能。

一、北京奥运会的"点睛之笔"

　　"我们目前承担的任务主要是北京奥运会核心图形的设计"，看到我一脸迷惑，王敏解释说，"2008年北京奥运会举办时，从各类标识到吉祥物，从环境色到核心图形，从单项体育标识到各类宣传品，所有的奥运景观都是一个统一的整体，这样才能突出奥运会的整体形象，奥运从准备到举行有一个很长的过程，在这个过程中要有很多活动，也有很多材料要设计，需要一个视觉形象来将所有的奥运视觉元素连接在一起，这就是奥运会的核心图形。雅典奥运会就有一个十分明确的核心形象，并自始至终都在用这个核心图形来塑造一个完美的、和谐的奥运形象。"

　　"核心图形和吉祥物等一样，都是奥运会视觉元素的一部分。"奥运艺术研究中心李沐泽设计师说，"原来人们普遍称之为辅助图形，主要在城市景观设计中起辅助作用，是为了突出奥运会会徽、吉祥物等标识。但随着对奥运会视觉元素认识的深化，该图形在奥运会整体视觉元素中不是单纯的辅助作用，而是能够覆盖奥运会整体形象的设计，比如使街道的布置、相关商品的开发等都有一个统一的形象。"王敏为我们举了雅典奥运会作为一个成功运用核心图形的范例，希腊是西方文明和奥林匹克文明的发源地，因此，雅典奥运会的主办理念为"文化奥运"，主题是"回到故乡，共享希腊文明和奥林匹克文化"，雅典奥运会视觉形象的设计围绕着文化发源这一主题进行设计，有效地使雅典奥运会的设计理念"遗产、人本、参与、庆典"自然地绽放出来！雅典奥运会组委会成立了由优秀设计师和出色的设计管理者组成的形象设计团队，他们设计的核心图形来源于希腊自然地貌、自然环境以及日常生活所常见的形态、运动形象，古希腊石头上所刻的文字、波浪和大地的图案等。这些基本元素组成的核心图形带来了动人的奥运景观，也为雅典奥运会形象中其他设计提供了基础，如：吉祥物的设计灵感来源于公元前7世纪古希腊的玩偶，取名为Athena（雅典娜）与Phevos（费沃斯），代表希腊悠久的文化和雅典城市形象；35个体育项目的标识设计灵感主要来自古希腊的艺术，核心图形和色彩在视觉形象的应用元素中得到综合性运用，这些要素的来源在它们的博物馆中都能找到，把这些要素应用在奥运会宣传画、景观布置、事务和办公用品、服装、纪念品等方面变换出既丰富多彩又主题统一的视觉形象，并在开、闭幕式中得到进一步诠释。雅典的经验值得我们好好研究和借鉴。

王敏认为，设计成功的核心图形对2008年北京奥运会意义很大——不仅传播中华文化、提升北京的国际形象，还可以推动市场开发的顺利进行，同时推进中国设计文明的进程，提高城市艺术品位、塑造美好的城市形象。因此，核心图形设计目标既要表现永恒的奥林匹克运动的追求，也要表现出中国对北京2008年奥运会的独特理解，要捕捉到并表现出中国、北京的独特形象与精神，还要体现具有悠久历史的北京正以崭新的面貌进入新世纪的决心，传播"同一个世界，同一个梦想"的奥运会主题和"绿色奥运、科技奥运、人文奥运"的举办理念。

二、北京需要何种"奥运色彩"

在王敏他们奥运艺术研究中心已经完成的成果中，为北京2008年奥运会提供的专用色彩系统设计方案格外引人注目。据介绍，作为北京奥运

会形象的基础元素之一,专用色彩系统的作用是确定北京奥运会的基础色彩、辅助色彩及主要色调,营造北京奥运会形象与景观的独特视觉环境。"奥运色彩的运用,既要体现我国优秀深厚的民族文化传统,凸显生机勃勃的国家形象,又要体现现代化、国际化、人性化的全人类的共同追求,同时要充满动感,要突出奥林匹克更高、更快、更强的体育精神。"王敏这样谈到对"奥运色彩"的理解。

在奥运艺术研究中心,王敏在两位工作人员的配合下,亲自操作电脑,向记者展示了他们设计的"奥运色彩",让人惊叹于色彩组合带来的美,在专用色彩上,他们选择了以下几种:

中国红:红色的宫墙,红色的灯笼,红色的婚礼,红色的春联……红色是北京的颜色,也是北京的象征。从古至今,北京的生活中充满红色的装饰主题。红色是激情和运动;红色是喜庆与祥和;红色是民俗与文化。因此红色构成了北京奥运会的会徽颜色的主色。

琉璃黄:黄色的琉璃瓦,金秋的树叶和丰收的农田,是北京最亮丽的色彩。"琉璃黄"代表着北京独特的自然景观及人文与历史的精彩和辉煌。黄色在中国的色彩文化中具有崇高的象征意义,将在奥运会专用色彩系统中扮演明亮与欢快的角色。

还有"长城灰"、"青花蓝"、"国槐绿"等,以灰色为例,北京整体城市色彩以无彩色的灰色调构成,该色调一是能够体现蜿蜒起伏的万里长城和掩映在绿树丛中的四合院民居;二是能衬托皇家"红墙黄瓦",从而将北京的历史地位展示得更加突出、鲜明;三是使北京具有浓郁的现代感,灰色是北京奥运会色彩系统中独具魅力的元素。

原来奥运会可以如此美丽。我不禁惊叹起来。

三、奥运奖章"金镶玉"

当无数人猜测北京奥运会的奖牌上将雕刻"龙"还是"故宫"时,王敏所领导的奖牌设计团队却别出心裁地将"玉"这一特色材质运用进来。"这个设计确实能让人眼前一亮。关键是,它较之历届奥运会都不同。"王敏向我们回忆起此前的诸多设计方案:"团队的许多预选作品都各有千秋。每个设计的风格也差别甚远。最后敲定'佩玉'方案,就是因为它前无古人的突破性。"

据透露，在奖牌设计过程中，王敏和他领导的设计团队无不在"外国人如何才能领悟"、"如何最能体现中国文化"这些问题上苦苦推敲。王敏说，用本民族的自尊心与自信心去大胆地实践，体验前所未有的设计，是这次奥运奖牌之所以获得各界认可的关键。

2006年10月，王敏作为奖牌设计的发言人向国际奥委会协调委员会做过陈述。他说："在奖牌里嵌入玉是我们的首创，我很担心奥委会出于奖牌金属识别性的考虑而拒绝方案。但出乎意料的是，奥委会成员对这个设计非常喜欢，都竖起了大拇指。"

"'中国特色'不仅是表层文化元素的做秀。外国人看到一个大灯笼，或者一帖书法，并不能明白什么。民族的东西要让别人认可，就要用对方能够接受的语气对中华文化精髓娓娓道来。一定要简洁、要有强烈的时代感。"随后，与奖牌同时配发的证书还处于后期完善中，每样材质的敲定都是一次考验。王敏透露，证书中用到的绢就取材于"绢锦名城"杭州。从中国极富历史传承特色的城市取材，这显示了奥运奖牌的至高尊荣。

攻克了奖牌设计这个大难关，王敏所在的团队还将面临奥运官方海报、门票、指示系统等设计重任。"前方尽管压力重重，但是这个过程本身就是非常难得的锻炼机会。这对我们而言是一举多得的。"

四、海归设计师的人生故事

"2001年北京申奥时，我作为申奥团队的一员去过莫斯科，主要负责申奥陈述中的多媒体资料设计。"王敏动情地与我们聊起他与奥运的一段渊源。"那时我在美国，但是我已经向奥申委有关负责人承诺，一旦申奥成功，我将回国工作，尽我能力为奥运会出谋划策。"

原籍山东的王敏早年以优异成绩考入浙江美术学院，1983年留学德国，1986年考上耶鲁大学艺术学院的研究生，成为自1949年后该学院的第一位来自中国大陆的研究生。王敏毕业后留校任教。早在2001年，王敏就与北京奥运会结下了不解之缘：作为北京申奥多媒体陈述报告的主要设计师，王敏为北京成功申奥贡献了很多个不眠之夜与他的才华。

在海外，他深感中国的经济地位和文化地位不相匹配——外国人眼中

的中华文化往往就是中餐；制造业中，"三来一补"产品的比例相当高；中国制造的产品，在形象设计、品牌宣传等方面，与西方发达国家的距离还很大。但随经济发展，他相信，中国自主生产的产品会增多，有关产品的创意宣传要求势必提高。

他的老同事萨姆纳·斯通曾向中央美术学院院长潘公凯介绍说，王敏是一位极其难得的优秀设计师。他的作品不仅具有简捷、强烈的艺术效果，同时又有极丰富的文化内涵。他把东西方美学思想熔为一炉，并通过现代科技良好地呈现出一种独特的、跨文化的设计语言。

在阿多比公司工作期间，他还在耶鲁大学艺术学院平面设计系任教八年。他说，实在想把自己在耶鲁的一些教学经验带回国。国内的设计教育行业正在蓬勃发展。"我真觉得，回国任教是件有意义的事。"妻子申晓红和王敏一样，也特"事业"。她当过斯坦福大学东亚研究中心的副主任，回国后将在北京大学下属的一个基金会工作，帮助美国学生到中国学中文。

41. 尹智君：

京味儿 中国茶

尹智君，北京老舍茶馆总经理，中国齐白石艺术研究会副会长。

作为"国饮"，中国茶能否承载悠久的中华文明走向世界？"大碗茶"里装着什么样的奥运梦？

京城的大小茶馆有五六百家，为什么只有老舍茶馆享有"城市名片"的美誉？一是因为它由于分钱一碗的大碗茶起家，是改革开放以后，京城开的第一家新式茶馆。二是因为茶馆以"老舍"命名，老舍先生是京味文化的代表之一，有很高的知名度。三是因为老舍茶馆有味儿。什么味儿？当然是京味儿了。

"我爷爷小的时候，常在这里玩耍，高高的前门，仿佛挨着我的家，一蓬衰草，几声蛐蛐儿叫，伴随他度过了那儿时的年华。吃一串冰糖葫芦就算过节，他一日那三餐，窝头咸菜就着一口大碗茶。世上的饮料有千百种，也许它最廉价，可谁知道，谁知道，谁知道它醇厚的香味儿，饱含着泪花，它饱含着泪花。

"如今我海外归来，又见红墙碧瓦，高高的前门，几回梦里想着它，岁月风雨，无情任吹打，欲见它更显得那英姿挺拔。叫一声杏儿豆腐，京味儿真美，我带着那童心，带着思念么再来一口大碗茶。世上的饮料有千百种，也许它最廉价，可为什么，为什么，为什么它醇厚的香味儿，直传到天涯，它直传到天涯。"

北京前门大碗茶，熟悉的旋律，质朴的歌词。大碗茶与冰糖葫芦、兔儿爷一样成为了京俗京韵的象征。

茶同时也是中国文化的代表。那么中国茶叶能否借助2008年奥运东风走向世界？

这个问题，关心中国茶的人都想知道。从事茶这个领域的经营者更想知道。老舍茶馆的现任掌门尹智君，就这样进入了我的视线。

一、大碗茶的奥运梦

老舍茶馆1988年创建，是中国改革开放后北京的首家茶馆。这家开业之初就以"振兴古国茶文化，扶植民族艺术花"为己任的中国传统文化窗口，从1992年开始先后接待了美国前总统老布什、德国前总理科尔等

44 位国家政要。台湾国民党主席连战的大陆之行，就专门去老舍茶馆品茶。

连战大陆行之后，台湾媒体大都对老舍茶馆这样一个京味儿十足、传统气息浓郁的茶馆竟然由一个文弱女子掌管而感到惊奇。其实少年时期的尹智君也从未想过，有朝一日自己会认同并投入到父亲的茶水事业当中。1979 年父亲尹盛喜贷款创建青年茶社，卖 2 分钱的大碗茶。20 世纪 80 年代，当时的青年茶社已经发展成颇具规模的大碗茶商贸公司，而此时西方文化浪潮席卷中国，民族艺术开始失去自己的舞台和观众。尹盛喜决心创办一个茶馆，为传统文化搭建舞台，老舍茶馆由此诞生，继而踏上文化坚守之旅。

2003 年，一场大难骤然降临在老舍茶馆头上，"非典"肆虐，茶馆停业，总经理尹盛喜病逝，职工几个月没发工资，尹智君就在这样的时刻被推选为总经理，她靠推销茶叶渡过了难关。作为茶叶生意的延伸产业，茶馆不仅是传承茶文化的场所，也是茶叶流通的加速器。所以，对于茶馆的经营者来说，怎样能拿到质美价廉的茶叶就非常关键。从 2002 年开始，尹智君和父亲就开始到茶产区去找这样的茶，他们的目标锁定了无名新秀——浙江新昌大佛龙井。在老舍茶馆 2004 年和 2005 年举办的两届茶文化节中，大佛龙井都成为主角，而且此次连战来老舍茶馆喝到的第一道茶也是大佛龙井，老舍茶馆在为大佛龙井打出名气的同时，也为自己打造了又一条盈利途径。

"你想过没有，作为北京茶文化的代表，借助奥运东风，走向世界？"在一个周末，我和尹智君这样面对面地开始了交谈。

"我天天想啊，我在想怎样切进去。奥运会是我们千载难逢的历史机遇，不抓住这个机会太遗憾了。"尹智君语气中透出焦急。

但要作为奥运商品销售谈何容易！在交谈中，尹智君很清楚这一点："先要获得奥运会组委会战略合作伙伴、赞助商、独家供应商、供应商四种身份中的一种。而且，具体卖什么产品，也要事先向奥组委申报、经过严格审批。截至 2006 年 8 月底，在茶叶与饮料方面，可口可乐公司已捷足先登。也就是说，这条路走不通了。

当然，绝大多数茶企业与其他领域的企业一样，也拿不到奥运会独家供应商及供应商资格，因为供应商的起点价格是 1600 万元人民币，中国茶企业大多分散，规模、资金无法达到。但也不意味着无所作为。除了争取成为奥运会指定消费场所等外,非奥运标识产品的营销与服务市场空间非常大。"比如,我们老舍茶馆主动与奥运会某相关供应商合作,在店内设立奥运产品专柜,代销奥运标识产品,苦干加巧干,效果也不错。"说到这里,尹智君显得有些无奈。其他著名茶企业,如更香、御茶园、茶枕工坊、绿雪芽、碧露轩、五福、碧水丹山、圣淘沙、明慧茶院、茗都、茗香、清香林等也可适当借鉴。

二、"国饮"与中国独特的茶馆文化

泱泱华夏,炎黄子孙,国人与茶有着五千年的情缘。茶圣陆羽《茶经》中说:"茶之为饮,发出神农。"从唐宋遗风,到明清兴盛,茶文化已悄然铭上深深的民族烙印。

中国是茶的故乡,是茶的原产地,在我国,茶被誉为"国饮"。中国人对茶的熟悉,上至帝王将相,文人墨客,诸子百家,下至平民百姓,无不以茶为好。"文人七件宝,琴棋书画诗酒茶",对我们老百姓来说,就是开门七件事,"柴米油盐酱醋茶"。茶通六艺,是我国传统文化艺术的载体。

中国是茶的原产地和茶文化的发祥地。茶陪伴中华民族走过了五千年的历程。但今天,一亩茶园都没有的英国在茶业方面收入最多;日本在唐宋时代是中国茶的学生,而在当代,日本学生超过了中国先生。中国茶产业能不能围绕北京奥运会做一番事业,能不能培育出有广泛国际影响的中国著名茶业品牌,能不能培养出优秀的茶艺形象代言人,能不能多创造一些奥运茶艺的服务金牌、销售金牌。这一切,取决于我们能不能整合好中国茶业资源,能不能把握好北京奥运会的历史机遇。

自明清起,北京城就成为中国茶文化的中心,北京茶馆之多,北京人爱喝茶都是出了名的,因此茶文化成了京味文化的一部分。2008年北京奥运会点燃了京城茶界的"奥运情结",他们希望古老的中国茶艺能为奥运增光添彩,同时借助奥运东风重振雄威。

一个令尹智君受到启发的事例是:1964年的东京奥运会让更多人认识了日本寿司,1988年的汉城奥运会让韩国的泡菜扬名天下。那么2008年北京奥运会,也隐含着一种可能,中国茶变得有更多的"世界味"。

"北京2008年奥运会是宣传、推广中国茶文化的最好机会。"国家旅游局政策法规司付磊博士建议北京奥组委,希望将闻名世界的中国茶作为2008年北京奥运会的特许商品。在由国家旅游局和国家体育总局联合搞的一份奥运特许商品调查报告中,食品和茶叶排第一,纪念品和工艺品排第二,服装和丝绸排第三,瓷器和陶器排第四。可见,茶在中国老百姓生活中的热力。利用奥运推广中国的茶文化,是再合适不过的。

1964年东京奥运会时,就有一个巧妙营销的案例。当时,生产相机的柯达公司是东京奥运会的赞助商,而富士公司则没有入围,但该公司却抓住奥运的大好时机,在奥运期间举办送一次性富士相机的活动,带来意想不到的宣传效果。中国社会科学院茶研究所陆尧秘书长认为,我国的茶企也可以准备一些以茶文化为主题,带有企业品牌标识的礼品,送给各参赛国的领队,由其分发给运动员、教练员和工作人员。另外,还有中华茶艺、茶食品、紫砂壶等都可以另辟蹊径,达到推广品牌的效果。

尹智君说:"茶文化的核心与人文奥运的灵魂天然地结合在一起,我们应该搭乘人文奥运的列车,将茶叶品牌的树立和推广做好,做实,做强。"

北京奥运商机的确诱人,但中国茶与其他行业的多数企业一样难以成为赞助商,而中国茶以其独特的文化内涵承载着悠久的中华文明,对外国朋友还是很有吸引力的。关键是,中国的茶企发挥出自己的创造性。

42.苏珊：

奥运口号诞生始末

苏珊,华点通国际顾问有限公司首席执行官兼总裁,国际策划学会亚太地区主席,北京申奥专家团成员。

"新北京、新奥运"和"同一个世界,同一个梦想"是如何诞生的?

其实，苏珊原本就是一位心理医生，拥有美国加州大学心理学博士和工商管理硕士(MBA)，在美国做过几年心理医生。心理学的背景带给苏珊不一样的思维角度。"凡事，我总喜欢从人性的本源去思考，这让我的想法总是容易被人接受。"

自从辞掉心理医生的职业后，苏珊的经历变得实在复杂。她开始把目标从心理咨询转向了城市咨询、企业咨询，甚至为一些政治家的选举做咨询。苏珊曾先后在美国运通公司、通用物理公司、时代明镜公司、爱德曼公司担任重要职务。同时，还曾经为美国第一位华裔州长骆家辉先生做竞选的策划。

甚至2008年北京奥运会的申办口号"新北京，新奥运"、2010年广州亚运会口号"动感亚洲，感动世界"也是在苏珊等人的积极倡导下产生。

苏珊出生于中国，8岁随父母到美国，父母在让她接受美国文化教育的同时，还特地请来一位退休的中文系老教授，每天教她两小时中文，直到她17岁。这使得苏珊虽然身在美国，但对祖国丝毫没有陌生感。大学时期，由于喜欢给别人做咨询，苏珊选择了攻读心理学博士，毕业后如愿以偿成为一名心理医生。

有了这个背景，你会发现，跟苏珊在一起聊天时，你的思维要不停地在中西两种文化中跳跃。她海阔天空的思维方式经常有灵感的火花在闪烁。

1999年，经历过一次失败的北京再次申办奥运，要申办就得有集中表现北京魅力的申办口号，经过征集，很多个备选口号摆在了当时的奥申委面前，但大家感觉都不太满意，这时，有人想到了在国际策划咨询界崭露头角的美籍华人苏珊博士。

秋高气爽，天高云淡，一个北京最美好季节的下午，我采访了华点通国际顾问咨询公司的首席执行官(CEO)苏珊博士——她与奥运口号的诞生有着千丝万缕联系。从北京申奥初始"新北京，新奥运"口号的提出，到今天"同一个世界，同一个梦想"的诞生，都有她的心血在里面。

一、口号的诞生

北京2008年奥运会口号应倡导什么？希望、未来、合作、多元化、分享。

北京奥运会口号的关键词应是什么？欢乐、梦想、分享、爱。

设计北京奥运会口号的成功要素是什么？简单、通俗易懂、充满人性、适合世界范围的受众。

54%的被调查者认为北京奥运会口号要先有英文再翻译成中文。

2005年1月，正在欧洲考察的苏珊再一次受邀参加北京奥运会主题口号的创作。苏珊认为，我们的思维观念必须转变，不能只想到我们中国有什么，能给人家什么，而应该了解世界需要我们做到什么。因为奥运会是全球性的体育盛会，奥运口号一定要激发全球人的激情。这是一份在北京2008年奥运会主题口号开始征集时，苏珊对全球66个国家、968名外国创意专家的调查问卷，目的是了解外部受众如何看待北京奥运会的口号。

当"同一个世界，同一个梦想(One World，One Dream)"的北京奥运会主题口号正式公布时，调查的发起者苏珊感到无比欣慰。不仅仅因为最终确定的口号与她的调查结果很相似，更重要的是通过口号的创作过程，她看到中国人开始以一种全新的思维方式、开放的理念面对挑战。

"同一个世界，同一个梦想"奥运主题口号的确定，再一次向世界证明中国正走向现代化，中国人拥有国际化的开放眼光。苏珊说："作为一个华人能参与祖国举办申奥盛会，是一生难得的机会，我感到无比自豪和骄傲。"

在此之前，1999年10月底的一天，苏珊还参与了北京申奥口号的创作。在很短的时间内她向众多国家发出1000多份问卷，只有一个问题：听到北京，你的第一感受？得到的反馈结果着实令她震惊，竟然有90%的被调查者认为是封建、保守、污染、落后。3天后，在当时奥申委的驻地新侨饭店，苏珊和其他专家一起以自己通过问卷调查得出的结论论证了北京申奥必须突出"新"字，她提出的"新北京"理念被与会专家、奥申委成员欣然接受。

据苏珊介绍，该方案在口号评选委员会上引起了非常大的震动，北京奥组委向国际奥委会呈报口号时，也将这份调查结果带去演示，作为辅助说明。"北京2008年奥运会主题口号是集体智慧的结晶，参与这次问卷调查的外国朋友也是其中重要的一部分。"

苏珊问卷中的最后一个问题是"设计北京奥运会口号的潜在危机是什么？"受众普遍认为，政治色彩太浓、太本位主义、视野太狭隘、口气太沉重。她指出："最终确定的北京奥运会口号完全避免了这些问题，实现了多元的文化交融。向世界证明，中国正在大步走向现代化，中国人拥有了国际化的开放眼光。"

二、"兼容"中西文化精华

2004年12月22日，正准备陪儿子回美国过圣诞节的苏珊接到了来自广州亚申委的电话，言辞恳切，希望她能立刻飞广州一趟，参与广州申办2010年第16届亚洲运动会的口号创作，苏珊为此退掉了飞回美国的机票。

苏珊调动了她所在的咨询公司的专家，赶制了1000份问卷，通过电子邮件发往亚洲45个国家进行调查。"申办亚运会，广州要打动的是全亚洲的人民，我们必须知道他们是怎么看待广州的。"最后定出的申亚口号"动感亚洲，感动世界"便是从这些问卷、材料中升华出来的。也许有人会问，广州申亚，为什么口号中没有"广州"呢？苏珊博士说："我们不应站在广州来看亚洲、看世界，而是要站在亚洲和世界的高度来回望中国广州。北京奥运会的口号是'新北京，新奥运'，就是因为世界对北京的认识还是很传统甚至落后的，完全不像我们所想象的。"

"我想我是把东西方文化的精华幸运地吸收在一起了。"苏珊笑言。严格的中国文化的熏陶形成了她性格中内敛、含蓄典雅的一面。而"你想做什么都有机会去做，不需压抑自己。没有人给你的答案是唯一的，永远可以有你自己的答案，只要你能说服别人"的美国文化教育，造就了她性格中自由自我、自信自然的另一面。

挟着美国加州大学心理学博士和工商管理硕士（MBA）学位，加上几十个国家单枪匹马的旅行阅历、丰富的知识积淀和高效率的敬业精神，使她在适应各种工作方面游刃有余。毕业以后，她的第一份工作是担任美国运通公司市场总监，第二份工作是担任世界最大的工程公司——福陆丹尼尔公司亚太开发署总监。随后出任美国通用物理公司亚太地区的总经理兼中国地区的首席代表,先后为美国洛杉矶市市长、南卡罗来纳州州长的竞选担任总策划和顾问;美孚、杜邦、柯达、宝洁、可口可乐等世界著名公司都是她的客户。

"总是有东西方两种不同的文化在我脑海中激荡,它们赋予我不同的文化性格。"优雅、豁达又略带"洋味"的声音背后隐藏着海量的知识储备、跳跃性的思维以及一颗火热的中国心——这个无论从哪个角度看都相当成功的女人,依然这么自信。

43. 郑华伟：
奥运礼仪不是"面子工程"

郑华伟，北京市教工委"奥运宣讲团"成员，著名礼仪专家。

在奥运会这个全球最大的舞台上，中国人该展示什么样的礼仪之邦形象？

举办奥运，除了可以拉动经济发展之外，还可以借此舞台向全世界展示自己的历史与民族形象，犹如一次辐射面最广、冲击力最强、影响最大的民族文化广告，因而备受主办国的重视。2004年雅典奥运，希腊收获的金牌不多，但成功地展示了古希腊文明，感动了全世界。

礼仪不是炫耀于人的华丽外套，它必须根植于人的道德与良知。进行奥运礼仪教育，一定要与中华民族的长远发展和提高国民素质结合起来。检验礼仪教育成功与否，不只是在奥运期间，而主要是在奥运之后。希望北京奥运不只是收获金牌，还收获了国民的素质。

近两年之中，有关方面设计的奥运会会徽、奖牌、火炬，成功地将中国文化的元素糅入其中，受到世人称誉。

"俄罗斯人不喜欢吃海参，法国人不喜欢吃内脏，而美国人性格比较豪爽，吃饭没有太多的禁忌，他们大都比较喜欢吃中国的宫保鸡丁。西方人不喜欢13这个数字，因此吃饭时不要安排13个人一桌，活动日期尽量不要安排在13日和星期五重叠的日子。还有日本人不喜欢绿色、荷花、狐狸等，韩国人不喜欢白色……"这是在北京一所高校一场普通的讲座的部分内容，然而大学生们热情的掌声不断。主讲人郑华伟老师不得不一次次留下自己的手机号码、E-mail地址等联系方式。

从2005年9月份开始，北京市教育工委组织了很多专家成立"北京奥运宣讲团"，从北大、清华、北航开始，在各大高校宣讲奥运，作为礼仪领域的专家，北京服装学院年轻的郑华伟老师"有幸"入选，"随着北京奥运会的临近，人们对礼仪与公共关系的学习变成了一种自觉，我觉得奥运礼仪会成为时尚行为。"为此她很兴奋，多年潜心学习研究的专业终于走向了更广阔的舞台。

一、礼仪是最好的沟通方式

北京亚运村。上岛咖啡大厅。寒风在窗外呼啸，据说是北京几十年来同时期温度最低的。然而室内依然温暖如春，杯中的铁观音茶飘出混合着热气的清香，郑华伟刚刚从中国政法大学的礼仪讲座上走下来，风尘仆仆，到处宣讲礼仪形象与公共关系的她首先把自己收拾得利落清爽：白色的丝巾、蓝色的毛衣加上披肩长发和国家级舞蹈师的身材，用现代人的审美眼光来看，非常符合礼仪形象标准。

在每一所高校，郑老师的礼仪讲座都成了青年学子追捧的对象。"仓廪实而知礼节，衣食足而知荣辱。社会越开放，经济越发展，人们对自己的形象，对美的需求就会越强烈。因此，这也是我的讲座比较受欢迎的原因吧。"一番开场白，郑老师就从深层次的原因解释了礼仪知识的实用性。

在北大那场演讲让郑老师记忆犹新。2005年10月19日晚7时，北京大学"人文奥运和校园文明礼仪"系列报告在英杰交流中心开讲。郑华伟应邀为北大同学做了题为"大学生常用礼仪与公共关系"的精彩讲座。

作为"北京奥运礼仪宣讲团"的成员，郑老师可谓经验十足。她首先请前排就座的一名男生模拟演练了应聘时的基本动作——敲门、关门和自我介绍。虽说简单，但很多同学却不懂其中的礼仪。随即郑老师从礼貌、礼节、仪表、仪式四个方面对礼仪进行了详细的讲解，如：手的技巧和注意事项；乘坐交通工具时的座次；迎来送往方面的具体礼仪；交换名片；介绍与自我介绍的礼仪等。郑老师在讲到表情、手势、站姿、坐姿、行姿等体态语言时，要求同学们边学边做，这种现场的参与性极大地调动了同学们的积极性。接下来，郑老师还介绍了同学们关心的着装、仪表塑造等问题。

讲座吸引了众多同学前来，现场座无虚席。为时一个半小时的充满互动性和趣味性的讲座，使同学们对日常礼仪有了细致的了解，赢得了广大同学热烈的掌声。一名同学听完讲座后感慨地说："大学生应该是素质最高的人群，但是我们对一些基本的礼仪知识却知之甚少，今天的收获很大。"

在其他高校，类似场景一遍遍上演，郑老师也越来越有信心。

二、从寻常巷陌开始

"感谢您昨天为我们带来的精彩、实用又有意义的礼仪讲座。我们学生平时的生活相对比较单调，平时很多同学并不注意自己的穿着打扮，也不懂得太多礼仪；昨天听了您的讲座之后，大家都觉得有很大收获，同学们对您的评价都非常好，有的同学还觉得不过瘾。"

"昨天听了您关于礼仪的课，觉得很感兴趣，您不是说北京服装学院有开专门的课吗？我想这学期先去听听试试，如果有时间，下个学期想完整地听一个学期，我觉得服装搭配、姿态和化妆技巧等很重要，可是平时所能了解的途径十分有限，所以想加强这方面的素养。"

讲座结束，影响了一群学生，这个数量越来越大，他们纷纷致信郑老师表达了对礼仪形象强烈的求知欲望。"我们会一直讲到2008年。"她说。

2001年，郑华伟进入北京服装学院，成为这所高校的老师。一个公司新员工培训的项目使她发现形象礼仪的教学大有可为：她利用自己公共关系的专业知识给这家公司的450名新员工传授工作中应该注意的礼仪事项很受欢迎。

2002年，朝阳区文化馆听说了她这方面的才能，专门请她为工作人员讲授礼仪知识，包括着装的原则、形体美的训练以及待人接物时应该注意的细节等。2003年，朝阳区一个街道的春节晚会，请郑老师排练节目："公务员的一天"。以表演节目的形式从礼仪形象方面讲授公务员日常工作中应该注意的礼仪行为：早中晚服装的变化、如何握手、打招呼、致意等，大受公务员们的欢迎。

2003年，郑老师在服装学院开设了一门课程：大学生仪表塑造与公共关系。没想到这门课程这么受学生欢迎，有600多名同学选修。"其实对于礼仪的内涵以及外延，几年来我也是边讲课边探索，慢慢地有了自己的理论体系。我是学舞蹈出身的，特别注重形体美的塑造。"对于礼仪，郑老师有自己的特长。

从课堂，走向寻常巷陌，再到北京奥运宣讲团的专家，郑老师的奥运礼仪宣讲越来越深入。"人生幸福有三大基石：礼仪、道德和法律，而礼仪不像道德那样肃然，也不像法律那样严峻，它存在于生活的点点滴滴，是一种内在修养的表现。"现在的郑老师，对礼仪有了更深入的了解。

三、礼仪承袭中华民族特色

三千多年前，武王伐纣，周公制礼作乐，其后经过孔子、荀子等的阐述和完善，礼乐文化成为中国文化的底蕴。修身以礼、相敬以礼、敦化人伦、和睦邻里，成为中华民族的特色、东方文明的典范，就连匈奴都感慨地说："汉，礼仪之国也。"史学大师钱穆先生曾说："中国文化的核心是礼。"北京奥运期间的国民礼仪，理应保持中华民族文化的底色。

其实，正如郑华伟所言："无论北京办不办奥运，国民的礼仪教育已经到了非抓不可的地步了。北京申奥成功，只是使大家感到了问题的严重性和紧迫性，给了我们一个移风易俗、提升民众素质的绝佳机遇而已。奥运必须人文，但人文绝不是仅仅为了奥运。"

我们眼下所谓的礼仪教育，没有长远的规划，一切着眼于北京奥运期间不要"出洋相"，保全面子就行。有关部门动员了成百上千的退休老人走上北京街头，挥舞小红旗维护乘车秩序。这是举世罕见的现象，它不但不能展示我们的文明，恰恰暴露出我国民众素质太差，连乘车都要靠人监督。北京街头甚至出现过装有摄像设备、专抓随地吐痰者的专用汽车。这些做法只能治标，不能治本，只能见效于一时，无补于世。

清华大学历史系教授彭林在一篇奥运礼仪文章里写道，制定民族礼仪是一件非常郑重的大事，所以自古就有"非天子不能制礼作乐"之说。如今的礼仪教材，大多是七拼八凑而成，没有权威性可言。由于利益之所在，各地都在编礼仪教材，甚至一省之内有几套说法各异的教材，很不严肃。北京奥运很快就要来了，可是我们至今还没有一本经过全国人大立法的国民礼仪教材。

七 海外观潮

现在，我们进入了一个需要全面"总结"的时代，总结成败得失，总结经验教训。奥运会更给了我们这样一个契机：让西方不得不更加注视中国。1964年东京奥运会、1988年汉城奥运会……亚洲只有这两个地方举办过奥运会，而日本和韩国无不借助奥运会实现了经济的腾飞。

44.埃里克：

奥运将会改变中国

埃里克，曾任《世界报》主编，法国《回声报》
副主编、专栏作家。现任法国国家经济委员会委员。

我们能否看见这样一条路径：奥运会将改变中
国，中国将改变世界？

中国属于世界的一部分，中国在不断地改变，这种改变本身就是在改变世界，所以说，中国一直在改变世界。从逻辑上讲是这样，而我们要关注的是，中国在多大程度上，中国在影响别的地方。

《当中国改变世界》的埃里克·伊兹拉莱维奇引用了帕斯卡尔的一句话："中国使一切都变得模糊不清，但依然有光明可寻，去寻找吧。"《当中国改变世界》就是他"寻找中国"的阶段性研究成果。埃里克·伊兹拉莱维奇坦言："虽说我不是中国问题的专家，但我不可能不观察到这样一个显而易见的事实——中国经济实力的上升。我注意到当今世界最重要的经济现象之一，就是中国经济的崛起。"

中国将成功举办2008年北京奥运会，就是一个最好的证明。

一个法国人，凭他对中国30年的追踪观察，写出了一本畅销书，引起了世人的注意。这个人就是经济学博士、法国《回声报》副主编、法国国家经济委员会委员埃里克·伊兹拉莱维奇；这本书就是《当中国改变世界》，2005年2月在法国出版，短短一个月内即登上法国畅销书排行榜，5个月后其中文版在国际图书博览会上亮相。

一、"不懂政治"的中国问题专家

2005年12月19日，圣诞节前夕，京城商场店铺已经有了浓郁的圣诞和新年氛围。来北京为新书做宣传的埃里克博士住在东三环京广中心，这里曾是京城第一高楼，很方便俯瞰"皇城根"的全貌。在一楼大厅，埃里克博士西装革履，很悠闲地泡上一杯咖啡，操着熟练的英语，一边跟我漫无边际地聊中国经济，聊即将到来的奥运会，一边自言自语地说："该回家过圣诞节啦。"

和埃里克谈话是很轻松，这个中年法国人具有幽默的气质。

记者："您曾经是一名记者，从事新闻报道27年，而且主要是经济报道，为什么对中国这么有兴趣呢？"

埃里克："在人类的经济史中，还从来没有过一个如此巨大的国家（13亿人口），在一个如此短的时期里（25年），有过如此迅速的增长（每年8%）。这一成功理应使人欢欣。在过去1/4世纪的时间里，世界曾改变了中国。今天，中国就要改变世界。正因为如此，才使当今最有名的美国经济学家、哥伦比亚大学教授杰弗里·萨克斯不得不断言'中国是世界上从未有过的、最好的发展成功的案例。'如果用动物打比喻的话，今天的中国就像一头闯进世界经济瓷器店的大象，为了给大象腾出地方，人们需要对瓷器店进行重新改造。为了使大象找到自己的位置，还需要对它进行驯化。任何操之过急都是危险的。中国在世界经济中的这种举足轻重的大国地位，不得不令每个中国人感到光荣和自豪。"

"我不是汉学家，不懂政治，也不想教育什么人，我甚至不会说汉语。我只是一个经济记者。……我每年至少来一次中国，每次都目睹中国经济的巨大变化。……中国经济腾飞已经对世界产生重大影响，我不能不关注中国，任何研究经济、报道经济的人不能不关注中国，所有参与经济活动的人都不能不关注中国。"

记者："感谢您对中国的关注。注意到您在《当中国改变世界》这本书中用了相当的篇幅论述了申奥成功带给中国的变化以及对世界的影响。请您谈谈北京2008年奥运会带给我们的新变化？"

埃里克："'从现在起到2008年，我们将为奥运会做好一切准备。首都的全部居民都将会讲英语！'这是北京市政府的一位工作人员向我们解释2008年奥运会准备工作的进展。现在，首都的基础工程进展得非常顺利：十多个场馆正在建设中。到处都在平整土地、重建，紫禁城也被粉饰一新，城市将变得很干净。有关官员保证说，奥运会的准备工作是国家大事，他们会很好地完成，完全可以令人放心。"

"奥运会将改变中国。当然，我主要是从经济的角度来说的。综观这些年来各国举办的奥运会，特别在市场经济发达的国家。只要操作得当，一般都会带给举办国经济腾飞发展的契机。"

"1964年，全世界惊奇地发现飞来了一只新的稀有大鸟——正在起飞中的经济大国日本。国民在第二次世界大战后被很快动员起来。20世纪

50年代中期，日本在世界经济增长的竞赛中已摘到了金牌（年增长率为8%—10%）。当年的东京奥运会成了首次展示日本新生工业经济的橱窗，其运作极为成功。然而，运动会还是有个缺陷：所有外国人都曾迷路，留下了不好的印象——道路没有标志牌，奥运场馆只有日语指向牌，当地居民也难以给外国人提供帮助，他们能讲的外语太有限了。"

"北京不会重复东京的错误，所有的北京人都在学英语。对于中国来说，2008年奥运会也是向世界展示它的新面孔的机会。"

记者："作为一名记者、经济学家，有机会发现经济发展中的新趋势，您是怎样从不同的方式来解读中国自身的变化及其带给世界的影响？"

埃里克："我发现中国是新兴的经济力量，而且是独特的。中国是一个大国，人口众多。她的发展变化给世界带来了很多不同，中国正在改变着世界经济的所有方方面面，它的影响力很大。而相比之下，新加坡、马来西亚、韩国等是不可能有这样的影响力的。"

"1990年我第一次来到中国，从那时起，我就开始了遍及中国各地的旅程。我收集了很多信息，并对这些信息进行分析。同时我也与很多不同的人见面、交流。"

"记者的身份使人有一个很好的位置，成为很好的观察者。尤其是对于财经记者来说，他们有机会看到世界经济的发展趋势，并告诉读者他们所看到的东西。就我自己而言，我努力看到什么是最重要的东西，而当我发现中国经济的发展时，我意识到这是对于世界非常重要的一个现象。"

二、中国将改变世界

今天，生活在急剧变化时代的每一个中国人，更多的时候是在享受着经济的加速发展带来的种种实惠，而对中国的这种变化带给世界的影响，显然就没有外国人的感受那么深、那么直接而清晰了。埃里克·伊兹拉莱维奇作为法国排名第一的专业财经报纸《回声报》的副主编和法国国家经济委员会的成员，与欧洲和世界许多重要企业的高层人士有着密切的往来与合作。因此，他对中国今天及未来发展实力的分析，就更加引人注目。在他看来，中国的崛起已经不只是自家的事情。"在过去1/4的世纪里，世界改变了中国，今天中国要改变世界。明天，中国可能将是位居美国之前的世界第一经济强国。由于它广阔的幅员和饕餮的胃口，中国动摇了石油、钢铁、黄金、小麦、技术、劳务等所有市场的稳定。它的冲击影响着全世界。"

　　埃里克·伊兹拉莱维奇对中国发展作出的判断并非主观臆测，而是基于对大量事实的客观分析，因而是可信的，非常有说服力的。他在书中以清晰的笔触回顾了20世纪末以来最为重大的经济事件，用大量实例阐述了中国如何改变全世界人的生活，向西方读者比较全面地介绍了改革开放以来中国经济的发展情况，讲述中国选择改革开放道路的背景，经济社会发展所经历的重要阶段，中国的竞争和市场对全球经济格局带来的主要影响。他强调，中国的发展带给世界的并不仅仅是残酷的竞争，它将开辟广阔的市场空间，培育充裕的人力资源和发展的机遇，而这些将使世界从中受益。今天，在"中国制造"咄咄逼人的气势面前，在中国市场和资源的巨大诱惑力面前，世界其他国家不可能熟视无睹，唯有重新调整自己的产业结构，适应中国的"胃口"，才能实现共赢。这是中国发展的最大比较优势，也是中国手中的一张强硬"王牌"。

　　当我们把这一切放在2008年北京奥运会的北京之下，放在世界几十亿人日益关注的目光里，我们仿佛隐约可见一条路径：奥运会将改变中国，中国将改变世界。

45. 朴世直：

韩国经济起飞的奥运翅膀

朴世直，1986年任韩国体育部部长，成功策划了
1986年汉城亚运会和1988年汉城奥运会。

作为曾经举办过奥运会的国家，"韩国经验"对
中国有什么样的借鉴意义？

作为 1988 年汉城奥运会总策划，朴世直还有一长串头衔——2002 年韩日世界杯组织委员长、前汉城市市长、体育部长官。当然，人们对他印象最深的还是他成功地策划了让韩国人骄傲，也让世界人都开始真正认识韩国的 1988 年汉城奥运会。

1988 年，他让世界记住汉城奥运会开幕式那曲《手拉手》。

2005 年 11 月 3 日晚，王府饭店。汉城奥组委前委员长朴世直掀起了一场"奥运风暴"："中韩奥运友谊之夜"晚会暨他的《我策划了汉城奥运会》新书发布仪式在这里举行。

中国奥委会名誉主席何振梁、北京市前副市长张百发、北京奥组委执行副主席王伟等人物的出席，加上北京 2008 年奥运会倒计时 1000 天即将来临的热度，使当晚的气氛很快达到高潮。觥筹交错中，"醉翁"朴世直之意不在酒，除了为自己这本书做宣传之外，对 1988 年汉城奥运会的成功举办在中国的同行面前做了一番回顾和总结。

在晚会间隙，我与朴世直进行了一场对话。

一、汉城经验：细节决定成败

记者："当年策划汉城奥运会时您觉得最大的问题是什么？如何克服的？"

朴世直："汉城糟糕的交通问题当时让我们感到很头痛。但韩国人民下决心克服了这个困难。在汉城奥运会期间，交通堵塞情况通过单双数运行制度的实施得到了解决，这是与汉城市民的积极配合分不开的。当时达到了一天缩减 23.5 万台汽车的程度。还要解决严重的环境污染问题，当年汉城准备用做奥运赛场的区域，有 70 多个企业不断排出大量灰尘，使汉城烟雾弥漫。举办帆船比赛的水营湾是附近 129.3 万居民的粪尿及污水处理的下水口，也是 235 个企业的大型排水口，臭气熏天。这一切让组委会成员伤透了脑筋。更头痛的是，当年还有一部分韩国公民对汉城举办奥运会持反对意见，为了说服这些反对者，我亲自走访，耐心地与他们谈话，把他们从'奥运会反对派'变为'奥运会友好派'。此外，地处半岛的韩国在奥运会举办期间正好是台风较多季节，所以天气因素也让我非常担心，最后天气非常好，反对的人变得友好，一切都非常顺利。"

"奥运会根据举办城市的不同有时间和场所上的差异，但是准备内容和步骤是完全一致的。在一届奥运会上发生的问题也许会在另一届奥运会上重复出现。希望我们解决问题的方式和办法能对中国筹办2008年奥运会有所借鉴。"

记者："1986年出任汉城奥组委委员长的时候，您心目中的汉城奥运会要实现的目标是什么？是如何实现这一目标的？"

朴世直："我们当时提出的汉城奥运会的目标是：最广的参与、最大的和解、最高的成就、最佳的安全和服务。我们实现了这一目标，而且，汉城奥运会以维护世界和平的新模式，确立了奥运会应起的作用。一个曾经沦为殖民地的国家，一个历经民族的分裂和战争的国家，一个处于经济发展中的国家举办了这次奥运会。它让我们重新找到了古希腊奥林匹克精神。"

"比如，正点开赛率表示的是组织比赛活动的准确性，汉城奥运会创下了97.20%的纪录（即1030项比赛中有1000个项目正点比赛），是奥运史上最高的纪录。"

记者："您怎样认识和把握奥运会在传播韩国的国际形象的机会？"

朴世直："如果以记者人数、电视转播时间为衡量标准，汉城奥运会的采访报道活动是世界新闻史上规模最大的一次。远远超出参赛选手总数的15740名记者参与了汉城奥运会的采访活动。85个国家的160家电视台转播了奥运会实况，转播时间总计9200个小时，是洛杉矶奥运会的3倍。韩国在这么短的时间里被如此集中地展现在世人面前还是第一次，真可谓是千载难逢的宣传韩国的好机会。所幸的是，我们努力抓住了这个机会。"

二、无法估量的深远影响

记者："奥运会给韩国的社会进步、经济发展带来了哪些影响？"

朴世直："这个影响是难以估量的。韩国奥运会总投资额23662亿韩元，占GNP的0.5%，占固定资产投资的1.4%，我们是自1982年至1988年期间，逐年分散增加奥运会投资的。"

"我们扩建了国际机场，还整修了适应于地方的公路，以及开展了汉江综合开发，改善城市环境、下水道和水质管理、防止公害等工作，这些工作对增强国民健康和改善生活环境有重要作用。另外，还重点对公共活动场所、公共卫生设施的改善、危旧房的改造等必须解决的项目进行了投资。"

"在工业领域，电子交换设施、电视转播网等通信设施的扩充，是为实现未来高度产业化社会而准备的基本投资。"

"奥运会相关事业的投资取得了约1.9万亿韩元的收入，给34万人提供了就业机会。通过出售奥运会电视转播权和开展旅游业，取得了约3亿美元的外汇收入。在社会进步方面，奥运会大大提高了我们的民族自信心。随着国民意识向国际化方向转移，奠定了韩国社会向国际化、开放化迈进的基础。也使韩国的历史、文化在全世界范围内得到广泛宣传。"

"实际上，汉城奥运会是韩国企业最好的广告。由于参加汉城奥运会的国家重新评价了韩国经济，认识到加强同韩国进行经济合作的必要性，从而，大大促进了韩国同各国的经济合作。"

记者："现在回过头来看1988年汉城奥运会，您有没有觉得遗憾的地方？"

朴世直："这是亚洲继1964年东京奥运会之后，第二次由亚洲国家举办的奥运会，没有经验。虽然许多人视1988年汉城奥运会是一个奇迹，它加速了韩国经济、政治和社会的发展，然而汉城奥运会还有少许遗憾。当时韩国非常希望利用奥运商机，树立一些有知名度的国际品牌，但由于构思比较晚，时间仓促，所以没有达到最好的效果。我曾获得达拉斯大学名誉法学和美国南加州大学教育学双博士学位，对经济还比较了解。其实利用奥运会商机推动本国品牌的成功案例很多，例如：1964年东京奥运会成就了美津浓，1972年慕尼黑奥运会成就了阿迪达斯，1984年洛杉矶奥运会耐克崛起。这一点也为中国奥运会提出了很好的借鉴。"

"另一个突出问题是，当年汉城奥运会的场馆在奥运会结束后没有得到充分的利用，比如汉城奥运会的主体育馆，除了偶尔举行一两次足球比赛外，只举办过一些宗教或社团活动，加之世界杯足球场的建设，有20年

之久的汉城主体育馆利用率越来越低，这在寸土寸金的汉城，实在让人觉得可惜。"

记者："同韩国一样，中国也要在自己的土地上举办奥运会了，作为1988年韩国奥运会的策划者和领导者，您对中国2008年奥运会有什么看法？"

朴世直："从现在中国的国力和经济实力，以及国际社会的环境来看，北京奥运会将会取得巨大的成功，对此我深信不疑。离北京奥运会的开幕还不到3年时间，就像汉城奥运会成为韩国经济飞跃的起点一样，我希望中国以北京奥运会为契机更加发展强大。北京奥运会需要注重的是环境问题和安全问题。这两件事做得好，相信北京奥运会将更加成功。另外，北京应该更有效地利用奥运会资源，在奥运会结束后，最大程度地应用这些奥运会场馆，吸取了各国的奥运经验，才不会造成浪费。中国的奥运会场馆利用应该会有更好的前景。比如亚特兰大，奥运会场馆就得到了充分的利用，巴塞罗那利用率也非常高。"

46.阿久津：

感受 2008　温故 1964

阿久津,日本《朝日新闻》驻北京专职奥运记者。
第二次世界大战后的日本,如何抓住奥运机遇实
现经济腾飞?如何比较 1964 年东京奥运会与北京
2008 年奥运会?

　　"现在许多人都说,奥运会以前和以后,东京的景观彻底改变了。如今回顾"美好昨日"的文章,一般也就讲到奥运会之前,1960年左右的日子,他们指出,直到20世纪50年代末,东京室内还处处看得见近代化以前的生活小景,如:水井、洗澡盆、蚊香、风铃、煤炭炉、和服、榻榻米。但是奥运会一来,古老的一切都走了。我小时候,家里每年增添新的电器、生活用品,如:电话、双门冰箱、彩电、热水器、空调、立体声音响组合、微波炉。关起门来开冷气,在榻榻米上铺化纤地毯,放西式家具,穿着牛仔裤看美国连续剧,或听英国摇滚乐,大家都觉得很先进、好酷,却甚少有人介意传统文化和街坊生活同时被破坏。第二次世界大战后日本人的生活目的是赶快富起来跟美国人过一样的日子;祖先留下的一切反而显得陈旧落后。之前严禁孩子们站着吃东西的父母,后来鼓励我们边走路边嚼口香糖甚至吞下汉堡包;因为整个社会认为学美国人就不会错。以奥运会为标志的近代化,不仅改变了市井生活,而且对整座城市的基本理念带来了根本性的调整。比如说,为了赶上奥运会开幕而匆匆完成的首都高速公路网,主要建设在旧水路上的。"

——一位东京市民回忆1964年东京奥运会对

自己生活的影响

一、学汉语与看奥运

　　10多年前,阿久津在东京大学读书时学的是令人羡慕的法律专业,然而毕业时他却选择了自己喜爱的新闻工作——在《朝日新闻》当了一名体育记者。在接受我采访时,阿久津一再强调,东京大学法律系毕业的高才生毕业后选择做记者并不是一个"出人意料的决定"。但回忆起这些年的采访经历，他有一种人生如梦的感觉。虽然记者这个工作带给他很多生活上的动荡与漂泊，但也收获了不少职业荣誉感。

作为《朝日新闻》驻北京专职报道2008年奥运会的记者，为了使自己更好地投入到工作中去，阿久津把夫人和孩子从日本接了过来，现在，他和太太孩子一起住在北京东四环。其实，早在2004年雅典奥运会时，《朝日新闻》已经为4年后的北京奥运会做准备了——派阿久津来北京学习汉语，为报道北京奥运会埋下伏笔。为此阿久津放弃了去采访雅典奥运会的机会。

2005年，阿久津刚从北京语言文化大学学习汉语结束不久，就从我们的《北京奥运特刊》发现了不少新闻线索：高碑店民俗风情家庭旅馆、文明礼仪现象等。他主动与我们建立联系，希望能在奥运报道上得到我们的帮助。《朝日新闻》在北京饭店的办公处能看到《人民日报海外版》，每周五他都认真阅读《北京奥运特刊》，从中了解北京奥运日新月异的变化以获得有价值的新闻线索。

二、1964与2008

20世纪30年代柏林奥运会期间，东京被选为第12届奥运会会址。

由于第二次世界大战，那届奥运会成为泡影。战争，使日本自身也遭到了严重破坏。当它从战争灾难中复苏过来后，东京便提出了主办第17届奥运会的申请，罗马捷足先登，东京落空了。随后，东京再次申请，选票超过对手布鲁塞尔、维也纳、底特律，赢得了第18届奥运会主办权。

这就是1964年东京奥运会，也是奥运盛会第一次在亚洲举行。利用东京奥运会，通过政治、经济、科技、文化成就的展示，日本在世界上树立了崭新形象，是日本从第二次世界大战阴影中走出的重要一步。大规模的投资拉动了制造业、建筑业、运输业、服务业、通讯等行业的强劲发展，使日本经济出现了持续繁荣。

1963—1964年，日本的经济繁荣被称为"东京奥林匹克景气"。专家们认为，东京奥运会是日本进入世界工业强国的里程碑。日本从此步入经

济强国的行列。日本政府和体育界对东京奥运会非常重视，扩建了城市，改进了交通网点，兴建了体育场馆和其他设施，其中包括有75000多个座位的东京国立体育场，以及12座其他比赛场馆，耗费近30亿美元巨款，当然这也给以后奥运会的举办带来了不好的奢靡风气。

20世纪70年代初出生的阿久津，很遗憾自己没能见到1964年东京奥运会的盛景，但他从父辈们对往事的津津乐道中、从媒体图书的记载中了解了那段历史。他很清楚奥运会在日本经济腾飞以及重塑日本在世界面前形象中的重要作用。

同样，当历史的机遇定格在2008年的中国北京，作为日本最重要的媒体，阿久津说，《朝日新闻》像重视1964年东京奥运会一样重视北京奥运会。阿久津除了现在专职在北京从事奥运筹备的报道外，奥运会举办时，《朝日新闻》将派出类似东京奥运会期间最庞大的采访队伍：40—50人左右。阿久津得意的是，在北京奥运会倒计时1000天，《朝日新闻》为他开了4个版，特别发表他写的关于北京奥运筹备的文章。在刚刚过去的奥运会倒计时500天时，《朝日新闻》连载了他3篇奥运给中国社会经济文化等带来变化的文章。

三、生活与工作

《朝日新闻》最新统计的发行量为早刊800多万份、晚刊400多万份，每天合计发行量高达1200万份左右，是全世界发行量最大的报刊之一。在华盛顿、伦敦、开罗、曼谷、北京设立有《朝日新闻》5个总局。

"很多中国朋友对我说，希望中国队在北京奥运会期间拿到辉煌的奖牌数量，但说老实话，奖牌问题并不是我最关注的问题。"阿久津说。即使到奥运会举办时，他最关注的仍然是奥运机遇给这个飞速发展的古老国家带来的改变。

2006年多哈亚运会新闻中心，我再次与阿久津以及他《朝日新闻》的同事不期而遇，阿久津惊讶地发现《人民日报》采访亚运会的记者都很年轻，于是他写了一篇中国年轻记者多哈练兵为北京奥运做准备的文章，后来这篇文章被新华社翻译成中文播发。

　　2007年"两会"期间，阿久津办了一个采访证，他采访了很多"两会"关于奥运的话题和人物，加上以前采访的蒋孝愚、何慧娴、魏纪中、刘鹏等人给他留下深刻的印象。他说，《朝日新闻》将在北京2008年奥运会期间筹划奥运专版。

　　由于工作和生活在北京，阿久津去过中国的10多个省市，对中国非常熟悉和了解，他爱吃烤鸭、宫保鸡丁等中国菜。他说，奥运会结束后，自己面临两个选择：继续留在中国当驻外记者或者回到日本当体育记者。无论哪一种结果出现，他都会非常高兴。

47. 温仁德：
新加坡奥运零金牌之痛

温仁德，新加坡体育理事会主席。

奥运零金牌为何成为新加坡人挥之不去的遗憾？

新加坡体育理事会主席为何看好北京奥运机遇？

　　"新加坡需要一个巨型体育城吗？这像是个先有鸡还是先有蛋的问题。因为根据市场的大小、经济的考量，耗费巨资兴建的庞然大物要是乏人问津，体育城就会变成另一只'白象'。但是，如果政府不率先建好像样的设施，有关当局恐怕就无法让民众相信体育事业正得到国家的重视。事实上，早在1973年，鉴于严峻的国际局势和石油危机的威胁，新加坡曾不得不放弃了苦苦争取来的亚运会主办权，把机会拱手让给泰国。当年似已开始萌生的体育城计划，也被迫胎死腹中。固然，1973年落成的国家体育场，曾经是半岛运动会和两届东运会的竞技场。但一直到1982年以后，我国从"全民体育"转型到"卓越体育"，体育事业才走向另一发展阶段。自此，新加坡体育理事会开始系统化与专业化地发展体育事业，兴建了室内体育馆。两年前创立的新加坡体育学校，更是这一发展的里程碑。"

——《联合早报》社论

　　迄今为止，新加坡籍运动员除了陈浩亮在1960年获得罗马奥运会一块银牌之外，还从未问鼎过金牌，这成为新加坡人心头挥之不去的遗憾。近年来，新加坡的体育事业从"全民体育"转型为"卓越体育"，奥运会金牌问题再次被提上日程。

　　北京2008年奥运会迫在眉睫，中国近在咫尺，金牌可望可即吗？在2006年即将过去的时候，新加坡专职体育事业管理部门——体育理事会向《人民日报海外版》的《北京奥运特刊》发出邀请，到狮城共商"奥运大计"，作为2008年北京奥运会的"投石问路"之举，同时还希望我们对新加坡的体育事业做一些采访，以增进相互了解。

　　正如新加坡的天气，相对北京而言，一年四季都是夏天，新加坡的体育事业也是充满温度和热情。2006年11月16日，新加坡体育理事会主席温仁德先生在狮城接受了我的专访。

　　"日前，新加坡拿出500万—700万新加坡元，以支持有潜力的新加坡运动员，希望能在2008年北京奥运会上或者2012年伦敦奥运会上拿到我国第一块金牌。"一见面，温仁德就毫不掩饰新加坡的渴望。他说，在新加坡体育促进委员会倡议下，该国已经确立"体育国家"的目标，并朝在2010年成为亚洲体育十强的大方向迈进，与此同时，他们也必须找出一套行之有效的途径，以期理想得以实现。

一、转变：从健身到竞技

　　1971年，新加坡成立了国家体育促进会，同年组建了国家运动场地经营公司，负责完成国家运动场地的建设计划，随后在1973年，这两大机构合并组成了新加坡共和国体育理事会，全面负责新加坡的体育事业。

　　作为理事会最高执行员，温仁德告诉我说，理事会最初十年工作的导向是："我们不要浪费时间去制造金牌选手……我们的目标是公众的健康，让所有的公民拥有锻炼身体的机会。"随后，理事会制订了金字塔结构的大众体育政策。

　　在那个阶段，政府不曾把体育运动看成一个很重要的环节，也没有把"争金夺银"作为目标，在世界性的体育比赛上都可以看到新加坡运动员的身影，但很少获得名次。为什么在得到很少国家资助的情况下运动员还能参与比赛呢？温仁德先生解释说，他们都是获得父母或私人机构教练的支持。

　　20世纪80年代，一些新加坡运动员拿到了美国的奖学金，在美国一边读书一边接受训练，但这种基于个人努力的运动员成功模式很少系统性和持续性。

　　直到1983年理事会才分出精力推动竞技体育的发展，制订了《体育2000年计划》和一系列体育竞赛的标准。这时候理事会的工作宗旨概括为：制订相应的政策，从娱乐休闲性体育到高水平体育，促使人们参与其中，提高人们的生活质量，建立一个健康的国家。

　　温仁德透露，体理会今后将着重抓四块主要领域的工作，使新加坡体育得以全面开花结果。这四个领域分别是高水平竞技体育、全民体育、体育产业和设施。争取奥运会奖牌就是属于高水平竞技体育领域中的一个环节。

二、引进人才还是本土培养

当"争金夺银"成为竞技运动的目标后，对于优秀运动员的获得方法上，究竟是从其他国家比如中国引进人才还是依靠本土培养，成为一个有争议的问题。

温仁德先生说，新加坡政府不希望看到运动员退役后没工作，需要政府支付大量福利才能生活，因此，在运动员的成长过程中特别注意采取"平衡策略"：一边提供最好的训练，同时提供弹性的生活技能训练，在训练时间和读书时间之间取得平衡。

但是迄今为止，新加坡籍运动员除了陈浩亮在1960年获得罗马奥运会一块银牌之外，还从未问鼎过金牌。

温仁德介绍说，新加坡目前的优势项目是：帆船队（获世界青少年冠军）、乒乓球、羽毛球、射击等，但其他运动项目则需要与一些体育竞技大国合作。

政府的支持成了新加坡发展体育事业的动力。新加坡在未来5年内将争取举办更多顶级国际体育大赛，并在有系统地发掘更多年轻体育选手的同时，使新加坡体育产业的经济效益增加一倍。

随着越来越多的体育赛事准备以新加坡作为主办地点，新加坡体育理事会希望，在未来5年内筛选一些能够有利于推广新加坡品牌和符合人民需求的顶级体育项目，其中就包括2007年举行的国际泳联世界杯赛。新加坡体育理事会也将继续加强力度，确保新加坡体育健儿能够交出好的成绩单，也会与各大学、体育协会和教育部合作，有系统地发掘有潜力的体育人才。新加坡体育理事会在2001年定下卓越体育计划，包括了卓越体育、体育产业和全民体育三方面，希望在10年内使新加坡成为一个体育强国。为了支持这一计划，新加坡政府已经拨款3亿新加坡元(约合1.9亿美元)。

在全民体育方面，温仁德表示，新加坡已经有将近一半的人每个星期至少运动一次，比5年前增加了1/4，情况令人鼓舞。

三、看好北京奥运机遇

环顾亚洲，新加坡发现与中国在体育事业方面的交流潜力巨大：2008

年北京奥运会是一个最好的契机。

新加坡体育理事会曾与中华全国体育总会在北京签署体育合作备忘录，这意味着双方的体育联系将更加密切，也有助于该国一些体育团体从中国引进所需要的人才。温仁德说，备忘录为两国在竞技体育、群众体育等方面的合作打下更坚实的基础。

根据资料，目前在新加坡的中国教练和前中国运动员已有80多人，他们遍布在全国的协会和学校，特别是在乒乓球、篮球、羽毛球、游泳、田径、射击等项目，人数不少。

温仁德先生认为，"中国是一个体育大国、体育强国，新加坡希望和中国之间在体育事业方面有一个长期的整体合作，而不是单纯帮新加坡获得奖牌。"

新加坡体育理事会宣布，预定在2011年中落成的加冷体育城，将以"公私伙伴"的形式来发展。成功得标的私人企业与财团将与政府签署25年合约，全权负责设计、兴建、资助与经营整个体育城。该体育城已成功获得2013年举办两年一度的东南亚运动会的主办权。这将有机会向世界各地的体育界人士再次证实新加坡比以往更好更完善的主办能力。

温仁德说："加冷体育城一个很重要的意义，是这里的设施一方面可以让国人消闲、娱乐、健身，另一方面还足以让我国申办如东运、亚运与共和联邦运动会等体育竞赛。举办大型的国际体育竞赛，除了能发挥东道主的优势，有利于选手争金夺银之外，还可以为健儿们争取到观摩学习的宝贵机会。当然，新加坡也将在国际体育地图上占有更醒目的位置。"

温仁德先生毕业于美国杨百瀚大学(Brigham Young University)并获得由该校颁发的企业管理硕士学位以及化学工程学士学位。温先生在学生时代已是一名活跃于水上运动的人。他不仅代表母校英华学校参加各大游泳比赛，也是大学水球队的队员。温先生曾是一名游泳国手，代表新加坡参加各大国际比赛，例如1984年奥林匹克运动会和期间的亚洲运动会，联邦共和国运动会以及东南亚运动会。

温仁德相当自信："有了这些背景和条件，再加上体育学识、热情、个性，只要善加利用，我觉得我应该能为新加坡体育作出贡献。"

48. 陈屹：

在曼哈顿遥看北京

陈屹，美籍华人，现为《北京青年报》"陈屹视线"专栏作家，美国《侨报》"陈屹视窗"、加拿大《环球华报》"陈屹专栏"的自由撰稿人。

北京奥运会给生活在海外的华人带来了什么样的梦想与期盼？在曼哈顿看北京，角度与我们有什么不同？

"在西方，奥运会不过是一场四年一次的比赛，没有一种热烈的氛围让人们分享其中。中国人心灵中有个无形的坐标，让我们这个东方明珠，在这张全世界所有国家聚集一起的地图上，站在了最高最瞩目的地方发光发热。"

坐在我对面的畅销书作家陈屹，已经在美国生活了整整20年，在那个遥远的地方留学打拼，生儿育女，相夫教子。我很奇怪，在美国生活了这么多年的她，怎么一张口总是说着中国最传统的东西，就连穿衣打扮也很中国——一袭白色的裙，扎着两个小辫子。没有一点想象中的洋味。

她是一位美籍华裔女作家；她对中美教育有很深入的研究和对比；她花费了两年时间采访了北大国际MBA商学院150多名已毕业的EMBA学员；她最近出了一本书叫《超越EMBA》；她就是陈屹。同样因为出生在中国，漂洋过海在异国他乡打拼了20年，使她有了一个在对比中观察中国的机会。而且，我发现，北京2008年奥运会，让她如此心潮澎湃，这究竟是一种什么样的力量？

在外交公寓的中信出版社，我和出版社的一位美女编辑，听陈屹娓娓地讲述着她自己的人生故事，讲她在异国他乡生存的艰辛，讲她的奋斗、失落、彷徨、痛苦，讲她关于即将到来的北京奥运会的种种感想，一切都像梦，她在不停地追。

一、曼哈顿的中国女人

陈屹1985年自费赴美留学主攻市场与管理学，在俄亥俄大学获硕士学位后，步入纽约曼哈顿，从事国际经济贸易工作，先后在两家美国著名公司担任公司主管要职。刚到公司工作的陈屹，为自己因好心惹出的祸，经受了一次不小的考验。

　　一天中午，公司前台的电话业务异常繁忙，这时陈屹正好手头没活，就主动上前帮忙。可是，没想到美国人的姓千奇百怪，要记住对方的姓名有相当的难度。接第三个电话时，她的一句："请重复一下您的姓如何拼写？"这下可把对方气坏了。

　　陈屹明白，尽管自己托福考了600分，又在美国拿到了硕士学位，但是要融入美国社会，英语能力还差"十万八千里"呢。

　　有一次，陈屹听说大老板正为一件长期难以解决的问题挠头，她默默地埋头奋斗了一个星期，交出了一份详尽的报告，给了老板一个不小的惊喜。一年后，陈屹因工作出色被提升为公司的部门经理。

　　就这样，陈屹在曼哈顿坚持了下来，成了一个职场上出色的"女强人"。

二、躲在家里写书

　　曼哈顿的职场拼搏与待在家里写书，对于陈屹来说这种转换非常自然。

　　"我现在只是一位从事写作的人，从未想过要当个什么作家。在美国居住的十几年中，我几乎没有写过什么中文，提笔忘字的时候太多了。那一年，正是《泰坦尼克号》上映的季节，我也去凑了个热闹，结果整整几天几夜，心情都无法平静。"于是她的处女作《初恋》问世，没想到这篇作品竟然给她带来了无数的读者、名家的肯定，和写作路上的第一个奖。她的写作生涯就是从这里开始的。

　　一次，在北京一家书店的一个书摊上，陈屹被一系列有关教育的书吸引住了。她一边翻阅一本有关美国教育的书，一边问："这些都是谁写的？"卖书人回答："都是从美国回来的成功者写的。"过了一会儿，卖书人又建议说："你有孩子吧，越早把孩子送到美国去越好。"陈屹连忙问："谁说的？"卖书人指着书说："呶，书里写的。"卖书人的随口作答，却触动了陈屹。那几天，陈屹找来了不少中国人写的有关美国教育方面的书。仔细阅读后才发现，其中许多内容与自己在美国看到、听到、感受到的根本不一样，大多过于主观、肤浅，有的还存在着不少误区。陈屹迫不及待地把想法告诉了朋友，没想到听到的回答却是："我们看到的就是这些书，如果你有更好的，就赶紧拿出来呀。"

　　朋友略带激将意味的回答，给了陈屹一个不小的刺激。她想：说得不

错,我为什么不出一本书,说说自己亲身感受到的美国教育中的优点与不足,讲讲身边那些华裔中小学生的幸与不幸呢?《诱惑与困惑——美国教育参考》就这样出炉了。

40岁之前的陈屹一定没有想到,从职场回归家庭相夫教子不久,自己竟然踏上了另外一条征途,并用五年的时间捧出了这么多的文字。这五年中,陈屹一刻也没闲着,不停地思索,不断地追问,真实地记录,这让进入不惑之年的陈屹浑身洋溢着一种睿智的风采。2005年,旅居美国的陈屹携其新作《不是男人的错》再度回国。谈及这五年,陈屹表示,很辛苦、很幸运、很知足:"20世纪80年代中期,作为美国一家地方报纸采访留学生系列报道的被访第一人,我谈到了留学时的梦想、抱负与撞击。记得我给记者最深刻的一句话是:'我要三十而立。'而美国人给我最深刻的一句话是:'人生四十起。'40岁?对于当年才二十来岁的我,是多么遥远的路。国内35岁以后对未来已感茫然?40岁怎么起啊!然而,待回首时她才发现原来自己生命中最厚重的事业,恰恰起源于40岁。40岁至今,历时5年,在《北京青年报》开办了5年的《陈屹视线》、完成了中美教育、企管、情感方面的五本书。"

由中信出版社推出的这本《不是男人的错》,则是陈屹写得最淋漓尽致的一本,"这么多年在情感问题上的思考,这回总算是宣泄完了,再不写的话我真的要疯掉了。"而这本情感的"心灵鸡汤"灵光四射,就像在每个人的耳旁轻轻诉说,在心有戚戚焉的同时,引人深思,发人自省。

三、奥运激情 VS 成功女人

2004年陈屹与孩子在中国度暑假正赶上雅典奥运会,她说这是海外生活20年第一次在祖国感受奥运精神的日子,过去基本上都是通过美国电视台转播看到的。因为与西方人的关注点不一样,那时看奥运,仅仅是观赏而已,而这一次回到祖国,实况看到祖国的运动健儿拼搏在赛场上,自己可以同步地与友人一起欢呼,一起振奋,一次一次地听到国歌在世人面前奏起。当雅典奥运会第一块金牌被美丽的中国女孩挂到胸前时,她的泪水哗哗落下。

陈屹熬夜在北京看了开幕式实况转播,闭幕式时已经回到了美国,在

　　祖国她感受到一个国家全民振兴时的激情。在西方，奥运会不过是一场四年一次的比赛，没有一种热烈的氛围让人们分享其中。她说中国人心灵中有个无形的坐标，让我们这个东方明珠，在这张全世界所有国家聚集一起的地图上，站在了最高最瞩目的地方发光发热，当你发现那颗明珠就是我们中国自己的时候，你会怎么想？

　　陈屹说，中国民众从上到下对这些奥运金牌获得者的重视，是许多西方国家运动员根本享受不到的荣耀和热情。与此同时，中国运动员们所肩负的使命和压力，也远远超越了西方国家的运动员。2008年的奥运在北京举行，届时散居全世界的千百万华人定会拖家带口赶赴盛会，因为2008年的奥运风采将来自一个享有五千年历史文明与精神的国家。

　　同许多移民一样，陈屹自己的一双儿女也在美国出生长大，也一样不爱说汉语，陈屹把孩子送到美国最好的学校，但她说自己的根永远在中国。"到2008年，一定要带孩子回国看奥运会，让他们感受我们这个伟大祖国的辉煌的文明。"

后　记

　　2005 年 1 月 5 日，一份散发着清香的《北京奥运特刊》随《人民日报海外版》飞向全世界，为海外华人华侨、中国留学生以及所有关注北京 2008 年奥运会的人们打开一扇美丽而独特的窗口。国际奥委会主席罗格为《北京奥运特刊》创刊专门发来贺电："2008 年，全世界的目光将聚焦在首次举办奥林匹克运动会的中国。为了纪念这特殊的盛会，闻名遐迩的《人民日报海外版》将与北京奥组委紧密携手，在未来 3 年的时间里承担起推广第 29 届奥林匹克运动会、向全世界宣传奥林匹克理想和价值的重任。"

　　我也因此得以进入《北京奥运特刊》编辑部，从事我记者职业生涯中一个神秘陌生、蕴涵无限未知可能的领域。在近 3 年的奥运观察与采访报道中，我试图回答一个问题：北京 2008 年奥运会成功申办对拥有灿烂辉煌文明、在近代历尽沧桑、改革开放 30 年终至面临全面复兴的中国究竟意味着什么？

　　于是我开始寻找，寻找那些与这个重大历史事件息息相关的人物。与他们一道，拂去岁月的风尘，拨开往事的云烟，记录这个大时代、个人与民族、国家共同的命运。

　　感谢《人民日报》副总编辑杨振武、《人民日报》编委、《人民日报海外版》总编辑詹国枢以及副总编辑王行增、王谨、刘国昌、钱江的鼓励与指导；感谢《人民日报海外版》国际与体育部主任陈昭老师的培养，正是在陈昭老师的直接带领下，我走上了奥运报道之路。感谢缪鲁老师与郑红深老师的指点，还有我可爱的同事朱凯、罗俊、张保淑、孙有靖以及刚毕业的王凡、李樱、李娜、王嵩等。

　　感谢《人民日报海外版》党委刘玉昌书记、《人民日报》团委吴亚明书记的鼓励与支持。

　　感谢我的导师、武汉大学新闻与传播学院秦志希教授的谆谆教导；感谢武汉大学哲学院彭富春教授在我人生道路上的指引；感谢中宣部新闻出版局局长胡孝汉老师的指导。

书中有些内容是我和同事一起完成的，比如全国人大副委员长许嘉璐是和任胜利共同采访的，北京服装学院院长刘元风是和罗俊一起采访的，著名战地记者唐师曾是和萧萧一起采访的，老舍茶馆总经理尹智君的采访是读图时代蒋一谈安排的，非常感谢他们的帮助。感谢中华鼓乐大会执行总指挥吕英杰先生以及中国长城学会的帮助与支持。

感谢国家广电总局梁刚建司长、晋商研究专家曹培红以及艺林山水韩长印的支持与帮助。感谢中兴光速王银城的支持。

感谢艺术家陈岩、张云以及辽宁盘锦的田玉武先生；感谢蒋升平以及中新旅图。

感谢本书的策划和责编洪琼先生，正是他的创意才使此书得以面世，以及我们共同的好友青岛大学王凯教授。

奥运将改变中国，我坚信。

责任编辑:洪　琼

图书在版编目(CIP)数据

奥运中国——中外名人解读北京奥运/张永恒 著.
-北京:人民出版社,2007.12
ISBN 978-7-01-006612-7

Ⅰ.奥… Ⅱ.张… Ⅲ.①奥运会-概况-北京市
Ⅳ.G811.21

中国版本图书馆 CIP 数据核字(2007)第 167542 号

奥 运 中 国

AOYUN ZHONGGUO

——中外名人解读北京奥运

张永恒　著

人 民 出 版 社 出版发行

(100706　北京朝阳门内大街 166 号)

北京瑞古冠中印刷厂印刷　新华书店经销

2007 年 12 月第 1 版　2007 年 12 月北京第 1 次印刷
开本:710 毫米×1000 毫米 1/16　印张:17.75
字数:280 千字　印数:00,001-15,000 册

ISBN 978-7-01-006612-7　定价:36.00 元

邮购地址 100706　北京朝阳门内大街 166 号
人民东方图书销售中心　电话 (010)65250042　65289539